KB075204

피아노가
울리면

피아노가
울리면

초판 1쇄 발행 2020년 10월 30일

지은이 김동하
펴낸이 배선아
펴낸곳 (주)고즈넉이엔티

출판등록 2017년 3월 13일 제2020-000053호
주소 서울특별시 강남구 역삼로 221, 6층 601호
대표전화 02-6269-8166 **팩스** 02-6166-9199
이메일 gozknock@naver.com

ⓒ 김동하, 2020
ISBN 979-11-6316-136-3 03810

이 도서의 국립중앙도서관 출판예정도서목록(CIP)은 서지정보유통지원시스템
홈페이지(http://seoji.nl.go.kr)와 국가자료공동목록시스템(http://www.nl.go.kr/kolisnet)에서
이용하실 수 있습니다. (CIP제어번호: CIP2020043228)

피아노가 울리면

김동하 미스터리 스릴러

고즈넉이엔티 GODZNOOK ENT

프롤로그

신촌에서 합정역을 통과하는 대로는 퇴근 시간대가 지났는데도 참담했다. 매니저 없이 꽉 찬 스케줄을 소화하고 있는 백동우는 앞차의 후미등을 보며 참았던 한숨을 훅 내쉬었다. 귀국한 지 얼마 되지 않아 국내 스케줄이 잔뜩 쌓여 있었다. 그런 마당에 매니저가 병가를 낸 상황이니 한숨을 쉴 시간조차 아까웠다.

하필 이런 날 식중독이라니.

자연히 대부분의 스케줄에 조금씩 지각을 했다. 그나마 위안이라면 이제 라디오 방송 하나만을 남겨두고 있다는 사실이었다. 그러나 이런 사정을 신호등이 알아줄 리 없었다. 한시가 급한 마당에 빨간불에 걸린 게 벌써 몇 번쨴가.

젠장! 충분히 통과할 수 있었는데.

앞차가 꾸물거리는 바람에 그가 지날 차례를 앞두고 신호가 바뀌고 말았다. 이로써 마지막 일정도 지각이 확실해졌다.

백동우는 욕을 내지르곤 다시 신호가 바뀌길 기다렸다. 답답한 마음에 카스테레오를 켜자 피아노 연주가 흘러나왔다. 최근 몇 년 사이 세계적인 연주자로 거듭난 랑랑의 연주였다.

쇼팽의 발라드를 들으며 룸미러의 각도를 얼굴 쪽으로 틀었다. 시원하게 뒤로 넘긴 리젠트 헤어는 흐트러짐이 없었으나 투블럭인 옆머리가 생각보다 웃자란 느낌이었다. 어느덧 마흔. 나이가 들수록 헤어스타일만은 더 젊어 보이게 유지하고 있었다. 지금의 리젠트 스타일도 최근에 바꾼 것이었다. 옆머리를 밀고 남은 머리를 죄다 뒤로 넘긴 탓에 이목구비가 더 도드라져 보였다. 갈매기 날개를 닮은 눈썹과 외꺼풀의 눈, 단호해 보이는 입술에 날렵한 턱 선이 어우러진 얼굴. 불혹의 얼굴에는 그간의 인생이 담긴다더니 영락없이 고집스러운 관상이었다.

룸미러의 각도를 본래대로 되돌리고 머잖아 교차로의 신호등 불빛이 바뀌었다. 백동우는 기다렸다는 듯 가속 페달을 꾹 밟았다. 검정 아우디가 튕겨져 나가듯 출발했다.

끼이익, 교차로 중앙에 진입하기 직전이었다. 백동우는 측면에서 돌진해 오는 세단의 존재를 뒤늦게 알아챘다. 그러나 제동을 하기에는 이미 늦은 상황, 반사적으로 핸들을 돌렸다. 타이어가 미끄러지면서 나는 마찰음이 고막을 할퀴었다. 교차로에 긴 스키드마크를 긋던 아우디는 가로등 기둥을 들이박고서야 멈췄다.

세단, 그러니까 소나타의 상황은 더 심각했다. 급격한 방향전환에 원심력을 견디지 못하고 전복되더니 반대 차선으로 굴러버렸다. 그리고 그 반대 차선으로 5톤 화물차가 질주해왔다. 뒤늦게 사고 차량을 발견한 화물차는 미처 제동거리를 확보하지 못한 채 그대로 소나타의 옆구리를 들이받았다. 가스통이라도 폭발한 듯한 굉음이 터져 나왔다.

꿈일까…….

백동우는 찰나에 벌어진 끔찍한 상황을 도저히 실제상황으로 받아들일 수 없었다. 그러나 우그러진 엔진룸에서 뿜어 나오는 증기가, 거미줄처럼 금이 간 차유리가, 그 너머로 보이는 거미줄에 걸린 듯한 처참한 풍경이 조금 전 상황이 거짓이 아님을 알리고 있었다.

백동우는 엉망이 된 교차로를 응시하며 운전석 문을 열었다. 두 다리를 차례대로 도로 위에 내딛는데 쇳덩이를 단 것처럼 발이 무거웠다. 아스팔트 바닥이 흔들릴 리 없는데도 균형을 잡기 어려웠다. 머리는 어지러웠고 두 다리는 후들거렸다.

차에서 내리자 사고 현장은 보다 적나라하게 보였다. 트럭은 앞부분이 움푹 들어가 있었지만 소나타의 상황에 비하면 양호한 수준이었다. 뒤집어진 소나타는 휴지조각처럼 구겨졌고 충격으로 트렁크가 열려 있었다.

어떻게 이런 일이…….

백동우는 태어나 처음 경험한 교통사고에 몸과 정신이 마비됐다. 간신히 몸을 지탱하고 있는 다리는 제 것 같지가 않았다.

처참하게 구겨진 차 안으로 사람들이 보였다. 엄마와 아빠 그리고 열 살쯤 되어 보이는 아이. 일가족이 피를 뒤집어쓰고 있었다. 세 사람 모두 의식이 없는 것 같았다.

백동우는 핸드폰에 119를 입력하기 시작했다. 핸드폰을 든 손이 미친 듯이 떨리는 바람에 고작 세 자리 숫자 누르기가 쉽지 않았다. 손가락은 연신 누르고자 하는 숫자의 주변 숫자를 눌러댔다.

제발…… 제발 좀 가만히 있으라고!

간신히 119를 입력하고 나서 사고 차량으로 좀 더 다가갔다. 그 사이 세단에서는 피어오르는 연기가 짙어졌다.

"여기 합정역 부근 교차로인데요, 교통사고가……."

신고 전화를 하던 백동우는 갑작스러운 열기에 급하게 허리를 숙였다.

퍼엉!

세단에서 피어오르던 연기 속에서 붉은 화염이 치솟았다. 연기는 이내 검게 바뀌어 춤을 추었다. 검은 연기가 일가족을, 아이를 집어삼켰다. 그 처참한 풍경 앞에서 백동우가 할 수 있는 거라고는 현실을 부정하는 것뿐이었다. 아니야. 이건 꿈일 거야.

1부

예술가의 경련

5개월 뒤. 뉴욕 시 7번 애버뉴 거리 카네기홀.

한국에서 온 세계적인 피아니스트의 공연을 앞두고 사람들이 운집해 있었다. 피아노 독주회의 주인공인 백동우는 대기실 소파에 앉아 차례를 기다리는 중이었다. 리젠트 헤어와 콧수염에서 고집 센 분위기를 풍겼지만 실은 몹시 초조한 상태였다.

"우리 오빠, 오늘따라 유달리 긴장하시네. 무슨 일 있어요?"

매니저 채윤슬이 걱정 어린 말투로 물었다.

"그럴 리가. 별일 아냐."

백동우는 대수롭지 않게 대꾸했다. 그러나 시원한 대답과 달리 다리를 잠시도 가만두지 못하고 떨었다. 오른손으로는 연신 왼손을 주물러댔다. 베테랑 연주자의 면모는 보이지 않고 첫 콩쿠르를 앞둔 초등학생의 모습 같았다.

오늘은 안 돼. 오늘만이라도 버텨.

지금은 곧 있을 공연에만 집중해야 했다. 백동우는 잡념을 떨치려 연주할 악보를 떠올렸다. 그러나 상상 속 악보는 이내 사라졌다. 5개월 전 사고 이후 맞이한 첫 공식무대. 이전까지 스케줄은 사고 후유증을 빌미로 대부분 취소했다. 그렇다고 언제까지 마냥 잠적해 지낼 수만은 없었다. 세상은 개인의 변명에는 관심이 없다. 실패담이라면 모를까. 그러니 어떻게든 해내야만 한다. 더군다나 이번 무대는 그토록 꿈꾸던 무대, 카네기홀이었다.

5개월 전 그날, 백동우가 운전했던 차량은 사고 차량과 직접적인 충돌조차 없었다. 신호를 위반한 것도 백동우가 아니라 사망한 일가족의 젊은 아버지로 결론이 났다. 때문에 그는 참고인 조사를 받은 게 전부였다. 법적 책임은 질 필요가 없었다. 그렇다고 완전히 사면을 받은 건 아니었다. 백동우가 받아든 죄목은 차라리 사법부의 선고를 받는 게 나을 만큼 끔찍했다.

포컬 디스토니아(국소성 이긴장증).

다른 말로는 '예술가의 경련'이라고 불리는 증상이었다. 처음에는 5개월 전 사고의 후유증이라고만 생각했다. 그러니 일시적인 거라고, 감기 같은 거라고 믿었다. 그러나 증상은 시간이 흐를수록 악화됐다. 손가락은 평소에는 아무렇지 않다가도 피아노 앞에만 앉으면 통제를 벗어났다.

이 분야의 권위자라는 의사조차 정확한 원인을 알 수 없다고 했다. 신경계의 이상이라는 주장도, 정신적인 문제라는 학설도 있지만 확실한 건 알 수 없다고 했다. 의사는 자신의 의학적 권위를 위협하는 환자와 마주한 듯했다. 그는 확실한 치료법이 없다는 말을 한참이나 어렵게 돌려서 했다.

그날 매니저 윤슬이 식중독에 걸리지 않았더라면, 직접 운전하는 대신 택시를 탔더라면, 양화대교가 아닌 성산대교를 탔더라면, 그도 아니면 교차로에서 일이 초만 늦게 출발했더라면…….

　문득문득 때늦은 경우의 수들이 떠올랐고 그때마다 결론은 한결 같았다. 후회는 아무리 빨라도 늦다.

　처음 왼손의 이상을 발견한 건 사고가 있고 한 달여 뒤였다. 평소에는 아무렇지 않던 왼손이 이상하게 건반 위로만 향하면 말썽을 부리기 시작했다. 증세를 의식할수록 경련은 심해졌다. 그러니 애초에 무리였는지도 모른다. 조금 뒤 시작할 공연은. 그렇지만 카네기 홀을 포기한다는 건 불가능했다. 절대 양보할 수 없는 공연이었다. 수개월 전부터, 아니 평생 동안 준비해왔는데.

　백동우는 연신 왼손을 쥐었다 폈다. 경련이 서서히 잦아드는 게 느껴졌다. 예상대로 의식하지 못한 사이 감쪽같이 괜찮아졌다. 그는 아이가 마술도구를 들여다보듯 손을 들고 이리저리 돌려보았다. 이렇게 말끔해져서 증상이 열흘 넘게 나타나지 않는 것조차도 마치 증상 같았다.

　이 정도면 문제 될 게 없어. 이 정도만 돼도.

　허공에 가상의 건반을 그려 해본 연주는 매끄러웠다. 이대로 몇 시간만 버텨주면 된다. 지난 몇 개월간의 경험이 안심하기는 이르다고 속삭이고, 무대 위에서라면 상황이 어떻게 급변할지 몰랐지만 그래도.

　"천하의 백동우 씨께서 오늘따라 왜 이러실까."

　"카네기잖아."

　윤슬이 손에 핫팩을 들려주며 농담을 건넸다. 대답하는 백동우의 얼굴엔 웃음기가 조금도 없었다.

"너 이 일 관두면 뭐 할 거야?"

"글쎄요, 시집이나 가야죠. 근데 아직 남자가 없네."

윤슬이 장난스럽게 웃으며 대답했다. 그녀는 전혀 모르고 있었다. 오늘부로 진짜 실직자가 될 수도 있다는 사실을. 백동우는 이번 공연을 망친다면 은퇴까지 고려하고 있었다.

지난 5개월간 스케줄을 잇달아 취소하면서 그의 건강 상태에 대한 의혹이 커졌다. 오늘의 연주는 세간의 의혹을 불식시키거나 증폭시키거나 둘 중 하나가 될 것이다. 거기에 한 가지 문제가 더 있었다. 백동우는 테이블 위의 핸드폰을 집어 들고 통화 목록을 열었다.

아내의 번호로 열 건이 넘는 발신 기록이 남아 있었다. 그중에 통화가 이뤄진 표시는 하나도 없었다.

"아직도 연락이 안 돼요?"

윤슬이 넌지시 물었다. 백동우의 침묵은 그렇다는 대답이나 마찬가지였다.

"언니도 참. 이게 다 무슨 일이래……."

윤슬이 말꼬리를 흐리며 그의 눈치를 봤다.

"너무 걱정 마요. 다 큰 성인한테 무슨 일이야 있겠어요. 핸드폰을 분실했을지도 모르고."

그 말에 백동우가 지그시 윤슬을 바라봤다. 그건 말이 돼?

이틀 전부터 한국에 있는 아내와 연락이 닿지 않았다. 짐작되는 바가 없는 잠적이었다. 불길하고 재수 없는 상상이 꼬리에 꼬리를 물었다. 정말 바람이라도 난 건가. 백동우가 염려에 찌드는 사이 스텝으로 보이는 정장 차림의 여자가 대기실로 들어왔다. 윤슬이 백동우의 손을 감싸 쥐며 말했다.

"오빠, 시간 됐어요. 세상을 놀래주러 가자고요."

***

　무대 중앙을 향해 쏟아진 핀 조명에 검정색 스타인웨이가 강렬한 존재감을 뿜냈다. 악기라기보다는 차라리 스포츠카에 가까워 보였다. 포르쉐처럼 은은한 광택이 흘렀다.

　연주회장은 입장 시간이 되자마자 한꺼번에 관객들로 채워졌다. 까만 머리의 동양 여자는 공연 시작을 불과 오 분여 남기고서야 간신히 도착했다. 관객석에서는 잔잔하지만 경쾌한 말소리가 흘러 다녔다. 여자는 수런거리는 객석 사이로 자리를 찾아 움직였다.

　앞줄에서 세 번째, 피아니스트의 눈동자 색까지 확인할 수 있는 거리였다. 비에 젖은 검정색 레인코트를 손으로 가볍게 털어낸 뒤 벗었다. 레인코트 안에 숨어 있던 드레스가 드러났다. 몸의 굴곡이 고스란히 드러나는 파란색 세미드레스였다.

　주름이 잡히지 않게 엉덩이를 뒤로 밀며 앉았다. 벗어둔 레인코트는 가지런히 개어 허벅지 위에 내려놓았다. 여자는 맨살에 닿은 레인코트의 서늘한 기운에 한 차례 몸을 떨었다.

　낼모레가 크리스마스인데 비라니. 이보다 좋을 수 없는 연말이네.

　비어 있던 옆자리도 채워졌다. 건장한 사내였다. 여자는 인기척을 느꼈지만 굳이 돌아보지 않았다. 어차피 일면식도 없는 사람일 텐데. 옆에 앉은 남자는 생각이 다른 듯했다.

　"혹시 한국 분이세요?"

예상치 못한 모국어에 여자는 흠칫 놀랐다. 낯선 손길이 불시에 귀를 스친 기분이었다. 처음 보는 남자가 그녀를 쳐다보았다. 남자는 편안한 표정이었다.

이 사람도 한국인인가?

그렇다고 반가운 마음이 들지는 않았다. 경험상 해외 생활 중 가장 경계해야 할 사람이 바로 모국인이었으니까. 여자의 중추신경이 즉각 경계 신호를 보내왔다.

"그걸 어떻게?"

여자는 이미 모으고 있던 다리를 더 바짝 붙였다. 남자가 턱으로 여자의 허벅지를 가리켰다. 개어둔 레인코트 위에 있던 스마트폰 화면에 '금요일'이 한국어로 표시되고 있었다.

여자는 민망해졌다. 그때서야 사내의 용모가 객관적으로 눈에 들어왔다. 짙고 길게 뻗은 눈썹과 곧은 콧날, 강인해 보이는 턱과 럭비선수처럼 넓은 어깨. 강인하고 차가운 인상이었지만 둥근 눈매가 이를 상쇄했다. 전체적으로 매력적인 외모였다.

여자는 왼쪽 귀밑머리를 넘기며 슬쩍 미소를 지었다. 하얀 목덜미에서 음표 모양의 펜던트가 흔들렸다. 아 참, 남자들은 여자가 머리를 넘기면 유혹이라 생각한다던가. 여자는 머리카락을 매만져 다시 귀를 덮었다.

"혼자 오셨어요?"

남자의 시선은 어느새 정면의 무대로 돌아가 있었다. 그러고 보니 슬슬 피아니스트가 입장할 시간이었다. 여자는 남자가 그저 붙임성 좋은 사람인지도 모르겠다고 생각했다. 그러자 경계심이 누그러지는 것과 동시에 내심 아쉬운 마음이 들었다.

"네, 같이 오기로 한 일행이 갑자기 일이 생기는 바람에……."

여자는 순간적으로 거짓말을 했다. 크리스마스를 앞두고 홀로 연주회에 온 사실을 굳이 티 내고 싶진 않았다.

"잘됐네요. 저도 혼자거든요."

남자는 조금 뜸을 들였다가 이어 말했다.

"좀 덥네요."

남자는 슈트를 벗어 팔걸이에 올렸다. 그러다 옷에서 흘러나온 뭔가가 바닥에 떨어졌다.

주사기?

여자는 서둘러 시선을 거뒀다. 얼핏 펜처럼 보이던 물건은 주사기가 분명했다. 병원을 벗어난 그것은 병원균처럼 불결해 보였다. 여자의 감각기관에 날이 섰다. 남자가 슈트를 벗으며 일으킨 미풍조차도 면도날처럼 예리하게 느껴졌다. 훅 끼친 바람에는 이상한 냄새가 섞여 있었다. 겨울로 넘어가기 직전의 가을이랄까, 낙엽 같은 냄새랄까. 조금 비릿한 머스크향이었다. 그러나 정작 주사기를 떨어트린 남자는 굳이 감출 마음이 없는 듯했다.

그는 바닥에 떨어진 주사기를 천천히 집어 들며 여자를 돌아봤다. 남자와 눈을 마주친 여자는 머리카락이 곤두서는 기분이었다. 그녀는 거기가 가장 안전한 데라는 듯 시선을 무대로 옮기고 무릎 위의 양손을 맞잡았다. 떨리는 손바닥에 땀이 고였다. 그리고 혼자 왔다고 말한 사실을 후회하는 중이었다.

여자의 등을 수백 개의 죽비가 두드리는 듯한 무지막지한 박수 소리가 터졌다. 무대 왼편에서 턱시도 차림의 피아니스트가 들어섰다. 180센티미터가 넘는 키에서 나오는 걸음걸이가 시원시원했다.

인슐린 주사, 그런 거겠지…….

여자는 공연한 상상 대신 이어질 공연에 집중하기로 했다. 평소에도 사서 하는 걱정에 피로를 달고 사는데 오늘만이라도 자유롭고 싶었다.

백동우는 관객석을 향해 허리를 90도로 숙였다. 연주 전에 시답잖은 농담 몇 마디 꺼내는 게 보통이었는데 오늘은 아니었다. 실낱같은 미소가 가물가물하게 보였지만, 그마저도 피아노를 향해 몸을 돌리자 사라졌다.

의자에 앉은 백동우는 긴 숨을 내쉬었다. 피아노 앞이 아니라 교수대 앞에 선 기분이었다. 이제는 망설일 수도 물릴 수도 없는 시간이었다. 그는 양손을 모아 입에 대고 입김을 불어 넣었다.

제발, 이번 한 번만!

Beethoven Piano Sonata No.23 in F Minor, OP.57 "Appassionata"

첫 곡은 '열정'이란 이름으로 잘 알려진 베토벤의 소나타였다. 한순간의 실수도 용납할 수 없었다. 그러나 지금 상태라면 오히려 실수 정도로만 그치게 해 달라 빌고 싶었다.

초겨울 북풍처럼 불어 닥친 고독감에 본능적으로 관객석을 흘겨봤다. 아내가 있을지도 모른다. 아내를 본다면 힘이 날 것도 같았다. 왔다고 한들 찾을 수는 없을 것이다. 그래도 공연이 끝나고라도 아내를 보게 된다면, 그럴 수만 있다면 삼 일이나 연락되지 않던 일과 그로 인해 가슴 졸인 시간까지도 기꺼이 용서하리라.

　피아노 음들 사이로 낯선 목소리가 들린 건 그의 몸이 어느 정도 달아올랐을 때였다. 잘하면 무사히 연주를 마칠 수도 있겠다는 희망이 들기 시작한 시점이기도 했다.

　"넌 이 무대에 설 자격이 없어!"

　뭐지? 백동우는 연주를 이어가는 동시에 슬쩍 옆을 돌아봤다.

　왼편의 페이지터너는 무표정한 얼굴로 입을 다물고 있었다. 한국인도 아니었다.

　환청인 걸까?

　혼란스러운 와중에 우려하던 일이 벌어졌다. 왼손이 전류를 흘려보낸 개구리 뒷다리처럼 꿈틀거렸다.

　왜 이래? 그건 사고였어. 운이 없던 것뿐이라고!

　왼손의 항명은 거셌다. 서서히 경직도가 심해졌다.

　"어떤 사고를 말하는 거지? 아직 진짜 사고는 시작도 안 됐는데."

　같은 목소리였다. 관객들의 동요는 없었다. 동요가 없는 건 페이지 터너 역시 마찬가지였다. 조금 전 목소리는 백동우에게만 들리는 게 확실해졌다.

　환청인가?

　공연을 앞두고 느꼈던 심적 압박을 생각한다면 환청이 들리는 것도 무리는 아니었다. 그건 문제도 아니었다. 전조를 보이던 예술가의 경련이 본격화되고 있었다. 전체 연주의 2할도 진행되지 않은 상황. 백동우의 등은 이미 땀으로 흥건했다.

남자는 눈꺼풀을 움찔거리는가 싶더니 천천히 눈을 떴다. 홀에 흐르는 연주는 '열정'에서 베토벤 피아노 소나타 제31번 A장조, 일명 '탄식의 노래'로 바뀌어 있었다. 흐느끼는 듯한 크레센도에 이르자 연주는 더욱 강렬해졌다. 속사포처럼 터져 나오는 음들이 온몸을 나무망치로 두드리는 것 같았다.

남자는 자꾸만 미간을 찌푸렸다. 더 가까이서 듣고 싶다는 듯 상체를 앞으로 기울였고 깍지 낀 손으로 턱을 괴었다. 그 자세로 피아니스트를 뚫어질 듯 노려보았다. 정확히는 건반 위의 손가락들을. 그러다 의미심장한 표정을 지으며 앞으로 기울였던 상반신을 천천히 등받이로 기댔다. 순간 무대에서 무지막지한 불협화음이 터져 나왔다.

꽈광!

연주는 이 엄청난 소음을 끝으로 멎어버렸다. 거침없던 피아니스트의 손가락들이 말려 있었다. 백동우의 두 주먹은 아직까지도 건반들을 짓눌렀다. 오른손과 달리 왼손은 반주먹이었다. 이미 주먹조차 제대로 쥘 수 없는 상태였다.

관객들의 웅성거림이 퍼지기 시작했다. 백동우는 결국 고개를 떨어트렸다.

"빌어먹을. 원했던 게 이거야?"

백동우는 허공을 향해 소리쳤다. 그러나 환청의 대답은 없었다. 헛소리 같은 그의 말은 동요한 관객들의 소요를 부추기는 꼴이 되었다. 관객들이 핸드폰을 꺼내 메시지를 보내기 시작했다. 그보다 과감한 자는 대놓고 백동우를 촬영했다. 정상적인 연주회 상황이라면 상상조차 할 수 없는 행동들이었다.

반쯤 넋이 나가 있던 백동우는 뒤늦게 관객들의 동요를 알아챘다. 대응을 해야 했지만 어떤 말도, 행동도 떠오르지 않았다. 그때 백동우의 어깨에 페이지터너의 손길이 닿았다.

"Are you all right?"

백동우는 일어나 관객석을 향해 고개를 숙였다.

1초, 2초, 3초……

비로소 연주가 중단됐다고 판단한 관객들이 제각각 행동했다. 먼저 '괜찮다'는 위로의 말이 다양한 언어로 쏟아졌다. 관객 대부분은 백동우가 소리친 한국어를 알아듣지 못한 터였다. 그래서 아직까지도 연주가 잠시 중단된 거라고 믿는 눈치들이었다. 이 자체가 일종의 퍼포먼스라고 기대하는 것 같기도 했다.

"백동우 씨, 무슨 문제라도 있는 겁니까?"

외국어들의 웅성거림 사이로 한국어가 날카롭게 튀어나왔다.

"혹시 신변에 이상이라도 있는 겁니까?"

기자임을 짐작케 하는 질문이었다. 그는 원하는 답변을 듣기 위해서라면 당장 무대라도 오를 기세였다.

어느새 다가온 윤슬이 백동우를 잡아끌었다. 목소리가 다시금 들리기 시작했다.

"백동우, 이걸로 넌 끝이야."

"너 정체가 뭐야?"

백동우가 나직이 되물었으나 목소리의 주인은 이내 침묵했다. 목소리가 들린 듯한 방향에서는 한층 걱정스러운 얼굴을 한 윤슬이 그를 바라보고 있을 뿐이었다.

소란에도 머스크향의 남자는 이렇다 할 동요가 없었다. 그는 옆자리의 여자를 바라봤다. 그녀 또한 적잖은 충격을 받은 듯했다. 양손으로 벌어진 입을 가린 채 굳어 있었다. 남자는 마치 애인을 바라보는 눈길로 여자를 관찰했다. 흑발 사이로 수줍게 드러난 귓불 아래 실버 펜던트가 애처롭게 흔들렸다.

여자는 주사기를 본 이후로는 남자를 쳐다보지 않았다. 무시한다고 했으나 이따금 목덜미로 닿는 남자의 뜨거운 시선이 느껴졌다. 어쩐지 잘생긴 뱀파이어가 떠올랐다.

남자의 손이 슈트의 안주머니로 향했다. 품에서 빠져나온 손에는 주사기가 들려 있었다.

무대를 보는 척했지만 여자는 침착하려고 애쓰고 있었다. 그러나 음표 모양의 펜던트가 떨리는 건 막을 수 없었다. 남자는 자연스럽게 그리고 거침없이 여자 쪽으로 몸을 기울였다. 동시에 오른팔을 뻗어 여자의 목을 감싸 안았다. 자연스럽고 군더더기 없는 행동이었다. 남자는 여자가 비명을 지를 틈을 주지 않고 오른팔에 힘을 주었다.

헉, 여자의 입에서 나올 수 있는 소리는 거친 단말마의 호흡뿐이었다. 그마저도 격앙된 관객들의 소란에 묻혔다. 남자는 여자의 귓가에 대고 말했다.

"이봐, 왜 모른 척하지?"

여자의 귓가에 속삭이던 남자의 입술이 여자의 귓불을 한 차례 깨문 뒤 다시 속삭였다.

"이런 걸 원한 거야?"

남자의 이두박근에 목이 졸린 여자는 아무 소리도 낼 수 없었다.

팽창한 동공에 눈물이 그렁할 뿐이었다. 그러는 사이 여자의 옆구리에 꽂힌 주사기의 용액이 줄어들었다. 여자의 근육은 순식간에 이완됐고 이내 손가락 하나 움직일 수 없게 됐다.

남자는 품에서 벗어나려는 여자의 움직임이 좋았다. 홑겹의 얇은 드레스에서 느껴지는 여자는 따뜻했고 보드라웠다. 작은 조류가 손아귀에서 버둥거릴 때의 느낌이랄까. 아쉽게도 당분간은 맛보기 힘들 쾌감이었다. 남자는 이 순간을 음미하듯 여자의 움직임이 잦아든 뒤로도 포옹을 유지했다.

백동우는 무대에 재등장하지 않았다.

남자는 관객들이 일제히 퇴장하는 때를 같이 해 움직였다. 그는 미리 공연장 출구에 준비해둔 휠체어에 여자를 태운 뒤 인파에 섞였다.

휠체어에 앉은 여자의 입에 남자와 마찬가지로 마스크가 씌워져 있었다. 무릎부터 복부까지 무릎담요에 덮여 있는 여자는 숙면에 빠진 듯 평온해 보였으나 졸렸던 목은 붉게 달아올랐다.

휠체어를 밀어 도착한 곳은 카네기홀의 인근 주차장이었다.

남자는 포드 익스플로러 앞에서 멈춰 섰다. 차량 문이 있는 곳까지 가려니 옆 차와의 간격이 비좁았다. 그사이 거구의 흑인 사내가 다가오고 있었다.

남자는 상대의 유니폼을 보고 경찰인가 했으나 곧 사설 경비원임을 알아챘다. 대체로 사설 경비원들의 유니폼이 경찰에 비해 화려했다. 그렇다고 방심해서는 안 됐다. 상대는 경찰이 아니라고 해도 충분히 위협적인 덩치였다.

남자는 거구의 관심을 끌지 않으려 휠체어의 여자를 내려다봤다. 아픈 아내를 정성스럽게 돌보는 남편 정도로 보이길 원했다.

담요 밖으로 힘없이 늘어진 여자의 손이 보였다. 남자는 손을 담요 안으로 슬며시 집어넣었다. 거구는 좀 더 가까워졌다. 선제공격을 가했을 때의 승산이 낮지는 않았으나 소란을 피워 좋을 건 없었다.

남자는 휠체어를 자신의 방향으로 돌리고 여자 앞으로 몸을 수그렸다. 괜히 담요를 추스르는 척했다. 거구는 바로 뒤까지 다가왔다.

"Do you need help?"

말과는 달리 의심이 서린 눈빛이었다. 두 사람 다 마스크를 쓰고 있는데다 어린애도 아닌 성인 여자가 잠든 상태였다. 의심까지는 아니어도 호기심을 유발하기에는 충분했다.

"Thank you, but no problem."

남자는 슬쩍 웃어 보였으나 거구는 돌아서지도 지나치지도 않았다. 같은 방향에서 또 다른 경비가 나타나지 않았다면 남자는 일단 거구에게 일격을 가했을 것이다. 뒤늦게 나타난 동료가 부르는 바람에 거구도 관심을 접고 물러났다.

"Good luck."

멀찍이 경비원들의 대화가 간헐적으로 들렸다. 차이나 운운하는 걸로 보아 중국인으로 생각하는 것 같았다.

남자는 여자를 안아 들기 위해 상체를 숙였다. 여자의 손이 다시 담요 밖으로 삐져나왔다. 이제 보니 반쯤 눈을 뜨고 있었다. 두려움에 찬 눈, 여자는 입술을 달싹였지만 소리를 내지는 못했다.

남자는 여자를 안아 들고 짐짝처럼 트렁크에 실었다. 여자가 마침내 신음에 가까운 소리를 내기 시작했다. 물끄러미 지켜보던 남자는 품에서 주사기와 정체 모를 약병을 꺼내 들었다.

"잠시 갔다올 데가 있으니까 기다려."

투약을 마친 남자는 여자의 이마에 입을 맞추고는 트렁크를 닫았다.

***

대기실엔 백동우와 윤슬뿐이었다. 그는 연신 아랫입술을 깨물었다.

"좀 마실래요?"

걱정스러운 얼굴로 지켜보던 윤슬이 생수병을 건넸다. 백동우는 병뚜껑을 돌리려다 말고 주춤했다. 윤슬은 그제야 그의 왼손이 부들부들 떨리고 있다는 걸 알아챘다. 그녀의 눈동자가 커졌다.

"오빠 손이…… 설마 이것 때문이었어요?"

백동우는 왼손만 바라볼 뿐 대꾸가 없었다.

"괜찮아졌다더니 다 거짓말이었던 거예요?"

백동우가 생수를 탁자 위로 내던지듯 내려놓았다.

"지하한테 연락 온 건 없어?"

고개를 젓는 윤슬을 보고 백동우는 양손으로 이마를 받쳤다. 악몽을 꾸고 있는 걸까. 연락이 되지 않는 아내, 망쳐버린 연주회. 머리가 납덩이처럼 무거웠다.

"혼자 좀 있게 해줘."

"지금은 안 돼요. 뭐라도 해명을 하지 않으면 추측성 기사들이 쏟아질 텐데……."

"부탁해."

백동우가 쓸쓸한 표정으로 윤슬을 바라봤다.

다시 혼자가 된 백동우는 손바닥으로 눈을 가렸다. 화가 나는 동시에 서러웠다. 얼마나 고대했던 무대인가. 이 무대에 서기 위해, 여기까지 오기 위해 얼마나 치열하게 달려왔던가. 그러나 모두 다 끝이었다.

"이제 인정해?"

화들짝 놀란 백동우가 주위를 두리번거렸다.

"이거 참 시시한 결말이야."

왼손이었다. 왼손이 말을 하고 있었다. 백동우는 자아분열이란 용어를 떠올리며 지금의 상황을 이해하려고 애썼다. 그러나 이해될 리가 없었다. 그저 왼손의 손목을 목 조르듯 힘주어 움켜쥘 뿐이었다.

"소용없어. 앞으로는 젓가락행진곡이나 치라고."

빌어먹을 자식. 더는 참을 수 없었다. 허공에 집어던진 생수병이 거울을 향해 날아갔다. 애꿎은 거울이 병에 얻어맞고 와장창 깨졌다.

백동우는 거울로 다가가 날카로운 파편 하나를 집어 들었다. 손가락에서 날카롭고 서늘한 감촉이 느껴졌다. 거울 조각의 뾰족한 부분을 왼손 손목 위로 가져갔다. 거울 속으로 상기된 얼굴이 비쳤다. 그 얼굴이 일그러졌다. 이 이상 최악이 있을까. 될 대로 되라지. 백동우가 막 손목을 그으려 할 때였다.

문이 벌컥 열렸다. 윤슬이 들어왔다. 혼자가 아니었다. 누구지? 윤슬 뒤로 처음 보는 사내가 서 있었다.

"오빠!"

윤슬은 백동우를 보고 놀라 손으로 입을 틀어막았다.

"이게 다 뭐예요?"

"아냐, 아무것도."

백동우는 거울 조각을 내려놓았다. 비참한 기분이 더 엉망으로 변했다. 윤슬 뒤편에서 사내가 그를 물끄러미 바라보고 있었다. 훤칠한 키에 미남이었지만 어딘가 서늘한 인상의 사내였다.

"혼자 있고 싶다고 했잖아."

사내를 빤히 보면서 말했다.

"이분이 오빠한테 할 말이 있대서요. 지하 언니랑 아는 분이래요."

눈앞의 사내는 처음 보는 사람이었다. 사내가 고개를 끄덕이자 마치 그러기로 한 것처럼 윤슬은 대기실을 빠져나갔다.

"제 아내를 아신다고요?"

"설마 자해를 하려고……."

"먼저 묻잖아요."

"그냥 지어낸 말이에요. 백동우 씨 만나려고."

"뭐?"

백동우가 사내에게 다가섰다.

"나를 왜?"

"그게 말입니다……."

백동우는 자신이 언성을 높이는데도 괜히 위축되는 기분을 느꼈다. 밀폐된 공간에 건장한 사내와 둘뿐이었다. 재킷도 사내의 넓은 어깨와 단단한 승모근을 감추지는 못했다.

"제가 조금 전에 백동우 씨 팬 한 명을 납치했어요."

뭐지? 이 황당한 새끼는.

술 냄새는 나지 않았다. 동공 상태로 보아 약을 한 것 같지도 않았다. 순간적으로 또다시 왼손의 목소리를 들은 게 아닌가 헷갈렸다.

"내가 지금 그쪽 말을 이해하지 못한 겁니까?"

"아뇨, 들으신 그대로입니다. 조금 전에 그쪽 팬 한 명을 납치했다니까."

사내가 차분하게 앞서 했던 말을 되풀이했다. 백동우는 현기증을 느꼈다. 이미 벌어진 일들만으로도 정신적으로 한계였다. 대체 이 빌어먹을 놈은 뭐야?

"그렇다고 칩시다. 그래서요? 먼저 거짓말은 날 만나기 위해서였고, 이번 거짓말은 뭘 위해서입니까?"

사내가 피식 코웃음을 쳤다.

"이번 건 거짓말이 아니에요."

백동우는 순간 얼빠진 얼굴을 했다.

"뭐가 되었든 나가요. 경호원을 불러야 합니까?"

사내는 물러설 기미가 없었다. 그는 백동우를 지나쳐 거울로 다가가더니 거미줄처럼 금이 간 거울에 비친 제 얼굴을 가만히 쳐다봤다. 백동우는 저도 모르게 마른침을 삼켰다. 긴장하고 있다는 게 스스로 느껴졌다.

이해할 수 없었다. 이런 정신 나간 놈의 말에 연연하고 있다니. 놈의 행동이 지나치게 천연덕스러운 탓인지도 몰랐다. 아니면 말투가 거슬려서일 수도 있다. 그도 아니면 억지스러운 말과 차분한 말투 간의 부조화 때문일지도 몰랐다. 기분 나쁠 정도로 침착한 인간이 었다.

사내는 여전히 거울을 들여다보는 중이었다. 그는 이마에 내려온 머리카락을 쓸어 넘기더니 돌아섰다.

"지금 저를 쫓아내면 후회합니다."

돌아선 사내의 손에는 백동우가 내려놓은 거울 조각이 들려 있었다. 그 서슬에 놀라 백동우는 주춤 물러섰다.

"나한테 아직까지 후회할 일이 남아 있다니. 듣던 중 반가운 소리네."

"이봐. 농담을 하기에는 좋은 날이 아니야."

본심을 드러내려는 걸까. 사내가 반말을 했다. 목소리에서 위협의 냄새가 묻어났다.

"내가 지금 제법 인내심을 발휘하는 중입니다. 백동우 씨와 비슷한 이유로."

사내가 거울 조각을 제 얼굴 앞으로 들어 보이며 말했다. 연주회를 망친 것에 대한 항의일까? 고작 그런 이유라 하기에는 언행이 지나쳤다. 차라리 흥분해서 욕이라도 해대는 쪽이었다면 이해가 갔을 거다.

"지금부터 당신이 해야 할 일은 이런 게 아니야."

"내 팬인지 모르겠지만 더 간섭하면…….'

말을 끝낼 수 없었다. 미처 말릴 틈도 없이 사내가 제 손목을 거울 조각으로 그었기 때문이다. 붉은 피가 사내의 손목을 뒤덮어갔다.

"무슨 짓이야!"

"보세요. 이런들 뭐 바뀌는 게 있습니까? 당신이 해야 할 일은 따로 있어."

"말해봐. 내가 해야 할 그 빌어먹을 일이란 게 뭐야!"

"앞으로 두 달 안에 여기서 다시 연주해야만 합니다."

농담이라기에는 사내의 표정이 너무 진지했다. 진지한 표정과 달리 그가 한 말은 터무니없었다. 다른 곳도 아닌 카네기홀에서, 그것도 두 달 안에 재연주를 하라니. 정신 나간 소리였다. 앞으로 두 달이 아니라 이 년 안에 공연 일정을 잡기도 쉽지 않은 일이다.

"어렵겠지만…… 나도 최대한 시간을 드리는 겁니다."

"장난도 이 정도면…….

사내가 불쑥 백동우 앞으로 걸음을 내디뎠다.

"좀 빌리죠."

사내는 쥐고 있던 거울 조각을 버리고 백동우의 가슴 포켓에서 행커치프를 꺼내 상처 난 손목에 감았다.

"왜 내 말을 들어야 하느냐고? 간단해요."

사내가 행커치프 한쪽을 입으로 물고 묶느라 새는 발음으로 말했다.

"내가 그러길 원하니까."

사내가 슈트를 한 번 털고 나서 가볍게 돌아섰다.

막상 사내가 뒷모습을 보이자 백동우는 초조했다. 터무니없는 말들을 늘어놓아서 그렇지 생긴 건 멀쩡했다. 정신 나간 놈으로 보이진 않았다. 오히려 흥분한 쪽은 자신이었다.

사내는 그대로 대기실 문을 나섰다. 문을 닫으려던 그는 잊은 게 생각났다는 듯 돌아보며 말했다.

"아 참, 아내분은 잘 계시나?"

백동우는 질끈 눈을 감았다 떴다. 이 상황에 지하가 왜 나오는 거지?

사내는 백동우를 혼란에 빠트리고는 문을 닫았다. 백동우는 닫힌 문을 보며 핸드폰부터 꺼냈다. 지하는 여전히 전화를 받지 않았다. 그저 떠본 거라 여기기엔 타이밍이 절묘했다. 왠지 찝찝했다. 사내를 쫓으려 대기실을 나섰다. 놈은 흔적도 없이 사라지고 없었다.

"그 자식 뭐야?"

백동우는 공연히 윤슬에게 신경질을 부렸다.

"저야 모르죠. 지하 언니랑 아는 사이라던데. 오빠랑 아는 사람 아니에요?"

백동우는 고개를 저었다. 윤슬의 얼굴에 의아함이 묻어났다. 두 사람 다 귀신에라도 홀린 듯 혼란스러운 상태였다.

"언니랑은 아직도 연락 안 돼요?"

"안 받아."

"이게 다 무슨 일이지……. 귀국 일정을 좀 당길까요? 빠듯하긴 하지만 무리하면 모레 정도 가능해요."

백동우는 사내의 정체를 추리하느라 윤슬의 말을 듣지 못했다. 놈은 분명 팬 한 명을 납치했다고 했다. 그러면서 두 달 내로 공연을 재개하라는 황당한 소릴 했고, 마지막에는 뭔가 알고 있다는 듯 지하의 안부를 물었다.

내 팬과 아내…….

순간 상상조차 하기 싫은 가설 하나가 떠올랐다. 설마 납치했다는 팬이 지하라면! 아내와 연락이 되지 않는다는 사실은 백동우 본인과 윤슬만 알고 있는 것이었다. 윤슬도 그건 언급한 적이 없다고 했다. 만약 놈이 정말로 지하를 납치한 거라면 왜 굳이 정체를 드러낸 걸까.

유괴범은 정체를 감추기 마련이다. 놈은 당당히 얼굴을 드러냈다. 만약 이미 아내를 만났고, 무슨 짓을 저지른 후라면…….

최악의 가설에 백동우는 마음이 다급해졌다.

"오빠 정 불안하면 내일 저녁 일정까지만……."

초조해하는 백동우를 보며 윤슬이 타협점을 제시해갔다. 그러나 백동우는 그녀의 말을 잘랐다.

"아냐, 지금 당장 가야겠어."

"네? 안 돼요! 내일 인터뷰 취소했다가는 진짜 난리 난다니까요. 저 진짜 잘려요!"

"공항으로 바로 가야겠어. 남은 일정은 다 취소해."

백동우는 이미 결정했다는 듯 곧장 대기실을 나섰다.

***

사내가 모는 익스플로러는 95번 고속도로를 타고 빠르게 북상 중이었다. 그는 최종 목적지로 스탠디시와 포틀랜드를 두고 갈등했다.

여자에게 추가로 투약한 약물은 치오펜탈 소듐이었다. 마취 효과가 빠르긴 한데 지속 시간이 긴 약물은 아니었다. 체구가 작은 탓인지 여자는 한 시간이 다 되어서야 의식을 회복하고 있었다. 의식을 차린들 달라질 건 없었다. 여자의 손발은 공업용 테이프로 결박된 상태였다.

"가고 싶은 데 말해봐."

사내는 연인에게 데이트 코스를 묻듯 달콤하게 물었다.

"왜…… 왜 이러세요?"

여자의 목소리가 떨려서 나왔다. 사내는 여자의 가냘픈 음색이 듣기 좋았다. 두려움만큼 진실한 감정이 또 있을까.

"내가 묻잖아."

"살려주세요, 제발!"

"귀국 일정이 당겨져서 멀리는 못 가. 그래서 말인데 뉴햄프셔 내에서 고르면 좋겠어."

여자가 소리를 지르기 시작했다. 고막을 찌르는 여자의 비명에 사내가 슬쩍 인상을 찌푸렸다. 입까지 막는 편이 나았겠지만 그건 곤란했다. 그는 대화를 좋아하는 편이었다.

"부탁 좀 할게. 우리 의미 있는 대화를 하자고. 또 알아. 우리가 서로 마음을 움직일 수 있을지."

"절 어떻게 하려는 거예요?"

사내가 만족스럽다는 듯 미소를 머금었다.

"봐, 대화가 되잖아. 당신에게는 나 같은 사람이랑 대화가 필요해."

여자는 엉덩이 걸음으로 차창에 다가갔다. 차창 밖으로 펼쳐진 풍경은 건물과 사람들로 북적이는 뉴욕이 아니었다. 사람의 흔적이라고는 숲속에 드문드문 박힌 목조주택이 전부인 산악지대였다. 여자의 시선은 2차선 도로에서 나란히 달리는 중인 포드 차량에 머물렀다. 뒷좌석의 백인 아이와 눈이 마주쳤다. 여자는 그 아이를 절박한 눈으로 마주 봤다. 여자는 소리 없이 입 모양만으로 외쳤다.

'헬프 미!'

사내는 룸미러를 통해 그런 여자의 행동을 지켜보는 중이었다. 소용없는 짓이었다. 짙은 썬팅 탓에 밖에서는 차 안을 볼 수 없었다.

"미국이란 나라 말이야, 땅덩어리 넓은 게 제일 부러워. 막 자신감이 샘솟는다고나 할까. 무슨 짓을 저질러도 모르니까."

겁에 질린 여자는 남자를 이해할 수 없었다. 돈이 목적으로는 보이지는 않았다. 성욕도 아닌 것 같았다. 저 정도 훤칠한 사람이 왜?

"생각해봤는데 음악이 좋겠어. 바이올린 얘기해볼까? 아냐, 난 역시 피아노가 좋아."

바이올린이라는 말에 여자의 팔등으로 소름이 돋았다. 남자가 자신을 알고 있었던 것 같다는 기분이 들었다.

"먼저 목적지부터 정하자고."

여자의 시선과 남자의 시선이 다시 한번 룸미러에서 충돌했다. 여자는 두려움에도 불구하고 이번에는 남자의 시선을 회피하지 않았다. 그를 본 적이 있는지 떠올려보기 위해서였다. 룸미러 속 사내가 슬쩍 미소를 지어 보였다. 그 표정만 보자면 첫 데이트를 떠나느라 들뜬 사람처럼 보일 지경이었다.

"숲이야, 바다야?"

여자는 남자가 콘솔박스 위로 주사기를 슬며시 내려놓는 걸 보았다. 여자는 또다시 약물에 취하는 것보다는 사내의 요구에 따르는 편이 낫겠다고 판단했다. 머릿속으로 숲과 바다를 떠올려보았다. 평소라면 휴양지 느낌일 장소들이 전혀 다르게 다가왔다. 인적 없는 깜깜한 숲은 공포 그 자체였다. 어둠에 잠긴 바다 역시 두렵기는 마찬가지였다.

여자는 떨리는 목소리로 말했다.

"바다요."

백동우는 도착을 알리는 기내방송을 듣고 잠에서 깼다. 머리가 무거웠다. 열세 시간 넘는 비행시간 동안 거의 잠을 자지 못했다. 옆자리 윤슬은 아직 잠결이었다. 몹시 지쳐 보였다.

서서히 정신이 맑아지는 가운데 하나의 생각이 오롯해졌다. 놈보다 먼저 지하를 만나야 한다. 최대한 서두른다고 했으나 놈이 항공편을 예매해뒀다면 한 발 앞서 귀국했을지 모른다.

물론 여전히 그 말을 다 믿는 건 아니었다. 아니, 오히려 거의 믿지 않았다. 온전히 믿었다면 급한 대로 경찰에 연락했을 것이다.

백동우는 근거 없다고 치부하면서도 하나의 사실로 인해 겁이 났다. 아내가 여전히 전화를 받지 않는다는 사실.

"먼저 갈 테니까 넌 바로 퇴근해."

백동우는 비행기가 활주로에 멈춰 서자마자 분주하게 움직였다.

"저 해고된 거 아니죠?"

윤슬이 부스스해진 머리카락을 추스르며 물었다.

백동우는 기내 천장의 수납함에서 백팩을 꺼내 멨다. 기내를 벗어나자마자 달리기 시작했다.

제발 무사해야 해.

플랫폼을 빠져나오자마자 핸드폰의 비행 모드를 해제했다. 부재 중 전화와 메시지를 비롯한 각종 알림음들이 동시다발적으로 울리기 시작했다. 연달아 뜨는 메시지들 중 아내의 것이 있기를 간절히 바랐다. 그러나 알림음이 다 멎을 때까지 아내의 번호는 뜨지 않았다.

다시 아내에게 전화를 걸었다.

받아라. 좀!

불륜부터 납치, 사고까지 온갖 불길한 상상이 한 차례씩 떠올랐다. 사고나 납치였다면 어떤 식으로든 연락이 왔을 것이다. 정말 바람이라도 난 걸까. 연결되지 않는 전화는 한심한 상상마저 불러일으켰다.

결혼 5년 차 부부. 별다른 일이 없으면 이삼 일씩 연락을 하지 않는 경우는 더러 있었다. 다투고 나면 화가 풀리지 않아 서로 연락을 피하기도 했다. 이번 미국행을 앞두고도 작은 언쟁이 있었다. 큰 공연을 앞두고 왼손 때문에 잔뜩 예민하게 굴었다. 그래서 다투었다고는 해도 여전히 의문은 남았다. 이렇게까지 한쪽이 일방적으로 피하는 일은 없었기 때문이다. 그의 기억에는 그랬다.

택시 정류장에 긴 줄이 보였다.

"미안합니다."

백동우는 막 택시의 문을 열던 커플을 순식간에 제치고 올라탔다. 택시기사가 헐떡이는 백동우를 보고 인상을 찌푸렸다. 새치기에 대해 해명을 요구하는 얼굴이었다.

"급한 일입니다. 논현동이요."

백동우가 오만 원짜리 지폐 넉 장을 내밀며 말했다.

이십 만원은 시간을 돌릴 수는 없어도 단축시킬 수는 있었다. 택시는 인천공항에서 출발한 지 채 한 시간도 걸리지 않아 목적지인 논현동에 진입했다.

　주택단지로 접어들자 백동우는 운전석과 조수석 사이로 목을 빼고 전방을 살폈다. 이제 코너 하나만 돌면 집이 있는 블록이었다. 그러나 택시는 코너를 돌자마자 정지했다. 골목 네거리에 서로 먼저 가려던 차들이 뒤엉켜 있었다.

　"여기서 내리시는 게······."

　기사가 채 말을 마치기도 전에 백동우는 택시에서 내려 달리기 시작했다. 실체를 알 수 없는 위협이 그를 끝없이 초조하게 만들었다. 마침내 그의 단독주택이 시야에 들어오기 시작했다. 낯선 여자가 그의 집 앞에 서 있었다.

사라진 아내

백동우는 여자의 행색을 살폈다. 흰색 롱패딩에 슬리퍼 차림. 그리고 웨이브가 들어간 긴 머리. C컬 단발인 아내와는 얼른 봐도 거리가 멀었다.

"혹시 이 집 사장님?"

"누구시죠?"

백동우는 대답과 동시에 전자도어록의 비밀번호를 입력했다.

"옆집 사는 사람인데……."

"별일 아니시면 다음에요."

백동우는 여자가 말을 하건 말건 곧장 대문을 통과해 내달렸다.

"저기 잠깐만! 이 집 고양이가……."

여자가 등 뒤에서 불렀지만 대문은 닫힌 뒤였다.

"지하야, 집에 있니? 지하야!"

절박한 목소리와 거친 숨소리가 거실에 퍼졌다. 그뿐이었다. 다른 인기척은 없었다. 반려묘인 아몬드조차 보이지 않았다.

"여보, 나 왔어!"

백동우가 갈라진 목소리로 다시 한번 큰 소리를 냈으나 여전히 돌아오는 답은 없었다.

거실은 평소와 다를 바 없이 적당히 어지럽혀져 있었다. 외부에서 침입한 흔적 같은 건 보이지 않았다. 지하와 아몬드만 사라졌다.

거실 중앙에 놓인 검정색 그랜드피아노는 나올 때처럼 건반 뚜껑이 닫혀 있었다. 개수대는 깨끗했다. 소파 위의 쿠션들은 흐트러져 있었다. 얼핏 무질서해 보였지만 실은 다 아내의 손길이 닿은 것들이었다. 1층 안방 문부터 벌컥 열었다. 침대 위의 이불은 가지런히 펴져 있었다. 곧장 2층으로 뛰어 올라갔다.

아몬드조차 보이지 않는다는 건 정말 이상했다. 평생 집 안에서만 지낸 고양인데……

아내는 집고양이들은 면역력이 약하다며 산책을 시키지 않았다. 아몬드가 유일하게 집을 나설 때는 동물병원을 들를 때뿐이었다. 짐작건대 둘이 동시에 사라질 일이라면 아내가 이혼을 작정하고 나설 경우뿐이다. 그건 납치만큼이나 받아들이기 힘든 상황이었다.

백동우는 아내의 화실 문고리를 잡았다. 문은 잠겨 있지 않았다. 조심스럽게 밀었다.

악취가 달려들었다. 어지러울 만큼 역한 냄새였다. 어디서 냄새가 나는지 알 만했다.

문가 구석에 캔버스 한 개가 엎어져 있었다. 그 위로 아몬드의 배설물이 점토처럼 말라붙었고 캔버스는 배설물을 덮으려는 아몬드의 본능에 의해 갈기갈기 찢겨 있었다. 유화용 오일과 뒤섞인 고양이 배설물 냄새에 머리가 지끈거렸다.

아몬드가 화실에 갇혀 있었던 걸까?

그의 시선이 자연스럽게 화실의 방충망에 가 닿았다. 방충망에 성인 주먹만 한 구멍이 뚫려 있었다. 찢겨진 부위에 고양이털 뭉치가 걸려 있었다.

방충망을 뚫고 나갈 정도라면, 며칠은 굶어야 했을 텐데. 그건 지하가 집에서 사라진 시간을 의미하기도 했다.

지금이라도 신고를 해야 하는 건지도 몰랐다. 애지중지하던 고양이를 가둬놓고 나갈 정도면 얼마나 다급했던 걸까? 최악의 가정이 스멀스멀 영역을 넓혀갔다. 정말 납치라도 당한 거야?

몸을 돌려 이젤에 걸어놓은 캔버스를 보았다. 바다를 배경으로 장미 군락이 그려진 그림은 거의 완성된 상태 같았다. 담장을 따라 장미꽃들이 풍성하게 자라 있었다. 꽃잎들의 질감이 고스란히 느껴졌다. 그러나 뭔가 이상했다.

그림을 집중해 들여다보던 백동우는 이내 그게 뭔지 알아냈다. 아직 완성된 그림이 아니었다. 그림 속 사내의 눈이 그려지지 않은 상태였다.

그래서일까. 다시 보니 그림에서 어딘가 스산한 기운이 느껴졌다. 이런 걸 언캐니 밸리(Uncanny Valley)라고 하던가.

혹시나 싶어 캔버스 표면을 만져보았다. 딱딱하게 굳은 상태였다. 문득 기시감이 들었다. 지하와 이런 장미꽃밭을 간 적이 있었는데……. 어른거릴 뿐 구체적으로 연상되는 기억은 떠오르지 않았다.

팔레트 위의 붓끝을 만져보니 손가락 끝에 재색이 묻어났다. 아내는 작업을 끝내면 언제나 붓을 깨끗이 씻어 말렸다. 그러지도 못할 만큼 다급하게 집을 나섰다는 건데. 실종신고를 해야 한다는 마음이 커지긴 했지만 아직은 아니었다.

가뜩이나 카네기홀 공연을 망친 기사들이 쏟아져 나온 마당에 가십 거리까지 던져주고 싶진 않았다. 신고를 한들 구체적인 유괴 정황이 없다면 단순 가출로 처리될 게 뻔했다.

문득 집 앞에 있던 여자가 떠올랐다. 고양이가 어쩌고 하는 말을 들은 것 같았다. 화실을 나와 막 계단참에 발을 딛다 말고 멈칫했다. 머릿속에 또 다른 의문 하나가 차올랐다.

'아몬드가 우리집 고양이란 걸 어떻게 안 걸까? 한 번도 외출한 적이 없는데.'

조자인은 단번에 그를 알아보았다. 이렇게 가까이서 본 게 몇 년 만이던가. 여전히 쌀쌀맞기는.

대문 틈으로 백동우를 살피던 조자인은 현관으로 사라지는 걸 보고 발길을 돌렸다.

그의 옆집으로 이사 온 지도 이제 일 년 가까이 되어갔다. 그녀에게는 원대한 계획이 있었다. 피아니스트를 꿈꾸는 아들을 위해 감행한 맹모삼천지교. 그러나 조자인의 계획은 마음속에서 끊임없이 수정됐다. 어느 쪽이 진짜 아들을 위한 일인지 헷갈렸다. 그러다 조금 전 직접 보고서야 알았다. 아내가 사라졌다고 저렇게 안절부절못하는 걸 보면…….

냉혈한인 그도 결국 사람이었다. 자기밖에 모르긴 하지만, 그 점을 잘만 이용한다면 또 수가 나올 것도 같았다.

집으로 돌아와 조자인은 심호흡을 한 뒤 문을 열었다. 현관문을 열자마자 득달같이 고함이 터져 나왔다. 2층에서 나는 소리였다. 올가미에 걸린 짐승이 내는 듯한 소리는 아들의 음성이었다. 조자인은 끊어지려는 정신줄을 간신히 붙들고 현관으로 들어섰다.

집에서 피아노 소리가 사라진 후로 들리는 거라고는 아들이 질러대는 소리뿐이었다. 거기엔 익숙해졌지만 피아노 소리가 사라지면서 생긴 헛헛함만은 좀처럼 익숙해지지 않았다. 고요와 고함, 그 사이 어디쯤에 있었을 과거의 삶은 이제 사라지고 없었다.

조자인은 주방에서 아들이 좋아하는 불고기 피자 두 조각을 데운 뒤 접시에 담아 2층으로 올라갔다. 방 앞에 서서 조자인은 힘든 기색을 지우려고 억지 미소를 지어 보았다.

"아들, 괜찮아."

문을 열며 그녀는 습관처럼 말했다. 발달장애가 있는 아들은 소리에 민감했다. 절대음감으로 아름다운 피아노 연주를 하지만, 작은 소음에도 발작을 일으키고는 했다. 갑자기 쏟아진 장대비에 귀를 틀어막고 오줌을 지리기도 할 정도로.

"좋아하는 피자 먹을까?"

아들은 조자인을 바라보지 않았다. 오전에 가져다준 피자 두 조각이 책상 위에서 나무토막처럼 말라 있었다. 그때 아들이 다시 경적처럼 빽 소리를 질렀다. 조자인은 들고 온 접시를 책상 위에 내려놓고 달래기 시작했다.

"괜찮아. 고양이 안 물어."

언제 이렇게 컸을까. 어느새 그녀보다 머리 하나는 웃자랐다. 아들은 네 발로 기며 책장 구석에 숨은 고양이를 노려보았다. 고양이에게

긁히기라도 했나 싶어 살펴봤지만 생채기는 보이지 않았다.

아들의 손이 고양이의 목 쪽으로 향하고 있었다. 이제 보니 고양이의 목에 걸린 넥칼라를 제거해주려고 했던 모양이었다. 조자인은 괜스레 울컥했다.

"야옹이가 답답해 보였구나. 아파서 그런 거니까 괜찮아."

아들이 조자인을 돌아봤다. 왜일까. 얼굴만 봐도 눈물이 나려고 하는 건. 그녀는 아들의 책상 서랍을 열었다. 튜브 형태로 된 고양이 습식간식이 몇 봉지 들어 있었다. 봉지를 꺼내는데 초인종이 울렸다.

이렇게 빨리?

조자인은 생선살 튜브 끝을 뜯어 내밀었다. 고양이는 쭈뼛쭈뼛 다가와 튜브에서 흘러나오는 액상 참치고기를 핥아먹기 시작했다. 그 틈에 얼른 고양이를 안아 들었다. 고양이는 버둥거리지 않고 얌전했다. 버둥거리기 시작한 건 아들이었다. 자기도 엄마처럼 고양이를 안아보고 싶어서일 거다. 아니면 고양이처럼 안기고 싶거나. 어느 쪽이든 지금은 들어줄 여유가 없었다.

"유명한 피아노 선생님이 오셨으니까 조용히 있어야 해. 잘하면 우리 아들 레슨을 해주시게 될 거야. 아들도 좋지?"

아들은 조자인의 말을 해석하는 데 시간이 필요하다는 듯 멍한 눈으로 고양이만 바라봤다.

초인종을 누르고 현관의 대리석으로 된 턱에 올라서자 기다렸다는 듯 문이 열렸다.

조금 전 그 여자가 나왔는데, 거북할 만큼 반색을 했다.

"어서 와요. 옆집에 유명한 분 산다고 듣기만 했지 처음 보네."

"좀 전에 저희 집 고양이 얘기하신 것 같아서요."

"일단 들어와요."

조자인이 스스럼없이 백동우의 팔을 잡아끌었다. 여자라기에는 순간적인 악력이 너무 셌다. 거실로 발을 들인 백동우는 순간 눈앞이 환해지는 느낌을 받았다.

화이트 톤의 벽지와 밝은 원목의 내장재들이 창을 통해 들어온 햇빛에 번득였다. 북유럽풍의 인테리어였다. 이 동네 집들이 지어진 시기가 20년 전후이니 최근에 리모델링을 했을 것이다. 그러고 보니 아내에게 옆집에 대해 들은 기억이 있었다. 일 년 전쯤 이사를 왔다던가. 그러나 백동우의 관심을 끈 건 다른 데 있었다.

2층과 연결된 계단 옆에 배치된 호두색 선반. 더 정확히는 선반을 가득 채우고 있는 상패들에 눈길이 갔다. 공부방에 놓인 위스키 진열장 같다고 느꼈다.

어디선가 고양이 울음소리가 났다. 돌아보니 소파 위 케이지 안에서 아몬드가 알은체를 했다. 아몬드는 넥칼라를 하고 있었다. 이래서였나. 염탐하듯 기웃거리던 조자인의 모습이 떠올랐다.

"고양이가 좀 다쳤더라고."

곁으로 다가온 조자인이 간단히 설명했다. 그리고 묻지도 않은 말을 덧붙였다.

"새댁이 왜 그랬나 몰라. 갑자기 고양이를 집어 던지더라고. 2층에서 말이야."

백동우는 귀를 의심했다. 말도 안 되는 소리였다. 아몬드를 학대하는 아내는 상상하기 힘들었다. 아내의 화실에는 방충망이 훼손되어 있었다. 아몬드가 스스로 탈출한 흔적이었다.

"그게 언제였나요?"

백동우는 시치미를 떼고 물었다.

"삼사 일 전이던가……. 나이가 드니까 날짜 가는 게 감각이 없어. 그건 그렇고 카네기홀 공연은 어땠어?"

백동우는 흠칫 놀랐다.

이 여자, 뭐지?

백동우는 그때서야 조자인을 자세히 뜯어보기 시작했다.

"너무 실망하지 마. 원숭이도 나무에서 떨어질 때가 있다잖아."

"저를 잘 아시나 봐요."

"당연하지. 자기 팬이었는데."

팬이었으면, 지금은 아니란 건가?

백동우의 눈빛에 서서히 의심이 서렸다. 여자는 교묘하게 신경을 긁고 있었다. 의도적인 것인지 습관적인 것인지 알 수 없지만 뭔가 아는 눈치였다. 어쩌면 그게 지하에 관한 것일 수도 있었다. 화제를 틀었다.

"어땠나요? 저희 집 고양이 발견했을 때."

"지금 말한 게 전부야. 내가 직접 본 것도 아니고, 우리 아들에게 들은 거지만."

말이 무척 빠른 여자였다. 여자는 호흡이 달리는지 잠시 말을 쉬었다 이어갔다.

"우리 아들 방에서 새댁 방이 보이거든. 그렇다고 훔쳐본 건 아니고. 아무튼 그러고 이틀인가 사흘인가 뒤에 우리 집 마당에서 고양이 우는 소리가 나길래 나가봤더니 다리를 절룩이고 있더라고."

46

아들…….

"제가 좀 만나봐도 되겠습니까?"

"우리 아들을?"

"네, 언제 들어오나요?"

"그게…… 지금 방에 있어. 2층에. 백 선생이 만나준다면야 나야, 아니 우리 아들이야 영광이지. 실은 우리 아들이 피아노를 치거든. 제법 잘 쳐. 그런데 지금은 좀…….."

조자인은 상패들이 진열된 선반을 돌아보며 횡설수설했다. 백동우는 그녀가 당황하고 있다고 느꼈다. 이제 보니 굵직한 콩쿠르에서 수상한 것들도 꽤 됐다. 조자인이 자신의 미국 일정을 알고 있는 것도 이해할 수 있을 것 같았다.

"다른 이유는 아니고 낯가림이 심해서."

"잠깐이면 됩니다."

백동우는 소파에서 일어섰다.

"대신 우리 아들 보고 놀라면 안 돼. 아이가 좀 특별하거든."

자리에서 따라 일어난 조자인은 경직돼 보였다. 그녀는 2층을 올려다보며 낮게 한숨을 쉬었다. 가파른 산을 오르듯 힘겹게 계단을 올라 2층 방문들 중 하나에서 멈춰 섰다.

백동우는 바로 뒤에서 말없이 기다렸다. 아이가 특별한지는 몰라도 다른 것만은 분명했다. 평범한 엄마라면 그냥 1층에서 아들을 불렀을 것이다.

"엄마 들어가도 돼?"

아무런 반응이 없었다. 사춘기인가. 그렇다고는 해도 지나치게 조심스럽게 굴었다. 한 번 더 노크를 했지만 문 너머 있을 아들이란 녀석은 여전히 대답이 없었다.

"아무래도 안 되겠어. 종일 컨디션이 안 좋더라고."

"문이 잠겨 있나요?"

"아니, 그건 아닌데."

그렇단 말이지. 백동우가 손을 문고리로 뻗었다. 막 손잡이를 붙잡은 순간 다른 손이 그의 손목을 움켜쥐었다. 백동우와 눈이 마주친 조자인이 주의를 주듯 고개를 저었다. 그녀는 그 잠깐 사이 더 늙어버린 것 같았다. 딱히 설명할 길은 없지만 몹시 지친 모습이었다.

마냥 밀어붙일 상황이 아니라 판단한 백동우는 손을 뗐다. 대신 조자인이 문고리를 돌렸다. 그녀는 아들의 이름을 부르며 안으로 들어갔다. 문 사이를 느릿하게 통과하는 그녀는 흡사 사자우리로 들어가는 사람처럼 조심스러웠다.

백동우는 그 틈에 안쪽을 살폈다. 문과 여자에게 가려진 부분 너머로 방의 절반에 해당하는 공간이 보였다. 검정색 그랜드피아노도 절반쯤 보였다. 드러난 벽면에는 액자들이 걸려 있었다. 측면 각도여서 정확하지는 않으나 대부분 아들의 인물사진 같았다. 그러나 정작 아들이란 녀석은 사각지대에 있는지 보이지 않았다.

방문은 금세 닫혔다. 닫힌 방문을 보자 좁고 밀폐된 공간에 갇힌 것처럼 갑갑한 기분이 들었다. 기다리는 잠깐의 시간이 아득할 정도로 길게 느껴졌다. 방문 너머에서 여자의 목소리가 새어나왔다.

"계속 그렇게 있을 거야? 그러지 말고 엄마 좀 봐봐, 응……."

아들을 어르기 위해 애쓰는 게 역력했다. 여전히 아들의 목소리는 들리지 않았다. 아예 대꾸를 안 하는 건지, 아니면 목소리가 작은 건지.

못 참고 허락 없이 문고리에 손을 올렸다. 막 문을 열려는 순간, 여자가 나왔다. 백동우를 막아선 조자인은 심각한 표정으로 고개를 저었다.

"아무래도 안 되겠어."

그녀는 문 앞을 막고서 움직이지 않았다. 백동우는 결국 1층으로 걸음을 옮겨야 했다. 쓸데없이 시간 낭비를 한 것 같아 허탈했다.

거실에 발을 딛자 다시금 호두색 진열장이 시선을 끌었다. 이제야 상패의 하단에 수상자의 이름이 눈에 들어왔다.

지대한.

기시감이 드는 이름이었지만 딱히 얼굴이 떠오르지는 않았다. 이런 아이들은 넘치고 넘쳤다. 그를 거쳐 간 피아니스트 지망생들을 일일이 다 기억하는 건 무리였다. 얼른 예술고생들만 떠올려도 백여 명을 훌쩍 넘었다.

"한때는 천재 소리 들었어."

진열장의 유리창에 여자가 비쳤다. 유리에 반영된 흐릿한 얼굴은 유령처럼 스산해 보였다.

"상술이죠. 자기 자식이 천재라 믿게 만드는."

무의식중에 꺼낸 말이라 백동우는 자기가 말해놓고도 무슨 말을 했는지 의식하지 못했다. 그래도 그건 마음에서 우러난 소리이긴 했다. 천재니 신동이니 하는 말들은 자신과 자식을 동시에 지옥에 밀어넣기 딱 좋은 마약이었다.

그는 그렇게 생각했다. 피아노 신동이던 형이 죽자 형에 대한 기대치까지 그에게 덮어씌우려 했던 부모. 죄책감과 한 사람 분의 인생을 더 짊어진 부담이 혼합된 삶은 끝나지 않는 지옥이었다.

결과적으로 그는 성공했다. 그렇게 지옥을 빠져나왔으니. 그러나 지난날의 끔찍한 악몽을 왜곡할 정도로 그는 순진한 인간이 아니었다. 어쩌면 이 여자도 자신과 아들의 목에 올가미를 채우고 있는 건지 모른다. 나는, 내 자식은 다를 거라는 착각에 빠져 노력하면 노력할수록 조여드는 올가미.

백동우는 케이지를 들었다.

"가보겠습니다."

"참! 고양이 치료비가 제법 되는데……."

"얼맙니까? 계좌 알려주세요. 바로 입금해드릴게요."

"비용을 청구하려는 게 아니라, 이 기회에 보험 하나 들면 어떨까 해서 하는 말이야. 반려동물상품."

보험설계사라고?

"잠깐만. 지금 막 생각난 게 있어. 그러니까 새댁이 고양이를 창밖으로 던지던 날 말이야……."

백동우는 여자의 원색적인 표현에 미간을 찌푸렸다.

"그 얘기라면 이제 됐습니다. 계좌나 알려주세요."

더는 듣고 싶지도 않았다. 어차피 그 아들이란 녀석이 한 말도 거짓말에 불과했다.

"어떤 남자가 대문에서 기다리고 있었대."

백동우가 조자인을 노려보았다.

"남자?"

제일 중요한 말을 이제야 하는 거야? 백동우의 피돌기가 빨라지기 시작했다.

"그게 내 입으로 말하긴……. 새댁이 어떤 남자랑 같이 나섰대. 근데 그게 좀 다정해 보였나 봐. 우리 애 말로는 남편이랑 나갔다고 했거든."

"남편이요?"

"그래. 말이 안 되지. 그땐 나도 백 선생이 집에 있는 줄 알았으니까 우리 애가 말한 그 남자가 백 선생인 줄만 알았지. 지금 생각해보니까 백 선생이 미국에 있을 때잖아."

곧장 한 사람을 떠올리게 했다. 어제부터 내내 그의 머릿속에 똬리를 틀고 있던 사내. 그자가 지하와 다정하게? 납득할 수 없는 일이었다.

"어떻게 생겼다던가요? 그 남자."

"영화배우 같았대. 자세한 건 기억 안 나는데 멋있고 키도 크다고 했어."

백동우가 저도 모르게 주먹을 말아 쥐었다. 이 여자의 말에는 거짓과 사실이 섞여 있었다. 목적을 가지고 조작하는 것인지, 본인도 잘 모르고 떠드는 헛소리인지 분간해야 했다.

"그러니까 그 말을 아들에게 들었단 거죠? 조금 전에."

백동우가 차분하게 물었다. 조자인은 눈을 피했다. 예상대로였다. 이 여자는 대답할 수 없을 것이다. 조금 전 문에 귀를 대고 있을 때 아들 목소리는 전혀 들리지 않았으니까.

이제 또 어떤 변명을 늘어놓으려고? 그러나 여자의 대답은 의외였다.

"정확히 말하면 들은 건 아니야."

"……."

"우리 애가 말을 못 하거든. 실어증이라……."

이 모자에 대해 꺼져가던 관심의 불씨가 다시 살아났다. 피아노를 배우던 아이가 실어증……. 그래서 더 이상 피아노를 치지 않는 걸까? 실어증에 걸린 아이가 피아노에 엄청난 집중력을 보인 사례라면 들은 적이 있었다. 그러나 백동우는 이 집에서 나는 피아노 소리를 한 번도 듣지 못했다. 상패들 수상 연도로 미뤄볼 때 아이는 기껏해야 고등학생이나 되었을 것이다.

생각들이 얽히기 시작했다. 조자인의 말이 사실이라면 마냥 거짓 말이라 치부했던 아들 말이 전부 거짓은 아닐 수도 있었다. 다시금 대문 밖에 기다리고 있었다는 남자가 떠올랐다.

두렵지만 솔직해질 필요가 있었다. 당장 아내는 없었고, 자신을 둘러싼 기류는 이전과는 조금씩 바뀌고 있었다. 그자를 만나기 전과 후로 달라진 것만 같았다. 이제 와 그자가 했던 말을 허풍으로 취급하는 건 어리석은 걸지도 몰랐다.

피아노와 모종의 관련이 있는 건 아닐까. 이 집도 그렇고, 카네기홀의 사내도 그렇고 얼른 드러난 공통점이라면 피아노였다.

"그러니까 그게 삼 일 전이란 말이죠?"

"애가 하는 말이니 확실치는 않아."

삼 일 전일 거다. 아내와 연락이 되지 않은 게 그때부터니까. 그러나 그는 자신의 생각이 섣부른 것임을 깨달았다. 4일 전에는 아내에게 연락을 시도한 적이 없었다. 연주회를 앞두고 정신없이 바쁜 하루를 보냈으니까. 아내가 집을 나선 건 더 오래전일 수도 있다. 지금으로선 아내가 정확히 집을 떠난 시점을 알아내는 게 우선일지 몰랐다.

한 가지 생각이 머릿속을 스치고 지나갔다. 방문자 기록!

디지털 인터폰의 방문자 기록을 살펴보면 아내가 집을 나간 날짜 정도는 알아낼 수 있다. 잘하면 아내와 만났다는 사내의 얼굴도 확인할 수 있을 것이다.

툭툭툭. 눈썹 끝에 걸친 혈관으로 맥박이 느껴졌다.

백동우는 아몬드를 케이지에서 풀어주고 거실 벽에 붙은 인터폰을 살폈다. 마음이 급해서인지 방문자 관련 아이콘을 못 찾아 헤맸다. 닥치는 대로 터치해보았다. 그러는 와중에도 자꾸만 머릿속에 맴도는 숫자가 있었다. 112.

당장은 그 번호를 누를 일이 없을 것이다. 최소한 아내의 행방에 대한 가닥이 잡히기 전까지는.

정말 그자가 아내를 유괴한 거라면…….

공연을 하는 연주가라 많은 사람들을 만났다. 경험이 쌓이자 언제부턴가는 첫인상만으로도 얼추 사람 됨됨이가 파악됐다. 그러나 그 사내는 아니었다. 입을 열기 전과 후가 전혀 다른 인간이었다. 냉정하고 치밀한 자였다.

부가정보 아이콘 안에 있던 방문자 기록을 찾아냈다. 해당 아이콘으로 뻗은 백동우의 손이 미세하게 떨렸다. 그가 뉴욕에 있는 동안 인터폰이 눌러진 횟수는 총 12회였다. 그중 영상 기록이 남은 건 두 건. 아내는 이 두 건의 통화 이후 집을 나선 것이다.

12월 21일 오전 10시 5분에는 택배 기사가 종이상자를 들고 있었다. 그로부터 한 시간쯤 뒤 오전 11시 14분에는 옆집에 사는 여자가 인터폰에 대고 말하고 있었다. 여자는 이날 지하와 대화를 나눈 사실은 알려주지 않았다.

더 의심스러운 건 옆집 여자가 말했던 사내의 기록이 없다는 점이었다. 두 가지로 추측할 수 있었다. 옆집 여자가 거짓말을 했을 경우. 방문한 사내가 인터폰이 아닌 핸드폰으로 아내와 통화를 했을 가능성. 후자는 이미 아는 사이여야 가능했다.

백동우는 현기증을 느꼈다.

택배 기사의 영상을 반복해 재생하다 무의미한 짓이라는 걸 깨달았다. 영상 속 그는 배송물을 놓아두고 곧장 떠났다. 결국 카네기홀의 사내를 떠올릴 수밖에 없었다.

발목에서 부드러운 감촉이 느껴졌다. 아몬드가 바짓단에 머리를 비비고 있었다. 목에는 넥칼라, 왼쪽 뒷다리에는 붕대가 감겨 있었지만 거동은 불편하지 않은 모양이었다.

넌 뭔가 알고 있니?

생각난 듯 핸드폰을 꺼내보았지만 아내에게서 걸려온 전화는 없었다. 어쩌면 아내와 사내는 평소 알던 사이였을지도 모른다. 아내가 누군가에게 그자 얘기를 하지는 않았을까? 친한 친구나…….

그럴 수 있었지만, 아내의 지인들을 거의 몰랐다. 모르는 건 그뿐만이 아니었다. 자신을 만나기 전에는 아내가 어떻게 지냈는지, 어려서부터 어떻게 살아왔는지도 아는 게 없었다. 결국 중요한 건 현재와 미래, 그거니까.

이렇게 되고 보니 지금에 와서 그 모든 게 불찰처럼 여겨졌다. 현재와 미래만 생각하고 사는 건 백동우 본인뿐일지도 몰랐다. 물어본 적도 없으면서 아내도 같은 생각일 거라 동일시한 건 아닐까. 이 지경에 할 수 있는 게 아무것도 없다니.

백동우는 황망한 심정으로 거실 창밖을 쳐다봤다. 그의 머리가 다시 회전하기 시작한 건 거실 벽에 걸린 결혼사진을 봤을 때였다.

백동우는 화장대 옆 서랍장에서 민트색 인조가죽 커버가 씌워진 결혼식 앨범을 찾아냈다.

아내의 처가 식구들이 있는 페이지를 펼쳤다. 처가라⋯⋯. 아내가 처가로 갔을 거라 생각하기는 어려웠다. 아내는 처가에 가는 일이 없다시피 했다. 자연히 대소사도 아는 게 없었다. 처가 식구들과 사이가 안 좋아 보이지는 않았다. 그런데도 뭐랄까, 아내가 그들과 함께 있는 걸 지켜볼 때면 태풍의 눈에 들어와 있는 기분이었다.

신랑 신부 지인들 단체 사진을 펼쳤다. 결혼식은 최소 인원의 하객만 받는 형태로 진행됐다. 사진 속 아내 쪽에 선 하객들 중 상당수는 아는 이들이었다. 아내의 하객이 상대적으로 적어 그의 지인 일부가 넘어간 탓이다.

아내의 바로 옆에 선 여자를 손으로 짚었다. 이 여자! 친구의 결혼을 축하한다고 보기에는 너무나 음침한 표정이었다. 정율미, 왜 이 여자를 생각하지 못했을까.

백동우가 유일하게 아는 아내의 친구였다. 아내가 인사를 시켜준 친구는 정율미가 유일했다.

이름을 찾아 전화를 걸었다. 연결이 되지 않았다. 이어서 윤슬에게 걸었다. 윤슬은 정율미와 아내의 대학 후배였다.

백동우는 정율미를 떠올리자 미간이 찌푸려졌다. 워낙 인상이 안 좋았던 탓이다. 초면에 못마땅한 표정부터 빈정거리는 말투까지 곱게 볼 수 있는 게 없었다. 그렇게 거부반응을 받아본 적이 없어 더욱 그랬다. 그래서 그 뒤론 만난 적도 없었지만, 이젠 간절하게 만날 이유가 생겼다.

아내의 친구

오후 4시 14분. 강변북로를 달리던 택시는 한강이 훤히 내다보이는 망원동의 아파트 단지 앞에서 정차했다.

누적된 피로에 깜박 잠이 들었던 백동우는 눈두덩을 비볐다. 눈꺼풀이 부자연스럽게 떨렸다. 피로와 수면 부족 때문이었다.

전방으로 허름한 아파트 단지가 보였다. 오래된 아파트였지만 한강과 평화공원을 곁에 두고 있어 조망권 하나는 좋아 보였다.

백동우가 윤슬을 통해 알게 된 건 정율미의 주소만이 아니었다.

"최근에 지하 언니랑 율미 언니가 크게 다퉜거든요."

가장 친한 친구로 알고 있는데 심하게 다퉜다고?

"무슨 일로?"

"몰라요. 저도 최근에 들은 거예요."

"그게 언젠데?"

"두세 달쯤 됐으려나. 정확한 시기는 모르고, 제가 아는 건 둘이 다툰 뒤로 남남처럼 지낸다는 것 정도."

그 일로 아내가 홀로 여행을 떠났을까? 가능한 상상이긴 했다. 아내는 머리를 식힐 일이 생기면 말도 없이 며칠씩 홀쩍 떠났다 돌아왔다. 목적지에 도착하고서야 어디인지 알려주기도 했다. 그러나 이렇게까지 연락이 안 되는 경우는 없었다.

102동 엘리베이터가 닫히는 걸 잡아 겨우 올라탔다. 오십대로 보이는 여자 혼자뿐이었다.

13층 버튼을 눌렀다. 12층에도 불이 들어와 있었다.

"못 보던 양반 같은데."

여자가 백동우를 흘깃거리며 물었다.

"……."

"1302호랑 아는 사인가요?"

여자가 13층 버튼을 향해 턱짓하며 물었다. 12층에 도착해 문이 열렸을 때였다.

"아는 사이면 층간소음 좀 주의해주면 좋겠다고 말 좀 해줘요. 신혼이라지만 도가 지나쳐서요."

백동우는 여자의 뒷모습을 멍하니 바라보았다. 정율미가 결혼을 했다고? 들은 적이 없었다.

13층에 도착해 1302호의 인터폰을 눌렀다. 사람이 없는 게 아닐까 싶은 염려가 들 때쯤 낯선 목소리가 들렸다.

"누구세요?"

뜻밖에도 사내의 목소리였다.

"정율미 씨 댁 아닙니까?"

"제 아내인데, 누구신지?"

허스키한 사내의 목소리에서 경계심이 느껴졌다. 정율미가 결혼을 한 건 사실었다.

"백동우라고 합니다. 아내분 친구 중에…….”

"잠시만요.”

전자음과 함께 현관문이 열렸다.

"진짜 백동우 씨네.”

백동우가 대답을 고르는 중에 곱슬머리 사내가 먼저 말했다. 뭘 하고 있던 걸까. 겨울임에도 사내의 귀밑은 땀에 젖어 있었다.

"들어오세요.”

170이나 될까 싶은 아담한 키에 심한 곱슬머리, 볼록한 배가 푸근한 인상을 풍기는 사내였다. 첫인상만 봐서는 층간소음의 원흉으로 보이지는 않았다.

"집사람에게 자주 들었습니다. 이렇게 직접 뵙게 돼서 영광이에요.”

곱슬머리 사내는 공기가 많이 섞인 음색으로 목소리를 죽여 말했다. 어딘가 몹시 조심스러워 보이는 태도였다. 백동우는 곱슬머리를 따라 거실로 들어섰다. 아직까지 정율미는 보이지 않았다.

"율미 씨는 안 계신가요?”

"아, 그게 율미는…….”

곱슬머리는 말을 하다 말고 안방을 바라봤다. 반쯤 열린 문 너머에서 막 아기 울음이 들리기 시작했다.

예상치 못한 남편에, 아기까지. 정율미와 아내의 사이가 소원했던지 아니면 아내와 자신의 사이가 소원했던지, 최소한 둘 중 하나일 것이다.

"애가 깼네요. 잠깐 앉아서 기다리시죠."

갓난아기가 있는 집이라는 건 의심의 여지가 없어 보였다. 사방에 아기용품들이 흩어져 있었다. 싱크대에는 젖병 소독기가, 거실에는 알파벳이 적힌 퍼즐형 매트가 깔려 있었고, 베란다에는 유모차도 보였다.

백동우는 아기용품들을 보자 괜히 마음이 불편했다. 혼자 소파에 앉아 있기 머쓱해 거실 창가로 갔다. 넓은 베란다 너머로 성산대교와 선유도가 한눈에 들어왔다. 눈이 오려나. 하늘이 흐렸다. 해가 없는 한강은 반짝이지 않았다. 흐린 하늘 탓에 백동우가 거실 창에 희미하게 비쳤다. 마치 13층과 나란한 허공에 떠 있는 것 같아 오싹한 기분이 들었다.

"죄송합니다. 정신없죠?"

울음을 그치지 않아 결국 그는 아기를 품에 안은 채 나타났다. 다행히 아기의 울음은 잦아들고 있었다.

백동우와 곱슬머리는 ㄱ자 형태의 소파에 서로에게 사선이 되도록 앉았다. 낯선 사내와 단 둘이 있는 것만으로도 숨이 막힐 지경인데, 그 사이에 있는 게 갓난아기라니.

백동우는 허벅지 위에 올려둔 손을 깍지 끼며 슬며시 거실을 훑어보았다. 거실벽에는 웨딩사진이 여러 장 걸려 있었다. 문득 엘리베이터에서 만난 여자가 했던 말이 떠올랐다.

"엘리베이터에서 아랫집 사는 분을 만났는데, 층간소음 얘길 하더군요."

"그 여자가 그래요?"

곱슬머리는 단박에 누군지 아는 눈치였다.

"벽에 못 좀 박았는데 그 일로 자꾸 시비를 거네요."

백동우는 다시 거실 벽을 훑어보았다. 신혼집인 걸 감안해도 웨딩사진이 과했다.

"결혼식에 참석하지 못한 건 미안합니다."

"뭘요. 초대도 못 했는데. 실은 식을 안 올렸습니다."

혼인신고만 하고 산다는 건가? 그러거나 말거나 더 이상의 관심은 없었다.

"율미 씨는 어디 나갔나요?"

"아, 그러고 보니 율미 찾아오신 거죠? 그런데 어쩌죠. 지금 여행 중인데."

백동우는 예상치 못한 대답에 당혹스러웠다. 여러 가능성들이 담길 수 있는 낱말이었다. 여행은.

"여행을 간 지는 얼마나 됐나요?"

"삼 일 됐습니다. 내일 아침 일찍 출발한다고 했으니 아마 점심때면 도착할 것 같네요."

삼 일 전이라면 지하가 집을 나선 것으로 예상되는 시점이었다. 아내가 정율미와 함께 있을 가능성이 커졌다. 그런데 왜 연락을 피하는 걸까. 물론 아내가 정율미와 여행을 갈 거라고 했다면 반대했을 것이다. 최소한 싫은 기색이라도 보였을 것이다. 그렇다고 그게 연락을 받지 않을 이유가 될 것 같지는 않았다.

"그건 그렇고 저희 집사람은 무슨 일로 찾으시나요?"

"별일 아닙니다. 혹시 율미 씨가 누구랑 여행을 갔는지는 말 안 하던가요?"

"부부라고 다 드러내고 사는 건 아니죠."

곱슬머리가 갑자기 자리에서 일어났다. 그는 백동우의 곁을 지나 주방 쪽으로 성큼 다가갔다. 백동우는 스쳐가는 그에게서 술 냄새를 맡았다.

곱슬머리는 식탁 앞에서 멈춰 섰다. 그제야 백동우 눈에 식탁 위에 놓인 소주병들이 보였다. 소주병 하나를 집어 들던 곱슬머리는 백동우와 눈이 마주치자 잔을 들어 보였다.

"됐습니다."

곱슬머리는 제 잔에만 소주를 따랐다. 그에게서 시선을 거둔 백동우는 갓난아기 옆에서 조금 전까지는 보지 못했던 뭔가를 발견했다. 신문이었다.

신문은 곱슬머리가 일어서면서 굴러 떨어진 쿠션이 있던 자리에 있었다. 쿠션 아래 깔려 있던 것이다. 급히 감춰둔 것처럼 애매한 위치에 있던 신문은 문화예술면이 보이게끔 접혀 있었다. 자신과 관련된 헤드라인을 보자 눈이 부릅떠졌다.

「피아니스트 백동우, 카네기홀 연주 중 이상 증상을 보이다.」

내 기사를 왜 감추었던 걸까. 백동우의 심장이 거칠게 뛰기 시작했다. 백동우가 생각에 잠긴 사이 소주병을 든 곱슬머리가 성큼성큼 소파로 다가왔다.

***

이번 미국행은 썩 만족스럽지 않았다. 설마 했던 예상이 맞아떨어진 탓이었다.

소문이 거짓이길 바랐는데.

백동우의 왼손은 심각한 문제를 안고 있었다. 그런 걸 여태 감추고 있었다니. 기만적인 놈이었다. 물론 백동우가 자신의 증상을 완벽하게 감춘 건 아니었다. 최소한 몇 달 전부터 그의 변화를 알고 있었다. 다만 확인이 필요했을 뿐.

아직은 낙담하기에 일렀다. 이럴까 봐 준비해둔 게 있지 않은가.

그는 예정보다 하루 앞당겨 한국으로 돌아왔다. 계획의 본격적인 실행을 앞당길 필요가 있었다. 귀국하자마자 곧장 과천의 사택으로 향했다. 사택에 도착한 뒤로는 서재에 틀어박혔다. 본래는 현장에서 했어야 할 일을 채 마무리 짓지 못했기 때문이다. 그리고 그의 계획을 틀어지게 만든 건 백동우였다. 당사자야 그 사실을 알 리 없지만.

그는 무표정한 얼굴을 하고 있었으나 내면은 격동하는 중이었다. 대기실에서 마주쳤던 백동우는 일말의 미안함도 느끼지 않는 것 같았다. 제 감정에 함몰되어 허우적댈 뿐이었다. 도움의 손길을 내밀어줬건만 문전박대라니.

차라리 잘된 일인지도 몰랐다. 지금의 백동우는 성간우주에 진입하기 시작한 보이저 2호와 같은 꼴이었다. 보이저 2호에는 미지의 지성체와 접촉할 시 지구와 인류를 소개할 수 있는 정보와 메시지를 담은 골든레코드가 실렸다. 골든레코드에는 흥미롭게도 일곱 곡의 클래식도 들어 있었다.

그에게 있어 백동우는 골든레코드였다. 따지고 보면 한 사람의 정신세계도 우주였다. 영원한 미지의 세계. 그에게 백동우는 그 우주의 비밀을 풀어줄 유일한 열쇠였다. 아직 조우하지 못한 저편의 은하에 건네는 골든레코드처럼 말이다. 그러니 많은 정성을 들여야 했다. 제 분수를 모르고 날뛰어도 얼마간은 참아줘야만 했다.

책상 위의 오디오 리모컨을 집어 들었다. 재생버튼을 누르자 바흐의 〈브란덴부르크 협주곡〉 2번 F장조가 흘러나왔다. 이어 스트라빈스키의 〈봄의 제전〉 제물의 춤에 이르기까지 골든레코드에 실린 일곱 곡이 연달아 나올 예정이었다.

그는 바흐를 들으며 다시 한번 미국에서의 추억을 회상했다. 포틀랜드의 인적 없는 해안가. 음표 귀걸이를 한 여자가 아직까지 그의 추억의 공간에 있다고 생각하자 한결 회상이 편했다.

그 여자는 너무 늦지도 빠르지도 않게 발견될 것이다.

그는 그녀에게 우울증으로 인한 자살을 처방했다. 물론 단 한 사람은 그 죽음에 대해 의구심을 품을 테지만, 그 또한 계획에 포함된 바였다. 무계획적인 인간은 계획적인 인간을 절대 앞설 수 없다. 이번에도 결국 그렇게 될 것이다.

그는 스탠드의 불빛에 의지한 채 두 시간째 씨름 중인 한 장의 악보를 바라봤다. 아직 악상 기호들이 채워지기 전인 빈 오선지였다.

재미없네.

마침내 포기한 듯 책상 위의 악보에서 시선을 거뒀다. 대신 가죽의자의 푹신한 등받이에 등을 기대고 눈을 감았다. 브란덴부르크 협주곡이 끝나가고 있었으나 아무런 느낌이 없었다. 수많은 클래식 곡들 중에 고르고 고른 단 일곱 곡이라는데, 감흥이 없었다. 숲에서 들리는 이름 모를 새 소리처럼.

그는 포틀랜드의 한적한 해안에 있었다. 가파른 절벽 위로 거친 바람이 불어댔다.

시선을 들어 여자를 바라봤다. 여자의 머리카락이 바람에 날렸다. 차가운 바람에도 여자의 눈은 몽롱했다.

그는 기다리는 중이었다. 여자가 유서를 끝내기를.

절벽 위에 서서야 여자는 정직해졌다. 오롯하게 자신의 욕망을 털어놓았다. 그녀의 삶을 힘들게 했던 거짓들에서 벗어났다. 여자가 유서를 써 내려가는 동안 사내는 오선지를 노려보고 있었다. 서서히 피로감이 누적됐다.

역시 그냥은 안 되는 건가.

여자가 약에 취한 상태에서 써 내려간 유서는 아름다웠다. 그러나 그 아름다운 유서마저도 악상의 영감을 불러일으키지는 못했다. 여자가 마지막 마침표를 찍도록 끝내 악보를 그릴 수 없었다. 수평선 위로 롱아일랜드가 선명하게 보이는 맑은 날의 바다를 앞에 두고도 영감은 떠오르지 않았다. 죽음이 될지 구원이 될지 모르는 유서를 적어나가는 순수한 여자를 보면서도 끝끝내.

모든 게 자명해지는 순간이었다. 테스트는 끝났다. 이제 그는 자신에게 필요한 게 뭔지를 확실하게 알 수 있었다.

인간은 참으로 기묘한 존재였다. 그 누구도 자신의 욕망을 정확히 알지 못했다. 따라서 고통이 무엇으로 인한 것인지도 몰랐다. 심지어 살아갈 이유조차도 모르는 사람들이 태반이었다. 그래서 사람들은 지어냈다. 저마다 해마 속 이미지들을 조합해 자기라 믿는 인격들을 만들어냈다. 그리고 절대 자기일 수 없는 거짓 속에 살며 괴로워했다.

그는 책상 측면의 블라인드를 걷었다.

어둠이 깔린 창밖으로 보름달이 보였고 그 아래 어디쯤에서 붉은 십자가가 보였다. 괴로운 이들이 찾는 곳. 이승에서 찾지 못한 걸 저승에서 찾아보겠다며 매달리는 처형대가 어둠 속에 박혀 있었다.

그는 자신의 머릿속에 달이 있다고 믿었다.

그 달은 주기적으로 살이 쪘다 야위길 반복했다. 그러나 언제부턴가 그의 달은 보름달이 된 채 좀처럼 깎이지 않았다. 달은 굳이 비유를 하자면 성욕과 같은 것이었다. 채우는 것보다 비우는 게 중요했다. 원래대로라면 미국에서 돌아올 때 그의 달은 손톱만큼 가늘어져 있어야 했다. 그래야 다시 채울 수 있었다. 그러나 기대와 달리 그의 달은 여전히 고통스럽게 가득 차 있었다. 이대로는 달리 기대할 게 없었다. 계획의 실행을 앞당겨야 하는 이유였다.

그는 채워지지 않은 오선지를 서랍에 넣고 서재를 나섰다. 발코니로 나갔다.

차가운 바람이 얇은 셔츠를 뚫고 송곳처럼 파고들었으나 그는 암자처럼 고요했다. 그의 눈에 앞서 본 십자가와는 조금 다른 십자가가 보였다. 가로와 세로의 길이가 평등한 녹색 십자가, 완벽한 십자가였다. 이번 십자가는 그의 가슴에 적잖이 파문을 남겼다. 그는 지나간 일을 떠올리는 대신 앞으로 생길 일들을 구상하기로 했다. 그러자 기분이 조금 나아졌다. 아쉬운 대로 악상이 떠오를 것도 같았다.

소주를 챙겨 소파로 돌아오던 곱슬머리는 순간 멈칫했다. 그는 소파 위의 신문을 내려 보고 있었다. 백동우가 그런 곱슬머리를 향해 넌지시 물었다.

"제 기사네요."

"그러게요. 이게 왜 여기에…… 아마 아내가 보던 건가 봅니다."

곱슬머리는 대수롭지 않다는 듯 원래 앉았던 자리에 앉았다.

"근데 이 기사 말입니다. 이상 증상이라니, 어디 문제라도 있으신가요?"

곱슬머리가 신문을 집어 테이블 가장자리에 놓으며 물었다. 수상해 보이지 않으려고 부러 능청을 떠는 눈치가 역력했다.

"문제라면 없을 때가 없죠."

"하기야. 그러니 이걸 마실 수밖에 없고요."

곱슬머리가 자작을 하며 다시 한번 신문 기사를 흘깃거렸다. 그는 소주를 한 홉에 털어 넣고는 백동우를 응시했다. 정확히는 깍지 낀 백동우의 손을.

이런 인간에게 어린 자식을 맡기고 여행을 떠났다니.

"정말 여행을 간 건 맞습니까?"

예상치 못한 질문이었을까, 소주잔을 돌리던 곱슬머리가 멈칫했다.

"내가 거짓말이라도 한다는 말입니까?"

곱슬머리가 정색했다. 지나치게 예민한 반응이었다.

"선뜻 이해가 가지 않아서요. 엄마가 갓난아기를 두고 여행을 가는 일이 흔치는 않을 것 같은데요."

곱슬머리가 피식 실소를 흘렸다.

"애보다 삼척이 좋은가 보죠."

삼척? 삼척에 갔다고? 삼척이라면 아내가 자주 여행을 가는 곳 중 하나였다. 정말로 지하는 정율미와 여행을 떠난 걸까. 최근 크게 다퉜다고 하니 화해할 기회가 필요했다면 적당한 여행지일 것도 같았다.

"저도 처음에는 반대했습니다. 이런 핏덩이를 두고 여행이라니."

곱슬머리는 또다시 잔을 채워 들이켰다. 벌써 네 잔째였다.

"요새 자꾸 신경질을 부린다 했더니 산후우울증인가 뭔가라고 하더군요. 처음에는 반대했지만 바다 좀 보고 오면 나아질 것 같다기에 다녀오라 했습니다. 율미 고집이 보통이 아니거든요."

백동우는 남의 가정사라면 관심 밖이었다. 그는 슬슬 이 불편한 자리를 벗어나기로 했다.

"이만 일어나야겠습니다."

"이제 보니 술만 권했지 차 한 잔 대접할 생각을 못 했네요."

"마신 걸로 치죠."

백동우는 성큼 자리에서 일어났다. 곱슬머리는 따라 일어나는 대신 조심스럽게 입을 열었다.

"지하 씨에게 좀 전해주세요. 그날 일은 제 아내의 진심이 아니었다고."

"그날 일이요?"

"그게 한 달 전쯤인가. 율미가 지하 씨랑 좀 다퉜거든요. 보나마나 율미가 잘못했을 겁니다. 그 성질머리…… 아무튼 지하 씨한테는 제가 대신 사과드린다고……"

정율미를 처음 만났을 때가 생각났다. 어디 한 군데 빠짐없이 날이 서 있는 사람, 세상을 믿지 못하는 눈, 살며 받은 상처가 옹이 같은 강퍅함으로 아문 듯한 인상. 그에겐 그저 피하고 싶은 사람일 뿐이었다. 그런데 남편에게도 그런 취급을 받고 있는 걸까.

***

흐린 하늘과 달리 지상에 펼쳐진 세상은 눈부셨다. 터진 오리털 이불에 뒤덮인 듯 정원은 새하얗게 반짝였다.

겨울눈을 보는 반가움은 짧았고 곧 염려가 밀려들었다. 예상대로라면 아내가 돌아오는 날이었다. 눈길에 발목이 잡히면 안 되는데.

멀쩡한 침실을 두고 소파에서 잔 탓에 온몸이 뻐근했다. 아몬드가 맨살인 정강이에 몸을 문질렀다. 목에 씌워진 넥칼라 때문에 샴의 얼굴은 마치 비닐 포장된 팬지꽃 같았다.

"네 꼴을 보면 잔소리 좀 듣겠지?"

백동우는 손바닥으로 아몬드의 이마를 문질렀다. 기분이 좋아졌는지 고릉고릉하는 소리를 냈다. 내심 지하의 잔소리가 그리웠다.

사료와 물을 챙겨주고 TV 리모컨을 집었다. 여자 리포터가 포르투갈 리스본을 돌아다니는 중이었다. 지하가 여행을 떠나기 전까지 마지막으로 본 채널도 여행이었다.

채널을 돌리자 뉴스가 나오고 있었다. 추경예산을 두고 여야가 다툰다는 보도가 흘러나왔다. 채널을 돌리려다 그대로 두었다. 오히려 소리를 좀 더 키웠다. 소파에 기대었던 허리가 앞쪽으로 쏠렸다.

「오늘 오전 7시 32분, 강원도 삼척의 갈남항에서 여행객으로 추측되는 삼십대 여성의 시신이 발견됐습니다. 해당 여성은……」

삼척이라면 아내와 정율미가 여행을 떠난 장소였다. 설마……. 그럴 리 없었다.

「경찰은 현재까지 파악된 사망자의 신원이 서울에 거주하는 정○○씨이며 정확한 사인을 파악하기 위한 추가조사를 진행하는 중이라 밝혔습니다.」

사고를 알리는 뉴스는 순식간에 지나갔다.

그의 검지는 핸드폰 화면의 인터넷 아이콘을 누르고 있었다. 동일한 내용의 기사들이 조금씩 제목만 달리해 쏟아졌다. 기사들 중 하나에서 사망자의 실명을 찾아냈다.

「사망자는 서울에 거주하는 35세 정율미 씨로 여행 중 참변을 당한 것으로 추측…….」

백동우는 계속해서 기사들을 검색해 나갔다. 기사들 중에 지하의 이름이 있는지, 동행인이 있는지를 확인하기 위해서였다.

가장 최근에 올라온 기사까지 샅샅이 살폈지만 지하의 이름은 없었다. 동행인이 언급되지도 않았다. 문득 곱슬머리가 했던 말이 생각났다. 산후우울증을 앓고 있다고 했는데…….

백동우는 소파 등받이로 등을 파묻고 고개를 젖혔다. 조명이 불투명한 아크릴 커버에 가려져 은은한 조도로 비추고 있었다. 이제껏 경험하지 못한 짙은 안개에 갇힌 기분이었다.

적적하지만 평온했던 성탄절 아침은 순식간에 혼돈 속으로 빨려 들어갔다. 일상이 일상으로 머물러 있을 때는 모른다. 그 평범한 일상의 소중함을. 아내가 돌아오면 저 아크릴을 투과한 인공 빛도 달라 보일까? 우리는 더 나은 부부가 될 수 있을까?

그에게 결혼은 인생의 가장 굵은 매듭 중 하나로 느껴졌었다. 그에게만 멈춰있던 시간이 다시 흐르게 된 계기가 결혼이었다. 그러나 언제부턴가 결혼이 새로운 시작이 아니라 종착지로 느껴지곤 했다. 일종의 익숙한 레파토리 같다고나 할까. 어떻게 살아야 할까에 대한 고민이 흐려지는 기분. 이젠 뭐든 자신의 의지로 혼자서 결정할 수 없다는, 변명이라면 변명이 뙈리를 틀곤 했다.

막상 아내가 사라지자 그간의 상념들이 무책임하게 여겨졌다. 돌아온다면, 지하가 무사히 돌아만 온다면 더 나은 부부가 되도록 노력하겠다는 일차원적인 다짐마저 들었다. 그러나 다른 차원에 이르기 위해서는 그 일차원이 꼭 필요했다.

이제 그의 인생에 있어 가장 중요한 것들은 곁에 없었다. 아내도, 피아노 연주도 없었다. 그리고 아내도, 왼손도 원래의 자리로 돌아오기만 마냥 기다릴 수 없는 문제들이었다. 깜깜한 어둠 속에서도 시곗바늘은 돌고 있었다. 모르긴 몰라도 시간이 많지 않다.

정율미와 함께 있던 게 아니라면 지하의 행방은 어디인가. 정말 카네기홀에서 만난 사내가 개입된 걸까. 지금껏 아까운 시간을 허비하며 헛물이나 켜고 있던 건 아닐까 하는 생각에 초조했다.

산만해진 생각을 하나로 모으려 머리를 쥐어뜯을 때였다. 테이블 위에서 핸드폰이 울렸다. 모르는 번호였다.

"지하니? 지하 너 맞지?"

"……."

상대는 말이 없었다. 지하가 누군가에게 빌려서 걸었기를 간절히 바랐지만 침묵은 그 자체로 틀렸다고 웅변하는 듯했다.

"당신 누구야?"

"아니겠죠?"

굵직한 사내의 목소리는 아내의 것도, 카네기홀에서 마주친 사내의 음성도 아니었다.

"누굽니까?"

"접니다."

그제야 백동우는 상대방의 목소리가 귀에 익었다고 느꼈다.

"율미 남편이요."

곱슬머리였다. 애써 차분한 척하고 있었으나 그의 목소리가 미세

70

하게 떨리고 있는 걸 느꼈다.

"지금 삼척에 가는 중입니다."

"삼척? 거긴 왜?"

"율미가…… 죽었답니다."

"그게 무슨 소리예요?"

잠시 곱슬머리의 말이 들리지 않았다. 백동우는 긴장을 풀 수 없었다. 이런 절박한 순간에 단 한 번 30분 정도 만난 게 전부인데, 전화를 걸어왔다.

"어제 분명…… 지하 씨가 제 아내와 함께 여행을 갔다고 하셨죠?"

백동우의 머릿속에서 징이 울렸다. 그는 지금 정율미의 죽음에 지하가 관련 있다는 말을 하고픈 것이다.

"……."

"어제 분명 그렇게 들었습니다."

"일단 진정 좀 하고……."

"당신이 분명히 말했어. 당신 마누라가 내 마누라랑 같이 여행 갔다고."

곱슬머리는 흥분 상태였다. 간신히 화를 참고 있다는 게 그의 거친 숨에서 고스란히 느껴졌다.

"잘 생각해봐요. 전 그런 말 한 적 없어요."

"경찰한테 사실대로 진술할 거야. 그 전에 생각이 바뀌면 전화를 주던가."

생각이 바뀌면? 곱슬머리의 마지막 말은 협상을 시도하는 냄새를 풍겼다. 그런데 뭘 두고 협상하자는 건지 가늠도 안 되었다.

"어제 당신 취했잖아."

"그래서 당신 마누라가 살인자가 돼도 상관없다는 거야? 율미가 그랬어. 당신 정말 냉혈한이라고."

그때서야 백동우는 곱슬머리가 시도하려는 협상의 내용을 알 것 같았다. 어떻게 진술하느냐에 따라 지하가 살인자가 될 수도, 그렇지 않을 수도 있다고.

"마누라 아직 못 찾았지?"

"……."

"잘 생각해. 당신 마누라가 왜 남편도 모르게 잠적했는지."

"그래서 원하는 게 뭐야?"

"그건 차차 생각해볼 거야. 그러니 당신도 고민해보라고."

곱슬머리가 그렇지 않아도 굵은 목소리를 더 낮게 깔며 말했다.

성탄절과 악보

"수단 방법 가리지 말고 치료받게 해."

윤슬은 옥박지르는 강 부장에게 연신 고개를 조아렸다.

"이번 일로 회사 손실이 얼마나 큰지 알아!"

강 부장은 말미에 명함 한 장을 윤슬의 얼굴로 던지듯 내밀었다.

"이게 뭐예요?"

"이제부터 백동우 주치의 될 사람."

윤슬은 처음 듣는 소리에 강 부장을 빤히 바라봤다. 이런 일은 무턱대고 알아보라고 지시하는 타입인데. 직접 주치의를 알아봤다니. 선뜻 이해가 가질 않았다. 윤슬은 강 부장의 말을 건성으로 들으며 명함을 들여다봤다. 참마음정신병원 최홍신 원장.

"예술가나 운동선수 전문으로 상대하는 사람이야."

"이 의사에게 동우 오빠 소개하면 되는 거예요?"

"아니, 당장은 말고."

"그럼?"

"이제부터 채 실장이 할 일은 백동우를 항시 체크해뒀다가 그 의사 양반에게 전달하는 거야. 어차피 당분간 공연도 없으니 치료에 전념하자고."

"그건 범죄 아니에요? 동우 오빠도 사생활이 있는데……."

"자꾸 답답한 소리할 거야! 지금 세상에서 범죄란 말야, 암표까지 사서 입장한 관객들이 아니라 그런 관객들 앞에서 삑사리나 내는 게 범죄야."

"아무리 그래도 이건 아닌 것 같아요."

윤슬이 망설이자 강 부장은 고개를 쳐들고 제 목을 쓸어 만졌다.

"잘 들어. 이게 다 백동우를 치료하기 위해서야. 그 자식 와이프도 실종된 상태라며?"

"그걸 어떻게?"

"봐, 이런 식으로 보고를 누락하면 곤란하단 말이야. 백동우 같은 인간에게 사생활 같은 게 어디 있어. 채 실장이 보고 안 한다고 감춰지는 게 아니라고."

"실종은 아니에요. 그냥……."

"그래, 가출이라고 해두자. 아무튼 지금 백동우 정신 상태가 온전할까?"

"그래서…… 제가 뭘 하면 되죠?"

"아까 말한 대로야. 백동우가 뭘 하든 보고만 하면 돼."

윤슬은 받아든 명함을 다시 살폈다.

참마음정신과 최홍신 원장.

이 사람이 백동우를 온전하게 되돌릴 수 있다는 건가?

***

　창밖에는 언제부턴가 진눈깨비가 내리고 있었다. 백동우는 위아래로 아웃도어를 입고 고어텍스 패딩을 걸친 복장이었다. 거실 복판에 아직도 짐을 풀지 않은 캐리어가 보였다. 문득 이런 생각이 스쳤다. 지하가 본인 의지로 나갔다면 캐리어에다 짐을 챙겼을 거라는. 현관 옆에 붙은 창고 문을 열었다. 총 네 개. 사라진 캐리어는 없었다.

　아내가 여행을 떠났을 가능성은 줄어들었다. 그래도 경찰에 신고를 하기는 여전히 꺼림칙했다. 발치에 툭 걸리는 게 있었다. 못 보던 상자. 인터폰에서 본 배달원이 떠올랐다. 그때 온 건가?

　상자에는 수신지 주소와 백동우의 이름이 적혀 있을 뿐 발신정보가 기입되어 있지 않았다. 상자는 가벼웠다. 곧장 테이핑을 뜯어냈다. B5 크기의 얇은 노트 한 권. 상자 안에 든 건 그게 전부였다.

　무채색 표지에는 'Rosarium'이라고만 적혀 있었다. 표지를 넘겼다. 오선지에 달린 다양한 악상기호들이 보였다. 누군가 직접 쓴 곡으로 표지에 적힌 Rosarium은 악보 제목인 모양이었다.

　다 뒤적거려도 음표를 비롯한 악상 기호들뿐 다른 내용은 찾을 수 없었다. 총 세 쪽에 걸쳐 만든 악보는 수정된 흔적이 고스란히 남아 있고, 제법 공을 들인 티가 났다. 클래식에 대한 이해도는 상당해 보였다.

　백동우는 본능적으로 악보의 음표들을 따라 가상의 연주를 해보았다. 이질적인 음계들과 억지스러운 반음계들, 자신의 손이 정상이라고 한들 칠 수 있을까 싶을 정도로 빠른 속도의 알레그레토가 이

어지는 후반부. 가장 고약한 건 손가락의 동선을 전혀 배려하지 않은 점이었다. 굳이 분류하자면 일종의 거친 에튀드(연습곡)랄까.

악보를 보자마자 떠오른 생각은 두 가지였다. 이 수상한 악보를 보낸 자는? 그리고 이 악보를 연주하면 어떤 느낌일까? 두 가지 생각을 하나로 합하면 다음과 같았다.

이런 시기에 이 의문의 악보를 내게 보낸 이유는?

백동우는 의문의 악보를 들고 피아노 앞에 섰다.

윤기가 흐르는 피아노의 표면으로 그가 비쳤다. 며칠 사이 살이 부쩍 빠진 탓에 볼이 홀쭉해졌고, 면도를 하지 않은 탓에 수염이 빽빽했다. 늘 단정하게 빗어 넘겼던 머리카락들도 비에 젖은 것처럼 축 늘어져 피폐해 보였다.

백동우는 낯선 제 모습을 물끄러미 보다 건반 뚜껑을 열어 올렸다. 오랜만에 빛을 쬔 건반들이 가지런한 자태를 뽐냈다.

눈앞에 두 개의 무채색으로 된 세계가 펼쳐졌지만 좀처럼 건반에 손을 대지 못했다. 피아노 앞에 섰을 뿐인데도 왼손이 경직되고 있었다. 하루가 다르게 증상이 악화되고 있는 것이다.

백동우는 결국 건반 하나 건드리지 않고 건반 뚜껑을 닫았다. 의문의 악보를 건반 뚜껑 위에 올려둔 채 욕실로 향했다.

조자인의 말이 사실이라면 그자는 지하를 기다렸을 것이다. 그러나 인터폰을 누른 기록은 없었다. 그가 아내와 알던 사이라면 핸드폰으로 통화를 했을 가능성이 컸다.

서로 핸드폰을 뒤져본 적은 없었는데…….

부부라지만 사생활에 대해서는 건드리지 않는 게 암묵적인 약속이었다. 두려웠다. 배우자의 핸드폰은 언제든 판도라의 상자로 바뀔 수 있으니까. 그러나 이제 기꺼이 그 판도라의 상자를 열어봐야 할 시간이었다.

*　*　*

서울지방경찰청 범죄행동분석팀 소속의 프로파일러 강우진은 몰골만 놓고 보면 프로파일러인지 장기 잠복 중인 일선 형사인지 구분하기 어려웠다. 머리야 본래 심한 곱슬이라지만, 푸석한 얼굴에 자를 때를 한참 놓친 손톱, 거기에 아웃도어용 팬츠에 패딩조끼를 걸치고 있다 보니 영락없이 동네 아저씨였다.

그는 최근 7개월 사이에 발생한 세 건의 사망사건 파일을 재검토하고 있었다. 해당 사건들은 현재까지 연쇄살인으로 다뤄지지 않았다. 연쇄살인은 고사하고 살인사건인지조차 확실치 않았다. 그럴 만한 뚜렷한 증거가 없었기 때문이다.

강우진은 구체적 정황들을 통해 수사하는 편이었지만, 이번만은 달랐다. 그는 철저히 직감에 의해 수사하는 중이었다. 그가 검토 중인 세 사건은 아직까지 동일범에 의한 소행이라는 어떤 정황도 발견된 게 없었다. 다만 연쇄살인의 직접적 개연성으로 보기에는 억지스러웠지만, 피해자들의 살해당하기 전 행적을 체크하다 발견한 공통점 하나가 있었다. 그 점이 그를 줄곧 해당 사건들에 매달리게 했다.

현재로서는 연쇄자살이라 해야 할 사건. 여기에 붙들린 지도 어느덧 1년 하고도 7개월째. 슬슬 지쳐간다 싶을 때, 뜻밖의 전화 한 통이 걸려왔다.

심각한 얼굴로 통화를 마친 그는 책상 위에 펼쳐진 수사일지를
바라봤다.

　　백동우(피아니스트)
　　아내(하지하)와 연락두절
　　하지하의 통화 내역 조회를 요청해옴
　　초조한 상태로 보임

　백동우와의 인연이라면 3년 전으로 거슬러 올라가야 했다. 두 사
람은 음악과 범죄심리의 상호성 및 음악교육의 범죄 억제 효과를
다룬 저서의 공동 필진으로 처음 만났다.
　당시 만난 백동우는 그가 상상하던 아티스트의 이미지와는 사뭇
달랐다. 차갑고 매정한 타입이랄까. 최소한 사회생활에 있어서만은
젬병인 게 확실했다.
　강우진이 그에게 마음을 연 건 백동우가 발달장애가 있는 자신의
형에 대한 이야기를 꺼내면서부터였다. 얼큰히 취한 상태였기에 들
을 수 있었다.
　백동우의 무의식 깊숙한 곳에는 장애가 있는 형과의 관계에서 형
성된 방어기제가 작동되고 있었다. 혀가 꼬일 정도로 취한 상태였
는데도 형의 이야기가 나올 때면 선을 그었다.
　강우진으로서는 호기심이 발동할 만한 과거였다. 그러나 이후로
저서와 관련해 몇 차례 추가연락을 주고받은 게 전부였다. 그런 백
동우가 뜬금없이 연락을 해온 것만으로도 놀라운데 그 이유는 더
놀라운 것이었다. 아내의 통화 내역을 조회해 달라니.

백동우는 아내의 잠적 때문이라고 했다. 그러나 강우진은 그 말을 죄다 믿을 순 없었다. 확실한 목적과 의심, 혹은 동기가 있는 상태에서의 요청이었다. 배우자의 불륜을 의심하는 전형적인 형태였다. 하지만 그렇게 단정 짓기에는 백동우의 목소리에 담긴 감정이 걸렸다. 통화 당시 그의 목소리에서 느껴진 건 분노가 아니라 절박함에 가까웠다. 어쩌면 정말 백동우의 아내는 실종 상태일지도 몰랐다.

간통죄 폐지 이후로 통신사에서 배우자의 통화 내역을 조회할 수 없다. 물론 자신도 개인적으로 민간인의 통신 내역을 사찰하는 행위는 불법이었다. 그럼에도 그는 지금 백동우의 아내, 하지하의 통화 내역을 조회하고 있었다. 그 이유는 백동우의 절박함이 안타까워서가 아니었다. 그가 1년 7개월간 붙들고 있는 사건이 연쇄살인일지도 모르는 유일한 정황, 그 정황이 백동우와 관련이 있는 탓이었다.

피해자들은 살해되기 전 하나같이 백동우의 연주회에 다녀왔었다.

그는 앞서 수사일지에 메모를 추가했다.

백동우(피아니스트) - 잠재적 용의자

***

강우진으로부터 답신이 늦어지고 있었다. 초조해졌다. 차라리 흥신소의 손을 빌릴 걸 그랬다는 후회와 그래도 경찰이 낫다는 생각이 앞서거니 뒤서거니 다퉜다. 약간의 친분이 있다지만 상대는 형사였다.

백동우는 따뜻하게 데운 우유를 들고 거실 창가로 다가가 문을 열었다. 찬바람이 파고들었다. 진눈깨비는 비로 바뀌어 있었다. 가는 비가 지면에 닿으며 내는 소리가 잔잔하게 깔렸다.

그 사이로 다른 소리들이 섞여 들렸다. 개가 짖었고, 길에 슬러시가 된 눈을 밟고 지나는 타이어 소리가 들렸다. 부웅, 소리 내며 금세 멀어지는 스쿠터는 배달을 하는 건지도 몰랐다. 택배 배달원이 떠올랐다. 인터폰 영상에서 봤던.

그 배달원은 헬멧을 쓰고 있었다. 그런데 택배 배달원이 헬멧을 쓰던가?

젠장. 택배가 아니었어!

목적이 불분명한 악보는 퀵서비스로 배송 온 것이다. 그렇다면 그날 악보를 배송한 배달원은 퀵 서비스를 주문한 자를 봤을 것이다. 지하의 실종과 악보가 관련 있는지는 알 수 없었다. 다만 아내가 사라지기 직전에 악보가 배송됐다는 게 마음에 걸렸다.

인터폰을 다시 확인해야겠다고 마음먹고 창가에서 몸을 돌렸을 때, 초인종이 울렸다. 윤슬이었다. 동시에 영혼이 쑥 빠져나간 것처럼 아찔한 현기증이 일었다. 이전과는 비교할 수 없는 어지러움이었다. 머리를 찌르는 것 같은 고통이 수반되었다. 이어서 온몸이 공중으로 붕 떠올랐다가 그대로 바닥에 처박히는 감각이 덮쳤다.

"오빠! 왜 그래요!"

의식이 흐려지는 가운데 윤슬이 소리치는 게 들렸다. 머리가 닿은 바닥이 마구 진동하는 게 느껴졌다.

12월 21일

오전 10시 24분. 보험사 통화(수신)

오전 11시 48분. 김상만과 통화(수신)

오후 1시 33분. 정율미와 통화(수신)

오후 1시 35분. 사르파 살파와 통화(발신)

강우진은 백동우의 아내가 나눈 네 건의 통화 상대 중 정율미에게 기시감을 느꼈다. 오랜 시간 기억을 더듬은 끝에 오늘 아침 뉴스에서 나온 사망자와 이름이 같다는 걸 알았다. 현재로서는 아무것도 단정 지을 수 없었다. 다만 백동우가 실종신고를 거절한 건 아무래도 이상했다.

왜 정식으로 실종신고를 하지 않고 비밀스러운 경로로 아내의 행적을 추적하는 걸까. 통화 내역 상에는 또 하나 신경 쓰이는 이름이 있었다.

사르파 살파.

외국인인가? 별명이나 은어일 가능성이 컸다.

강우진은 다시 한번 하지하의 통화 내역을 들여다봤다. 이번에는 통화 상대가 아니라 발신과 수신 그리고 통화 내역 간의 시차를 살폈다.

두 인물과의 통화 간격은 불과 2분에 불과했다. 하지하는 정율미의 전화를 받은 뒤 그 통화내용과 관련해 사르파 살파라는 인물에게 전화를 했는지도 몰랐다. 그렇게 보면 하지하는 정율미와 사르파 살파의 연결고리일 수도 있었다.

사르파 살파라……

강우진은 포털사이트 검색창에 '사르파 살파'를 입력했다. 물고기 이미지가 여러 장 떴다. 녹색 지느러미와 가로로 된 금빛 줄무늬들이 인상적인 어류였다. 진짜 인상적인 건 따로 있었다.

환각을 일으키는 물고기.

꿈을 보여주는 물고기라 설명된 글들도 보였다. 주로 환각물고기란 별칭으로 불렸다.

강우진은 수사수첩에 '하지하 통화 내역-사르파 살파 : 환각어'라고 기입했다.

사르파 살파보다 급한 건 하지하와 통화한 정율미가 뉴스에 나온 사망자와 동일인물인지 확인하는 거였다. 정말 동일인이라면…….

정율미의 핸드폰 번호를 근거로 그녀의 신원을 조회하기 시작했다.

정말 동일인이 맞다면 그의 연주회에 참석한 이후 사망한 세 건의 사건 그리고 그의 아내와 지인 관계인 정율미의 사망사고, 당사자 아내의 실종 모두 백동우와 연결되어 있을 가능성이 높았다.

강우진은 조회 화면을 보는 동시에 삼척경찰서 형사계의 번호를 찾기 시작했다.

***

철책이 걷어진 자리에는 드문드문 해안경계초소만 소각장처럼 서 있었다.

비취색 투명한 겨울 바다의 수면 아래로 거뭇거뭇한 형체들이 보였다. 파도를 따라 흔들리는 미역과 톳 따위의 해조류들은 거대한 거머리 같기도, 수장된 메두사의 머리 같기도 했다.

방파제는 쪽빛 해안을 절단하고 있었다. 방파제 위를 걷던 백동우는 반대쪽 방파제에서 입항을 유도하는 표식인 하얀 등대를 발견했다. 하얀 등대 뒤쪽에서 초록색의 뭔가가 나풀거렸다. 치마나 원피스 자락 같았다.

"지하야!"

어쩐 일인지 그는 나풀거리는 섬유만 보고도 아내라고 직감했다. 치맛자락은 위협을 느낀 말미잘의 촉수처럼 순식간에 등대 뒤로 사라졌다. 백동우는 반대편 방파제로 넘어가고 싶었으나 그와 하얀 등대 사이에는 파도가 넘실대는 바다가 있었다.

"지하야!"

그는 다시 아내의 이름을 불렀다. 다시 치맛자락이 엿보였다. 이번에는 파란색이었다. 순간 바람이 거세진다 싶더니 집채만 한 파도가 방파제로 밀려들었다.

"지하야!"

파도는 순식간에 아내와 하얀 등대를 덮쳤고 황망히 그 광경을 바라보던 백동우도 마저 집어삼켰다.

백동우는 뜨끈뜨끈한 방에서 깼다. 방바닥이긴 해도 귀국 후 처음으로 안방에서 맞이하는 아침이었다. 방안에 감도는 따뜻한 온기 덕분일까. 불안 속에서도 일말의 기대가 꿈틀거렸다.

"지하야!"

목이 잠겨 마치 다른 사람의 목소리 같았다. 대답은 없었다.

백동우는 무거운 몸을 힘겹게 일으켰다. 문에 기대 새우잠을 자는 윤슬이 보였다.

그녀의 끌어모은 발 옆에 물에 젖은 수건과 대야가 보였다. 그는 담요를 가져와 덮어주고 방을 나왔다.

냉장고에서 윤슬이 사왔을 베이글과 우유를 꺼냈다. 우유를 잔에 따르려다 그만두었다. 이 우유는 원래 있던 건데, 어제 집에서 유일하게 마신 음료였다. 단순히 너무 피곤했다고 어제 그렇게 무너지듯 쓰러졌을 리는 없었다. 혼절의 감각이 달랐다는 건 분명하게 구분할 수 있었다.

우유를 싱크대에 버리려다 말고 다시 냉장고에 넣었다. 증거가 될지도 몰랐다.

그는 우유 대신 캡슐커피를 내리고 베이글을 씹었다. 조금씩 시야가 밝아지는 느낌이 들었다. 이제부터는 신중하면서도 과감하게 움직일 작정이었다.

빨리 그놈을 찾아야 했다.

2부

바다 위의 피아노

최홍신은 조금 전에 백동우의 매니저로부터 그의 상태를 보고받았다.

그의 최근 일상은 대체로 짐작했던 바와 일치했다. 다만 어제저녁 갑자기 의식을 잃었다는 부분이 마음에 걸렸다. 그의 계획에는 없던 일이었다.

최홍신은 책상 서랍을 열고 악보와 만년필을 꺼내 들었다. 악보 우측 모서리 부근에 만년필에 의해 여러 번 찍힌 흔적이 남아 있었다. 악상에 대한 고심이 남긴 흔적이었다.

그는 뭐든 확실한 게 좋았다. 생각도 감정도. 어려운 건 생각보다는 감정 쪽이었다. 감정은 통제를 쉽게 벗어난다. 감정을 통제하려면 감정을 불러일으키는 상황을 지배해야 했다. 계획적인 사람이 되어야 한다는 말이다.

원장실에 잔잔하게 흐르는 클래식 사이로 노크 소리가 끼어들었다.

"원장님, 말씀하신 파일이에요."

아담한 키에 단발머리를 한 간호사가 들어왔다. 그녀가 건넨 파일은 환자의 신상과 치료 내역이 담긴 차트였다.

"일은 할 만해요?"

"그런 편이에요. 아직 얼마 되지 않아서 잘 모르겠지만요."

최홍신은 차트만 넘겨볼 뿐 아무런 대꾸가 없었다.

"그럼 이만 나가보겠습니다."

간호사는 목례를 하고 몸을 돌렸다.

"우울증이라……."

혼잣말인가. 간호사는 그냥 무시하고 나설지 대기를 해야 할지 고민이 됐다. 간호대학을 졸업하고 현장에서 근무를 시작한 지 이제 갓 삼 개월째. 대강 업무파악은 했다지만 같이 일하는 사람들에게 적응하는 데는 시간이 더 필요했다.

"민 간호사 눈에는 이 환자 상태가 어때 보이던가요?"

간호사는 다시 최홍신을 향해 돌아섰다. 그녀는 적정한 수준의 대답을 고르기 위해 해당 환자의 기억을 떠올렸다.

"글쎄요, 대화할 때 눈도 잘 안 마주치고 말도 약간 어눌하고. 좀 심각해 보이긴 했어요."

"그래요."

최홍신은 다시 침묵했다. 차트만 들여다보았다. 그러다 또 갑자기 입이 열렸다.

"눈에 보이는 건 가짜예요."

"……."

"이 환자는 증상이 심각하지 않습니다. 그냥 아프고 싶어 하는 부류예요."

최홍신이 차트를 책상 위에 툭 던지며 이어 말했다.

"진짜는 병원에 오지 않습니다."

간호사는 최홍신이 말하고자 하는 본심을 몰라 혼란스러웠다. 무안해진 그녀는 괜히 최홍신의 책상 위로 시선을 돌렸다. 그는 차트 대신 오선지를 골똘히 들여다보고 있었다. 문득 원장의 취미가 작곡이라던 선임간호사의 말이 떠올랐다.

***

백동우는 처음 피아노를 마주한 사람처럼 부자연스럽게 의자에 걸터앉았다.

멸치 떼가 수면으로 튀어 오르듯 열 개의 손가락들이 건반 위에서 튀기 시작했다. 현란하게 움직이는 손가락들과 달리 손바닥은 거의 떨림이 없었다. 그래야만 음들의 강약을 흐트러짐 없이 조율할 수 있었다. 그러나 쇼팽의 에튀드 3번곡 '이별의 곡'은 오래가지 못했다. 여전히 왼손이 말을 듣지 않았다.

모리스 라벨의 〈왼손을 위한 피아노 협주곡〉이 생각났다. 이 곡이라면 한 손으로도 연주가 가능했다. 물론 오른손으로 연주를 해야 하는 상황이지만.

백동우는 왼손을 허벅지 위에 올려두고 오른손으로만 연주를 시작했다. 서서히 마음이 차분해지면서 머릿속이 맑아졌다. 제멋대로 떠오른 생각들이 영사기 위의 필름처럼 회전했다.

"이 부분은 사라질 것처럼 약하게 연주해야 해. 그러나 결코 사라져서는 안 되지."

이탈리아 유학 시절 스승은 끊임없이 약한 음에 대해 강조했다.

"파도 같은 거야. 바다는 때론 거칠지만 대개는 잔잔하지. 하지만 제 아무리 잔잔한 바다라도 파도가 없지는 않아. 늘 흔들리고 있지. 그게 우리 인생과 리듬이야. 그러니 인생을 연주하려면 작은 음부터 잘 다뤄야 하네."

가장 여린 음이 차이를 만든다. 승부가 결정되는 부분도 결국은 여린 음에 의해서였다. 감각의 언어. 인간은 가장 격정적인 순간 가장 작은 목소리로 말하기도 한다. 그러나 그때의 작은 목소리는 그 어떤 고함보다 파괴력이 있는 법이다.

피아니스트 파울 비트겐슈타인은 1차 세계대전에서 오른팔을 잃은 뒤 라벨에게 왼손을 위한 피아노 협주곡을 헌정 받았다. 팔 하나를 잃은 피아니스트. 백동우는 파울 비트겐슈타인의 슬픔을 직접 겪는 것만 같았다.

건반이 만들어낸 음들이 귀와 손가락을 통해 동시적으로 느껴졌다. 맨발인 탓에 페달을 통해서도 현들의 미세한 울림이 느껴졌다. 건반과 연결된 해머가 현을 건드릴 때의 미세한 진동이 소리보다 한 발 앞서 느껴졌다. 머리가 아닌 손가락의 신경들이 건반을, 음들을 기억했다.

백동우는 눈을 감은 채 연주를 이어갔다. 활발해진 뇌 활동과 달리 마음은 평온해졌다. 감은 눈으로 쪽빛에 가까운 파란 추상체가 일렁거렸다. 목적지가 확실해 보이던 CCTV 속 아내, 결혼사진 속 정율미, 수상한 악보와 오토바이 헬멧을 쓴 배달원, 방충망이 뚫린 작업실과 대퇴부에 붕대를 감은 아몬드, 발달장애 아들을 둔 옆집 여자 그리고 삼척의 갈남항과 아직까지 직접 보지 못한 정율미의 시신.

악보에 비유하자면 각 이미지들은 음표들이었다. 이 음표들이 이루는 악보의 체계를 읽어내야만 했다. 수상한 악보를 보낸 사람은 CCTV 속 배달원을 찾아가면 알아낼 수 있을지 모른다. 더 시급한 건 정율미의 죽음에 관해 알아보는 것이다. 죽은 자는 말이 없다지만 분명 단서가 있을 것이다. 3년 전 저서 작업 당시 강우진에게 들었던 인용구가 있었다.

'접촉하는 두 물체는 서로 흔적을 주고받습니다.'

법과학의 창시자 에드몽 로카르의 말이라고 했다. 백동우는 다분히 물리학적인 이 말을 자기 식으로 슬쩍 바꿔보았다.

관련된 사건들은 서로 영향을 주고받는다.

현재까지 지하의 행방과 가장 가까운 이는 여전히 정율미였다. 그녀와 지하 사이에 분명 뭔가가 있다. 정율미에게 생각이 이르자 백동우는 집중력이 흐트러지는 걸 느꼈다. 머릿속에서 뾰족한 자갈들이 굴러다니는 것처럼 통증이 일기 시작했다.

윤슬은 피아노 소리에 잠을 깼다. 백동우가 피아노 앞에 앉아 있었다.

그녀는 무의식중에 자신이 하지하가 된 상상을 했다. 남편이 연주해주는 로맨틱한 피아노 소리로 하루를 시작하는 상상은 언제나 달콤했다. 물론 현실에선 원하지 않았다. 한 다리 건너 보면 낭만적인 일상이지만, 곁에서 지켜보면 전쟁이었다. 그런 삶을 사는 이의 비위를 맞추며 살 자신이 그녀에겐 없었다.

윤슬은 지금 연주가 낯설다고 느꼈다. 백동우가 손을 풀 때 주로 사용하는 곡은 쇼팽의 에튀드들이었지만 지금 흐르는 곡은 달랐다.

지난밤 쓰러진 백동우를 발견하고 가슴이 철렁했다. 119에 신고를 하려는데 그가 팔을 잡았다. 완전히 의식을 잃지 않았다는 걸 알고 망설였다. 일종의 가수면 상태 같았다. 그 상태로 그는 알아듣기 힘든 말을 중얼거리기도 했다.

힘겹게 안방으로 옮겨놓고 상태를 지켜봤다. 다행히 호흡은 안정적이었다.

보일러 온도를 높이고 물수건을 쥔 채 곁을 지켰다. 그러다 듣고 말았다. 그걸 단순히 잠꼬대라고 할 수 있을까. 백동우는 선명한 발음으로 말했다.

"더러워. 넌 더러워."

섬뜩한 말이었다. 백동우는 고통스러워 보였다. 그를 보는 윤슬은 내심 조마조마했다.

오빠가 설마 알고 있는 걸까.

백동우의 매니저 생활을 한 지도 어느덧 오 년째. 그와 함께 보내는 시간을 계산하면 윤슬이 하지하보다 많았다. 옆에서 보기에 백동우는 결혼 이후 조금씩 달라졌다. 말과 눈빛이 중의적으로 변해간다고나 할까. 비밀이 많아지는 느낌이었다.

백동우는 과묵해도 분명한 편이었다. 그런 그가 결혼 이후 말을 하다 마는 경우가 더러 있었다. 자기검열이 부쩍 심해진 것처럼 보였다. 그런 변화는 하지하도 마찬가지였다. 이들 부부를 대할 때면 보이지 않은 가시가 박힌 것처럼 불편했다.

윤슬은 백동우를 동경한 적도 있었다. 더 솔직히 말하면 백동우를 남자로 보기도 했다. 그럴 때 불쑥 하지하가 등장했다. 대학 시절 윤슬도 잘 알던 선배. 백동우에 대한 관심이 이성애로 발전하기 전이었는데도 그녀에게 질투심이 드는 건 어쩔 수 없었다.

윤슬이 보기에 하지하는 다른 세계에 사는 사람이었다. 교수 부모에, 그 자신도 명문대 박사학위를 가진 미술계의 떠오르는 신예 작가. 하지하와 백동우가 연인 사이로 발전할 거라고는 생각하지 못했다. 하지하가 백동우를 거들떠보지도 않을 거라 생각했다. 지금 와서 생각해보면 사는 세계가 다른 사람들을 섣불리 예상한 것 같았다.

두 사람은 그로부터 불과 6개월 뒤 하객들에게 둘러싸였다. 윤슬도 하객들 틈에 섞여 이 화려한 부부를 축하했다. 진심으로. 다만 또 다른 진심도 있었다. 시간이 지나면서 무력감, 열패감이 찾아들었다.

"몸은 좀 괜찮아요?"

윤슬이 부러 기척을 내며 물었다.

"괜찮아. 놀라울 정도로."

"그래도 병원에 가보는 게……."

백동우가 왼손을 들어 보이며 말을 막았다.

연주를 지켜보던 윤슬은 뒤늦게 그가 오른손으로만 연주하고 있다는 사실을 알았다.

그녀는 어제 백동우가 잠든 동안 그의 상태를 다이어리에 정리했다. 정리한 내용을 핸드폰으로 찍어 강 부장이 소개한 주치의의 번호로 전달했다. 윤슬은 체한 것처럼 답답했다. 내키지 않던 일이었다. 범죄처럼 여겨지기도 했다. 강 부장의 지시를 백동우에게 털어놔야겠다고 마음먹기도 했다. 그러나 막상 눈앞에서 그가 쓰러지는 걸 보고 마음을 다잡았다. 지금 그는 치료가 필요했다.

윤슬이 수심에 차서 지켜보는 동안 백동우는 연주를 마쳤다.

"그만 가봐."

백동우는 의자에서 일어나 드레스룸으로 갔다. 무스탕 재킷을 걸치고 거실로 돌아올 때까지 윤슬은 거실에 머물러 있었다.

"그 몸으로 어딜 가려고요?"

"컨디션 좋다니까."

말과는 달리 순간 비틀거렸다.

"그냥 경찰에 신고해요."

"그럴 순 없어."

"왜요? 오빠 말대로 언니가 실종된 거라면 신고부터 해야죠."

"단순한 실종이 아니니까."

"실종이면 실종이지 그건 또 무슨 소리예요?"

"정율미가 죽었어."

윤슬은 백동우의 말을 이해할 수 없었다. 율미 언니가 죽다니 무슨 잠꼬대 같은 소린가.

앵클부츠를 신고 허리를 세운 그는 재차 현기증을 느끼는지 손으로 이마를 짚었다.

"운전은 제가 해요."

"됐다니까."

"오빠도 알잖아요. 지금 몸 상태 정상 아닌 거. 그날 이후로 운전도 못 하잖아요."

"못 한 게 아니라 안 한 거야."

윤슬은 끝내 백동우를 앞질러 카니발 운전석을 선점했다. 차키라면 여전히 백동우의 손에 있었으나 스마트키 좋은 게 뭔가.

"좀 전 얘기 다시 해봐요. 율미 언니가 죽다니 그게 무슨 소리예요?"

"들은 대로야. 그게 지금은 경찰에 신고할 수 없는 이유기도 하고."

"그건 또 왜요?"

백동우는 바로 대답하는 대신 시선을 조수석 창문 너머로 돌렸다.

"지하가 정율미와 함께 있었을지도 모르니까."

윤슬은 연거푸 날아든 충격적인 소식에 그대로 얼어붙었다.

"어떻게……."

율미 언니가 죽었는데, 지하 언니가 함께 있었을지도 모른다고? 율미 언니 죽음에 지하 언니가 연루되어 있을지도 모른다는 거잖아. 그제야 윤슬은 백동우가 실종신고를 하지 않는, 아니 하지 못하는 이유를 이해할 것 같았다.

"그래서…… 어디로 가요?"

"삼척."

백동우가 어지러운 이마를 짚으며 말했다.

***

삼척경찰서 강력계 주경호 반장은 신경이 곤두서 있었다. 그의 얼굴은 여름 동안 얼마나 탔는지 아직까지도 거뭇했다. 삭발 가까운 머리에 눈은 외꺼풀의 실눈인데 비해 코가 무척 컸다. 얼핏 보면 형사라기보다는 해상안전요원 같았다.

올해로 마흔여섯인 그는 자신보다 대여섯 살은 어려 보이는 강우진을 상대로 깍듯이 존대를 하고 있었다. 평범한 익사 사고로 보이는 사망사고에 서울지방경찰청의 프로파일러 양반이 몸소 납신 상황이었다. 따로 영장을 갖고 나온 건 아니었으나 무턱대고 부탁을 거절하기도 어려웠다.

"발견 당시 현장 사진은 없나요?"

강우진이 피해자가 찍힌 사진을 들여다보며 말했다. 여자는 부두의 콘크리트 바닥에 누워 있었다.

"그게 마을 주민들이 발견했는데, 일단 건져놓고 나서 신고를 했어요. 재작년인가 관련 교육을 하기도 했는데, 누가 어부 아니랄까 봐 일단 건지고 본다니까."

"최초 발견 장소는 어디랍니까?"

"방파제 안쪽이었다나."

"방파제? 예상 밖이네요."

강우진은 정율미가 단순 실족사를 당한 거라 생각하지 않았다. 피살의 가능성을 염두에 두고 있었다.

"보나 마나 실족사예요. 사고 당시 너울파도가 심했거든. 파도가 방파제를 넘을 정도였으니까. 그 동네가 너울파도가 치면 무섭게 칩니다. 한 번씩 해안도로까지 덮쳐서는 이곳 사정 모르는 외지인들 차가 파손되는 일도 심심찮아요. 그냥 파도가 아니라 주먹만 한 돌들도 섞여 있는 파도니 말입니다. 정보가 없는 외지인들은 속수무책이죠. 그래서 피서철에는 마을 청년회랑 해경들이 자체적으로 안전관리를 하기도 하는데, 지금은 아시다시피 12월이란 말이죠.”

실족사로 밀어붙이는 걸 보면 사건이 커지는 걸 원치 않는 것일 테지만, 주 반장의 판단이 일리가 없는 것도 아니었다. 시신이 방파제 안쪽에서 발견되었으니 살해당한 후 버려졌다고 보는 것도 무리가 따랐다. 타살이라면, 그것도 계획에 의한 살인이라면 범인이 시체를 발견되기 좋은 방파제 안쪽에 버렸겠는가. 사건이 발생한 것으로 추측되는 시간대의 조류를 따져보면 시신이 방파제 밖에서 안으로 흘러들어오기도 쉽지 않은 상황이었다.

뺑소니 같은 우발적 사고라면 당장 가까운 곳에 피해자를 은닉하는 경우도 있긴 했다. 그러나 뺑소니는 아니었다. 시신에서 눈에 띄는 외상이 없었다.

그래도 타살이라는 가정 하에 정율미가 사망하기 직전 하지하와 접촉했을 가능성을 상정했다. 거칠게 꾸며보면, 하지하는 도망자의 신분일지도 모른다. 반대로 하지하 또한 정율미처럼 목숨이 위태로운 상황일 수도 있다. 어쨌든 최근 연이어 발생한 연쇄자살의 실체가 연쇄살인일 경우, 피해자는 늘어날 것이다. 정율미가 굳이 이 먼 곳까지 와서 사망한 사실도 걸렸다. 부검결과를 지켜봐야겠지만 다른 곳에서 사망한 이후 이곳으로 옮겨졌을 가능성도 무시할 수 없었다.

“사망자가 머물렀던 곳은 어딥니까?”

“민박집입니다. 어차피 그 마을에는 민박집뿐이에요.”

“그 집 주인은 만나보셨죠?”

“아뇨. 통화만 했습니다.”

사람이 죽었는데 고작 통화만 했다고? 그러나 굳이 그 부분을 따지고 들지는 않았다. 관할서 형사를 자극하기만 할 것이었다.

"제가 민박집 주인을 만나봐도 되겠습니까?"

"그거야 상관없는데, 그러려면 다시 서울로 돌아가셔야 할 겁니다. 삼척에 안 살거든요."

"여기 안 살아요?"

"서울에 살면서 여긴 두어 달에 한 번 들른대요. 가보면 말이 민박이지 폐가라 해도 이상하지 않아요. 주민들 말로는 알박기용이라는데."

강우진은 갑자기 머리가 어지러워졌다. 수첩에 '민박집 주인 탐문 필요'라고 기입한 뒤 팔꿈치를 책상 위에 올렸다.

이를테면 무인 민박이라는 건가. 왜 정율미는 폐가나 다름없다는 곳에 투숙한 걸까? 비수기라 빈 민박도 많을 텐데.

"하얀 집 말하시는 거죠? 폐가는 아니고, 거기 제법 운치 있어요."

커피를 타러 갔던 여순경이 불쑥 끼어들었다. 대학생으로 보일 만큼 앳돼 보이는 순경이었다.

강우진은 눈인사를 건네며 뜨거운 커피를 후후, 불었다.

"그 민박집에 대해 잘 아나 보죠?"

"조금은요. 거기 셀프민박으로 유명해요. 이용자들이 알아서 다 하고 뒷정리까지 해야 하는 곳이에요. 대신 비용이 저렴하죠. 그런 것과 다른 의미에서 유명한 것도 있고요."

"이 순경, 지금 우리가 워크숍 장소나 찾는 걸로 보이나. 가서 볼 일 봐."

"혹시 모르잖습니까. 일단 들어보죠."

강우진은 주 반장의 심기에 거슬릴 수 있었지만 끼어들었다. 여순경의 말은 더 들어볼 가치가 있어보였다.

"말해보세요. 그 다른 의미란 게 뭐죠?"

순경은 슬쩍 주 반장의 눈치를 보는가 싶더니 말을 이어갔다.

"반장님 말씀처럼 좀 허름하긴 해요. 그런데 주변 풍경이 끝내주죠. 그래서 예술가들도 자주 오는 곳이래요. 특히 화가들이요. 그 민박집이 마을에서 유일하게 방파제 외곽을 내다볼 수 있는 곳이거든요. 그래서 아는 사람들은 그곳을 갈남 안의 갈남이라고……."

"잠깐만요. 지금 화가들이라고 했나요?"

"네."

강우진은 하지하가 화가라는 건 이미 알고 있었다.

"잘 마셨습니다."

강우진이 이 순경에게 빈 종이컵을 기울여 보이며 인사치레를 건네자 이 순경은 눈치껏 자기 자리로 돌아갔다.

"하여간 요즘 애들은 정이 안 가. 상관을 무슨 소 닭 보듯 하니."

주 반장은 못마땅한 얼굴로 커피를 홀짝였다.

강우진은 주 반장이 옆길로 샐까 곧장 본격적인 질문을 이어갔다.

"CCTV는요?"

"딱히 건질 만한 게 없어요. 부두 쪽 주차장이랑 관광안내센터 쪽에 있는 게 전부인데 사망자가 머문 민박집은 부두에서 한참 벗어난 외진 곳입니다. 탐문수색도 해보긴 했는데 역시나 수상한 건 없었고요."

"사망자 차량은 확보됐나요?"

"장호항이라고 사고현장인 갈남마을과는 3킬로미터쯤 떨어진 곳에 있었습니다. 장호항이 훨씬 크다 보니 그곳에서 술을 마시고 택시로 이동하지 않았나 싶어요. 두 마을 사이에 해안 트래킹 코스가 있어서 차량으로 돌아갈 때는 도보로 이동하려고 했을 겁니다."

"그밖에 특별한 건요?"

주 반장은 눈앞의 프로파일러에게 슬슬 질려가고 있었다. 잠깐 죽이 맞는다 싶은 순간도 있었지만 역시나 성향이 달랐다.

"내가 아는 건 다 알려드렸습니다. 이제 경위님도 털어놓으시죠? 여기까지 온 이유."

"그저 호기심입니다."

주 반장은 눈앞의 프로파일러의 차분한 모습을 보며 몰래 마른침을 삼켰다.

"아 참, 부검결과가 나오면 꼭 좀 알려주세요."

"그게 어디 제 맘대로 됩니까."

"부탁 좀 드릴게요, 주 반장님."

강우진은 빈정이 상한 반장에게 넉살 좋게 웃어 보이며 자리에서 일어섰다. 그의 다음 목적지는 민박집, 갈남 안의 갈남이었다.

윤슬이 운전하는 카니발은 막 갈남마을의 부두 주차장에 들어섰다. 백동우는 차에서 내려 부둣가를 따라 폴리스 라인 쪽으로 걸었다.

방파제 밖으로는 파도가 하얀 이를 드러내며 밀려들고 있었다. 그에 반해 방파제에 갇힌 바다는 잔잔했다. 잔잔한 바다는 맑았다. 바닥까지도 훤히 들여다보일 정도였다.

폴리스 라인이 쳐진 면적은 3제곱미터 정도에 불과했다. 강우진이 폴리스 라인에 대해서 해준 얘기가 기억났다. 폴리스 라인은 단서가 있을 만한 범위를 최대치로 상정해 여유 있게 친다고 했다. 이후 수사가 진행되면서 완료된 만큼 면적을 좁혀간다는 것이다. 지금의 폴리스 라인 면적이라면 최종라인으로 봐도 무방할 수준이었다.

백동우는 폴리스 라인을 거침없이 넘어섰다.

정율미가 발견됐을 수면을 내려다봤다. 조금 어둡긴 해도 육안으로 바닥에 자란 해조류의 흔들림이 보일 정도로 가시거리가 좋았다. 정율미의 시신이 바닥에 있었더라도 육안으로 발견이 가능했을 것이다. 시신을 은닉하기 위한 장소로는 최악이었다.

"넌 차에서 좀 쉬고 있어."

백동우는 폴리스 라인을 빠져나와 윤슬에게 말했다. 혼자 움직이는 게 주의를 덜 끌 것 같았다.

"오빠는 어쩌려고요?"

윤슬의 목소리가 바람에 떨렸다.

"가볼 데가 있어."

그는 여길 오기 전까지만 해도 막막했다. 그러나 조금 전 마을 입구인 샛길로 빠지면서 알았다. 여긴 단 한 번 와본 적이 있었다. 지하와 함께.

갈남에 온 건 그때가 처음이자 마지막이었다. 그러나 지하는 달랐다. 그녀는 특히 겨울의 갈남 해안을 좋아한다고 했다. 그 이유는 그녀의 그림에 고스란히 담겨 있었다.

그 무렵 아내가 그린 그림 속에는 바다가 펼쳐져 있었다. 수면 위로 옹기종기 머리를 내민 갯바위들 위에는 눈이 소복하게 쌓여 있었다. 언뜻 장독대 위로 눈이 쌓인 풍경과 유사했지만 그림 속 배경이 바다란 점에서 달랐다. 파란 바다 위에 떠 있는 것처럼 보이는 눈 더미들의 모습은 상당히 인상적이었다. 눈을 이고 있는 갯바위들은 얼핏 소규모 빙하처럼 보이기도 했다.

백동우는 지하의 그림 속 장소를 떠올리며 무작정 닮은 곳을 찾아 걷기 시작했다.

그림 속에는 방파제가 없었다. 지하가 그림을 그린 곳은 방파제를 벗어난 지점이다. 그리고 아마도 그곳에서 정율미가 묵었을 것이다. 지하와 동행을 했거나 최소한 지하로부터 이 장소를 소개받았을 테고.

"같이 가요."

어느새 그의 등 뒤로 다가선 윤슬이 말했다.

"차에서 눈이라도 좀 붙이라니까."

"혼자 있고 싶지 않아요……."

윤슬이 애원하듯 말했다.

백동우는 다층건물들이 줄지어 있는 방파제 오른쪽 대신 마을 주민들의 자택으로 보이는, 단층집들이 주를 이루는 왼쪽을 택했다. 지하라면 분명 이런 소박한 풍경에 더 눈길이 갔을 것이다.

'아!'

방파제를 지나는 순간 백동우는 자신도 모르게 감탄했다.

그가 내뱉은 감탄사에는 '아름답다'와 '여기다'라는 의미가 동시에 담겨 있었다. 아내의 그림에서 본 풍경과 가장 일치하는 장소를 찾아 무작정 걸었다. 그렇게 걷다 보니 어느덧 길의 끝이었다.

거기서 마주한 민박집은 파란 기와를 제외하고는 온통 흰색 페인트로 칠해져 있었다. 민박집의 앞쪽은 바다, 뒤쪽은 산비탈에 막혀 있었다.

대문은 없었다. 본래 대문이 달렸을 것으로 추정되는 두 개의 콘크리트 기둥만이 그곳 너머가 사적 공간임을 암시했다.

"계십니까?"

백동우는 마당에 들어서며 부러 인기척을 냈다. 돌아오는 대답은 없었다.

"남의 집에 이렇게 막 들어가도 되는 거예요?"

"넌 거기서 기다리든가."

결국 윤슬도 마지못해 백동우를 뒤따랐다.

마당 중심에 이른 백동우는 그 위치에서 아내가 내다봤을 바다를 향해 몸을 돌렸다.

가장 근거리로는 바다가 내다보이는 낮은 담장이 있었다. 담장 아래로 시든 장미들이 보였다. 귀국 후 지하의 그림 속에서 본 장미 꽃밭이 오버랩 됐다. 그러나 눈앞의 작은 화단에 심은 장미는 듬성듬성 심어진 데다 시득시득해 앙상한 가시만 도드라져 보였다.

시멘트 블록 담장 위로는 빈티지 유리컵과 미니멀한 조각품들이 진열되어 있었다. 일종의 장식이었지만 관리되지 않아 먼지가 들러붙어 있었고 지저분했다.

"아무도 안 계세요?"

백동우는 방문 쪽을 향해 다시 한번 외친 뒤 좁은 툇마루가 달린 방문 쪽으로 다가갔다. 작은 집만큼이나 문도 작았다. 백동우는 거침없이 툇마루에 무릎을 대고 미닫이문으로 손을 뻗었다.

"어쩌려고 그래요."

미닫이문이 들먹들먹 밀려났다. 문이 밀려난 실내로 햇빛이 쏟아졌다. 방 안은 깔끔했다. 이부자리는 가지런히 정돈되어 있었고, 흰 도배지는 약간 변색된 느낌은 있었지만 불쾌할 정도는 아니었다.

눈에 띄는 거라면 미닫이문과 마주한 벽 중앙에 걸린 한 뼘 크기의 성모 마리아상이 전부였다. 하긴 증거가 될 만한 물건이라면 이미 경찰이 회수해갔을 것이다. 그러자 또 다른 의문이 들었다.

왜 여기에는 폴리스 라인이 없는 걸까?

짐작컨대 경찰은 정율미의 죽음을 단순한 자살로 처리하고 있을 공산이 컸다. 그리고 지금으로서는 그편이 상식적이긴 했다.

툇마루에 앉아 마당 쪽을 바라보자 다시금 익숙한 풍경이 펼쳐져 있었다. 낮은 담장 너머로 보이는 수평선. 해안과 가까운 수면 위로 악어 떼처럼 머리를 내민 시커먼 갯바위들. 아내의 그림에서 본 익숙한 풍경이었다.

"오빠, 여기 좀 와 봐요."

윤슬의 목소리는 백동우의 머리 위쪽에서 났다. 이제 보니 담장을 따라 이어진 좁은 계단이 ㄱ자로 꺾이면서 하얀 집의 옥상과 이어져 있었다. 한옥 형태의 집인 줄 알았는데 처마만 양철 기와로 둘렀을 뿐 실은 옥상이 있는 양옥에 가까웠다. 백동우는 서둘러 계단을 올랐다.

옥상에는 그물 형태로 된 비닐 암막이 쳐 있었다. 그 암막 밑에 오크색 업라이트 피아노가 한 대 있었다. 피아노는 자욱한 먼지로 덮여 있었다. 윤슬이 흥미롭다는 듯 이리저리 살펴보는 중이었다.

"이 피아노 버려진 거겠죠? 소리나 나려나."

피아노는 바다를 등지고 있었다. 그는 피아노와 나란히 서서 바다를 바라보았다. 수면을 비스듬히 내려 보자니 점점이 갯바위들이 박힌 바다가 보다 입체적으로 보였다.

여기였어.

백동우는 지금 피아노가 있는 자리가 지하가 이젤을 편 자리라는 걸 깨달았다. 그가 몰랐던 아내의 시간 속에 슬쩍 들어온 기분이었다. 여기 앉아 몇 시간이고 내다봤을 바다. 아내가 저 바다에서 본 건, 보고 싶었던 건 무엇이었을까.

문득 아내의 그림 속 인물이 떠올랐다. 동공이 빈 사내. 아내가 이곳에 앉아 저 바다를 보며 형상화한 인물. 그림 속 사내는 그가 아니었다. 동공이 채워졌다면 달라 보였을까. 아니, 그렇다 하더라도 그 인물은 다른 존재일 거다. 왜 그 마지막 점 하나를 남겨두었을까.

백동우는 먼지 낀 피아노 앞으로 다가갔다.

본능적으로 앙드레 가뇽의 연주곡인 '바다 위의 피아노'를 떠올렸다. 잔파도가 밀려드는 평온한 해안가를 연상케 하는 곡이었다. 그러나 그의 눈앞에 있는 피아노는 서정적이거나 낭만적인 것과는 거리가 멀었다. 오히려 을씨년스러웠다.

옥상의 한쪽과 면한 산비탈에서 꾸준히 한기가 내려오고 있었다. 팔등에서는 소름이 돋았다 사라지기를 반복했다.

옥상을 둘러본 뒤 다시 피아노를 살피던 백동우의 눈이 부릅떠졌다. 윤슬을 돌아보며 물었다.

"너 혹시 이 피아노 만졌니?"

"아뇨. 그건 왜요?"

이 건반 뚜껑, 최근에 열린 적이 있다! 백동우의 시선이 건반 뚜껑 중앙에 남은 손자국에 고정됐다. 먼지로 뒤덮여 있어 손가락이 닿은 흔적이 마치 지금도 투명인간이 만지고 있는 것처럼 선명하게 남아 있었다.

백동우는 예민한 동물을 다루듯 조심스레 건반 뚜껑을 젖혔다. 그러자 건반 위로 접힌 종이 한 장이 나타났다. 종이를 펼친 백동우의 손이 떨리기 시작했다. 이 악보가 왜?

수기로 그린 난해하고도 조악한 악보는 그의 집으로 배송 온 악보와 동일한 것이었다. 보다 정확히 말하자면 그 악보의 연장선에 해당하는 것이었다.

"악보 아니에요?"

백동우 곁에 바짝 붙으며 윤슬이 물었다.

"정확히는 2악장의 인트로."

백동우의 머릿속 생각들이 엉키기 시작했다. 이 악보가 왜 이런 곳에 있는 건가. 누가? 왜? 무슨 이유로? 이런 수수께끼를 낸다는 말인가. 지하의 실종과 이 악보 사이에 모종의 관련성이라도 있다는 건가.

백동우는 누군가 자신의 머릿속을 훤히 들여다보고 있다는 느낌을 받았다. 집으로 배송 온 악보야 그렇다 친다지만 지금의 악보는……. 상대는 자신이 이곳에 올 거란 걸 알고 있는 것이다. 어떻게 그런 일이 가능하지?

그는 뭔가에 홀린 듯 피아노 건반 위로 손을 올렸다.

그는 선 채로 악보에 생명력을 불어넣기 시작했다. 연주를 시작한 지 얼마 안 돼 그 곡이 언뜻 'The phantom of the oprea'의 절정 파트와 닮았다고 느꼈다. 인트로라고 믿기 어려울 정도로 격정적이었다. 그러나 곡은 금세 다른 얼굴로 변모했다. 또 다시 익숙한 기시감이 들었다. 기존의 여러 곡이 조금씩 변형되어 뒤섞인 느낌이었다.

연주에 몰입해 가던 백동우는 갑자기 손놀림을 멈췄다. 때마침 왼손의 손가락들이 경직되기 시작했지만 그 때문은 아니었다.

뭐지? 역시 제대로 조율이 되어 있지 않은 건가.

음감이 많이 떨어진 피아노라고는 하나 비교적 전체적인 음질은 균질한 편이었다. 그런데 유독 한 음만 두드러지게 둔탁했다. 백동우는 4옥타브의 솔에 해당하는 건반을 몇 차례 반복해 눌렀다. 다른 음들에 비해 반음 정도, 그 건반만 유독 음감이 떨어졌다.

피아노의 내부를 살펴보기 위해 윗뚜껑을 들어 젖혔다.

이게 뭐지? 둔탁한 소리를 내던 건반과 이어진 피아노 줄에 뭔가 걸려 있었다. 작은 구슬들이 여러 개 이어진 팔찌였다. 구슬 팔찌에는 새끼손톱만 한 나무십자가 하나가 달려 있었다.

"묵주네요?"

윤슬이 백동우의 손에 들린 묵주를 보며 물었다.

"집주인이 빠트렸나. 아까 보니까 천주교 신자인 것 같던데."

집주인의 묵주가 왜 이런 곳에 있단 말인가. 조율을 하다 빠트렸을 리는 없다. 의도적으로 숨긴 것이라 보는 편이 합리적이었다. 묵주를 보는 백동우는 어딘가 기시감을 느꼈다. 지하의 방에서 본 그림 속의 인물. 그 인물은 이마에 차양을 만들고 있었다. 그리고 그 손목에 팔찌가 채워져 있었다.

그게 팔찌가 아니었던 건가.

악보와 묵주. 그리고 지하의 그림 속 사내. 이런 것들이 모두 단서인 걸까?

그렇게 생각하는 건 억측이었다. 지하든 누구든 이렇게까지 에둘러 메시지를 남길 이유가 없었다. 더 확실하고 쉽게 메시지를 전할 방법이라면 얼마든지 있었다.

최소한 한 가지는 확실해졌다. 이곳에서도 동일한 악보가 발견된 이상 하루속히 악보를 보낸 자를 찾아내야 한다. 그자는 그와 지하 둘 다에 대해 알고 있는 자일 것이다.

백동우는 배달원 헬멧에 적혀 있었던 퀵스비스 업체명을 떠올리며 말했다.

"서울로 돌아가야겠어."

"지금요?"

백동우는 악보와 묵주를 챙겨 하얀 집을 빠져나왔다. 윤슬도 서둘러 뒤따랐다.

백동우는 따라오던 윤슬의 걸음 소리가 멎자 돌아보았다. 윤슬이 하얀 집의 우편함을 만지작거리고 있었다.

"뭐해? 두고 간다."

"오빠, 이것 좀 보세요."

윤슬이 우편함에서 우편물 하나를 빼내며 말했다.

"이 이름 어디서 들어본 것 같지 않아요?"

윤슬이 다시 다가오는 백동우에게 우편물을 들어 보였다.

지대한?

백동우는 우편물을 받아 수신자를 확인했다. 지대한은 조자인의 아들 이름이었다.

"네가 이 아이를 어떻게 아는데?"

"맞죠? 역시 내 기억이 맞네. 이 애 '피아노의 신'에 출연했던 애 잖아요. 유독 오빠 눈에 밟혔던 애 말이에요."

순간 백동우의 머리가 뜨거워졌다. 눈썹 끝에서 맥박이 느껴지기 시작했다.

5년 전 모 케이블 채널에서 방영했던 '피아노의 신' 그러니까 조 자인의 집에서 본 지대한이란 이름에 기시감이 들었던 건 그런 이 유였던 거다.

"그 아이 좀 특이한 애였는데. 무슨 증후군이라던가……."

"서번트 증후군."

피아노의 신은 국내 최초로 진행된 피아노 오디션 프로그램이었 다. 한창 대중가요 오디션 프로그램이 유행하더니 하나둘 연주 오 디션 TV프로그램들까지 생겨났다. 백동우는 그 프로그램들 중 하나 에서 심사위원을 맡았었다.

"설마 여기가 그 애 집은 아니겠죠?"

백동우는 손에 들린 우편물을 우편함에 꽂고 다른 우편물의 수신 자명을 살폈다.

'조자인 귀하'

뭐가 어떻게 돼 가는 거지?

5년 전 그 아이와 자신의 옆집에 사는 모자 그리고 이 민박집의 모자는 모두 동일인물이었다. 조자인이 자신의 옆집에 사는 걸 더 이상 단순한 우연으로 받아들일 수 없었다.

이웃

하얀 집을 찾는 건 어렵지 않았다. 이 순경의 설명대로 길이 끝나는 지점에서 다른 집들과는 사뭇 다른 형태의 집이 보였다.

외벽은 얼핏 보면 깔끔했으나 조금만 자세히 보면 군데군데 페인트가 벗겨져 있었고 균열이 간 곳도 적지 않았다. 그러나 아기자기한 소품들이 드문드문 배치되어 있었고 무엇보다 주변 풍광이 좋았다. 폐가 같다는 주 반장의 말보다는 이 순경의 말이 더 와 닿았다.

작은 툇마루에는 신발이 보이지 않았다. 지금 상황에 투숙객이 있을 리 없었다. 집 옆에 붙은 아담한 개방형 창고로는 어린이용 구명조끼와 스노클 등이 보였다. 마당에 서서 주위를 돌아보던 강우진의 시선은 성인 어깨높이에 불과한 담장에서 멎었다.

한두 달에 한 번꼴로 방문하는 집치고는 관리가 잘되어 있는 편이었다. 담장 밑 화단의 장미도 겨울이라 시들긴 했으나 지지대까지 박혀 있는 걸로 보아 제법 공들여 키웠던 것으로 보였다.

강우진은 갑작스레 들린 피아노 소리에 주위를 두리번거렸다.

위쪽에서 피아노의 같은 음이 일정하게 울렸다. 강우진은 시야 확보를 위해 담장 가까이로 이동해 처마 위쪽으로 시선을 들었다. 그러자 옥상으로 피아노의 뒤편 모습이 보였다.

"저기요?"

강우진이 정체를 알 수 없는 피아노 연주자를 향해 외쳤다. 그러자 피아노 소리가 뚝 멎었다. 이어 건반 뚜껑 닫히는 소리가 크게 울렸고 다급한 발소리가 들리기 시작했다.

발소리는 보다 높은 곳으로 멀어졌다. 수상한 기색을 느낀 강우진은 담장과 이어진 계단을 통해 황급히 옥상으로 뛰어 올라갔다. 그러나 옥상에 있던 인물은 이미 자취를 감추고 없었다.

옥상을 둘러보았으나 조금 전 자신이 올라온 계단 말고는 다른 통로를 찾을 수 없었다. 계단의 반대쪽은 당장이라도 무너져 내릴 것 같은 절벽이 있을 뿐이었고, 그마저도 암막비닐로 가려져 있었다. 그러나 발소리는 분명 위쪽으로 멀어졌다.

강우진은 암막비닐을 일일이 들춰가며 살폈으나 통로를 찾을 수 없었다. 그가 숨겨진 길을 찾은 건 활엽수의 가지를 횃대 삼아 드리워 있던 덩굴들을 젖혔을 때였다. 덩굴 너머로 무척 좁은 길이 드러났다. 길은 한동안 사람의 발길이 닿지 않았던 듯 덩굴과 수풀로 덮여 있었다. 한 사람이 겨우 지날 만큼 좁은데다 비포장 상태의 거친 길이었다. 더군다나 바로 옆은 수직에 가까운 절벽이었다. 절벽 저 아래에서는 거대한 포말이 이를 드러내고 있었다. 강우진은 그 길을 따라 빠르게 걷기 시작했다.

마침내 길이 끝나는 지점에 이르렀을 때 강우진의 눈앞에 펼쳐진 건 1차선 도로였다. 절벽의 길은 그가 이 마을에 오기 위해 지났던 해안도로와 연결되어 있었다. 부랴부랴 쫓아왔으나 그가 쫓던 사람은 사라지고 없었다. 이곳 지형에 익숙하지 않은 그가 더 이상 쫓는 건 무리였다. 이제 와서 찾아낸들 조금 전 민박집에 있던 자라고 추궁할 근거도 없었다.

강우진은 지났던 길을 내려다봤다. 도로에서 볼 때는 딱히 길의 입구로는 보이지 않았다. 민박집조차도 튀어나온 절벽에 가려진 탓에 보이지 않았다. 그야말로 아는 사람만 아는 비밀통로인 셈이었다. 그러자 문득 그런 가정이 들었다. 누군가 혹 이 길을 이용해 투숙 중인 정율미를 살해하고 자살로 위장한 뒤 빠져나간 거라면? 그렇다고 한다면 범인은 이 마을을 잘 알거나 최소한 민박집 주인을 통해 이 길을 아는 자일 것이다.

주 반장 말로는 마을 내 CCTV의 사각지대가 많다고 했으나 두 개의 CCTV 중 하나는 마을의 관광안내소에서 주차장 쪽을 찍고 있었다. 관광안내소라면 하얀 집으로 향하는 길목에 있어 범인이 차를 사각지대에 주차한 뒤 부러 담장에 바짝 붙어 이동했다면 모를까, 충분히 앵글 안에 들어올 각도였다. 만약 정율미가 민박집에서 살해당한 것이라면 범인은 이 절벽의 길을 이용했을 가능성이 컸다. 물론 이 모든 추정은 정율미의 죽음이 살인사건이란 전제에서만 가능했다.

강우진은 험준한 길을 다시 내려가기 시작했다. 이번에는 올라올 때와 달리 매우 느린 속도였다. 그는 혹시 모를 증거를 발견하기 위해 나뭇가지와 가시덤불을 샅샅이 살피며 걸었다. 올라올 때와는 달리 가파른 낭떠러지를 보며 걸어야 했기에 고소 공포는 더욱 심했다. 그러나 고생한 보람도 없이 하얀 집의 옥상에 이르도록 단서는 찾을 수 없었다. 유일한 흔적이라면 조금 전 사내와 자신의 것이 뒤섞인 족적 정도였다. 그마저도 일부 바위 지대가 아닌 부분에만 남아 있어 증거로서는 부족했다. 그저 족적의 크기와 보폭으로 미뤄볼 때 성인 사내의 것으로 짐작할 뿐이었다.

강우진은 이번에는 피아노에 주목했다. 피아노는 먼지에 뒤덮여 있었고, 그 덕분에 사람의 손자국이 선명하게 남아 있었다.

강우진은 먼저 패딩 바깥 주머니에서 꺼낸 비닐장갑을 착용한 뒤 패딩 안주머니에서 지문채취용 테이프와 붓을 꺼냈다. 붓으로 지문 주위의 먼지를 제거한 뒤 테이프로 신중하게 지문을 전사했다. 지문 중 일부는 무척 희미해 감식이 될지 확신할 수 없었다. 그는 손이 닿은 다른 흔적에서도 같은 작업을 반복한 뒤 지문이 채취된 테이프를 촬영해, 어디론가 전송했다. 촬영이 끝난 테이프는 지퍼 백에 담아 보관했다.

지문채취가 끝나자 강우진은 허리를 펴고 심호흡을 했다. 얼음장처럼 차가운 공기에서 비릿한 바다냄새가 묻어났다. 강우진은 조금 전 사진을 보낸 번호로 전화를 걸었다.

"이게 누구신가."

과학수사대 증거분석계 요원인 고순근 박사가 능청스럽게 전화를 받았다.

"잘 지내시죠?"

"낯간지러운 소리 집어치우고 용건이나 말해. 이거 뭐야?"

"사진 보셨어요?"

"고약한 놈. 퇴근 시간 다 돼서 이딴 걸 보내는 심보는 뭐냐?"

"야근 좀 하시죠."

고 박사가 긴 한숨을 섞어가며 말했다.

"또 무슨 일 벌이는 거야? 이거 비공식이지?"

"도착하면 9시쯤 되겠네요. 그때까지 분석 좀 부탁할게요."

"이 자식아, 이게 어딜 봐서 부탁이냐, 명령이지. 서울 아닌가 보네?"

"삼척입니다."

"삼척? 거긴 왜?"

"설명하자면 길어요."

"그럼 됐고, 거긴 뭐가 유명하나?"

"글쎄요. 미역이랑 오징어가 좀 보이긴 한데."

"마른오징어나 사와."

"겨울 내내 먹을 만큼 사갈게요."

강우진은 전화를 끊고 패딩의 옷깃을 여미며 계단을 내려가기 시작했다.

마지막으로 확인할 게 더 있었다.

집주인 좀 찾아볼까.

그는 앞서 스쳐 지났던 우편함으로 향했다.

서울은 탁한 노을빛에 젖어가고 있었다.

동작구 상도로 77길을 목적지로 안내하던 내비게이션이 목적지 도착을 표시하고 있었다.

윤슬은 뒷골목 적당한 자리에 카니발을 주차했다. 백동우는 차가

서자마자 내렸다.

늘어선 빌라들을 따라 걸으며 '신속부릉' 상호를 찾기 시작했다. 오십여 미터쯤 걸었을까. 코인세탁소 옆 건물 1층에서 녹색 간판이 보였다. 흰색 바퀴 모양의 로고 옆에 '신속부릉'이란 업체명이 박혀 있었다.

사무실 앞에는 같은 모델의 배송용 스쿠터 대여섯 대가 세워져 있었다. 그 주변에서 배달원으로 보이는 청년 둘이 마스크를 턱 밑으로 내린 채 담배를 피우고 있었다.

사무실에 있는 사람은 한 명뿐이었다. 검정색 패딩을 입은 사내는 막 냉온수기에서 믹스커피를 타는 중이었다.

"사장님 되십니까?"

"그런데요. 무슨 일이시죠?"

"며칠 전 배송 기록 좀 볼 수 있을까 해서 왔습니다."

"그건 왜요?"

패딩은 두 시간 전에 받았던 고객의 클레임 전화를 떠올리며 경계했다. 그는 커피를 홀짝이며 백동우를 살폈다. 그러면서 당당하게 나갈 건지 죄송스러운 표정을 지을지 고민하다 백동우의 굳은 표정에 결국 저자세를 택했다.

그는 한결 나긋해진 목소리로 물었다.

"혹시 배송이 잘못됐나요?"

"그런 건 아닙니다. 워낙 생각지도 못했던 물건을 받아서 감사 인사라도 하고 싶은데 그게 익명으로 와서요."

"저희 쪽 실수는 없다는 거죠?"

"네."

그럼에도 패딩은 여전히 난처한 표정을 지어 보였다.

"그런데 익명으로 보낸 분의 정보를 저희가 알려드리기는 좀."

"뭐 어떻습니까. 그저 감사 인사나 드리려는 건데."

"그래도 워낙 별의별 일이 다 일어나는 세상이고, 저희 입장에서는 사장님이 어떤 분인지도 모르잖아요. 거기다……."

백동우는 패딩의 말이 자신을 안심시켜달라고 요청하는 것처럼 들렸다.

"정 그러시다면 거기 검색창에 백동우라고 적어보세요."

"백동우요? 그게 누군데요?"

"접니다."

패딩은 의구심이 섞인 눈으로 백동우를 바라보다 결국 인터넷 검색창에 백동우를 입력했다.

패딩이 놀란 눈으로 그를 돌아보다 다시 컴퓨터 화면을 보았다.

"제 신원보장은 됐겠죠?"

"팬한테 선물 받으셨나 보네요. 배송 받으신 날짜가 언제죠?"

비로소 경계심이 풀린 패딩이 컴퓨터 쪽으로 향하며 물었다.

"12월 21일입니다. 시간은 11시쯤이었던 같고요."

"12월 21일 11시라. 물건 받으신 주소는요?"

백동우가 집 주소를 불러주자 패딩이 배송관리프로그램에 뜬 목록 중 해당 주소를 물색하기 시작했다.

"여기네요. 예술의 전당."

백동우는 패딩이 모니터에서 손가락으로 가리킨 부분을 살펴봤다. 그의 말대로 예술의 전당이라고 적혀 있었다.

"원호가 배송했네. 잠시만요."

사무실 밖으로 나간 패딩은 얼마 지나지 않아 한 청년과 같이 돌아왔다. 이제 갓 스무 살이나 됐을까. 앳돼 보이는 청년이었다.

"이분이 그날 물건 수령하신 분인데 보낸 분을 찾고 계신단다."

"혹시 그날 배송 의뢰한 사람 기억납니까?"

백동우가 패딩의 말을 이어받으며 물었다. 그러자 원호란 청년이 뚱한 표정으로 고개를 갸우뚱했다.

"예술의 전당이라면…… 아, 그 사장님인가. 예술의 전당 안에 있는 카페에서 물건 받았어요."

"그 사람에 대해 기억나는 거 있습니까?"

"그게 모자랑 마스크를 쓰고 있었어요."

모자와 마스크?

"그런데 그 사장님 좀 이상했는데."

"어떤 점이요?"

"배달비를 오만 원이나 줬거든요. 잔돈은 안 받더라고요. 근데 팁이면 팁이라고 말을 해줄 것이지 그냥 가보라고 손짓으로 하니까 은근히 기분 나쁘더라고요. 뭐 그래도 돈은 죄가 없으니까 받긴 했는데……."

탁!

"임마, 그걸 꼼쳤냐!"

패딩이 손바닥으로 원호라는 배달원의 뒤통수를 갈겼다.

백동우는 좀 더 구체적인 게 필요했다. 어쩌면 질문 자체가 너무 모호했던 탓일 수도 있었다.

"잘 생각해봐요. 인상착의 같은 거. 안경이라던가 키, 외모, 복장 뭐가 됐든지."

"안경은 안 썼고요. 키는 잘 모르겠어요. 앉아 있어서. 그것 말고는…… 아, 맞다. 저한테 가라고 손을 휘저을 때 손목에서 팔찌를 봤어요. 구슬팔찌요."

구슬팔찌?

머릿속에서 즉각 하나의 이미지가 떠올랐다. 백동우는 입안의 침이 바짝 말라가는 걸 느끼며 질문을 이어갔다.

"설마 그 팔찌란 게 묵주 같은 거였나요?"

"묵주요? 그게 뭔데요?"

"염주 같은 거 있잖아, 임마."

패딩이 이번에도 원호라는 청년의 뒤통수를 후려치며 말했다. 그 사이 백동우는 무스탕 안주머니에서 묵주를 꺼냈다.

"혹시 이런 거였습니까?"

"어라. 맞아요. 이거였어요."

청년이 어찌된 건지 영문을 모르겠다는 표정을 지으며 고개를 끄덕였다.

백동우는 곧장 퀵서비스 사무실을 나섰다. 손에 묵주를 찬 사내. 얼굴을 가리고 있었다니 신분의 노출을 꺼리고 있는 셈이었다. 그러면서도 지속적으로 자신과 관련한 단서를 남기고 있었다. 개연성의 충돌이랄까, 한 마디로 모순이었다.

빌어먹을 새끼. 게임이라도 하자는 건가.

이유는 알 수 없으나 놈은 서서히 그를 끌어들이고 있었다. 일반적인 범죄자들처럼 달아나거나 흔적을 지우는 게 아니라 오히려 단서를 남기며 접근을 유도하는 느낌이었다.

악보를 보내온 자가 카네기홀의 그자라면 이제 와서 왜 존재를 감추는 걸까. 문득 놈의 시종 당당했던 모습이 떠올랐다. 놈은 제 행위에 대해 일말의 죄의식도 갖고 있지 않았다.

'두 달 안에 카네기홀에서 재공연을 하라.'

놈이 제 입을 통해 드러낸 목적은 분명 이것이었다. 그러나 아무리 생각해도 그게 진짜 목적일 리는 없었다. 설사 그의 말대로 카네기홀에서 재공연을 한들 그가 얻는 게 무어란 말인가.

또 다른 의문은 조자인의 존재였다. 어쩌면 조자인과 그 사내가 관련이 있을 수도 있었다. 순간 피아노의 신 출연진과 연출진의 얼굴들이 스쳤다. 그러나 아무리 생각해도 그들 중 카네기홀에서 만난 사내와 동일인물은 없었다. 혹 놈이 무슨 이유에서건 시간 벌기로 수작질을 하고 있는 건 아닐까.

초조함에 백동우의 심장이 쿵쾅거렸다. 이상하게 불길했다. 상상할 수도 없는 거대한 음모에 빠진 기분이었다. 어쩌면 놈의 계획은 생각보다 훨씬 오래전부터 준비된 것인지도 몰랐다. 마침 백동우를 발견한 윤슬이 차를 몰고 다가왔다. 그는 차에 타자마자 다급히 내뱉었다.

"집으로 가자. 최대한 빨리."

고 박사에게 전화가 걸려온 건 강우진이 막 동서울 톨게이트를 지났을 때였다. 벌써 결과가 나온 건가. 강우진은 예상보다 빠른 고 박사의 연락이 반가우면서도 의아했다.

"접니다."

"이거 뭐냐?"

"뭐가요?"

고 박사가 짐짓 뜸을 들였다. 강우진은 뭔가 심상치 않은 말이 이어질 거라 예상했다.

"최소 두 사람 이상의 지문인데……."

고 박사는 뭔가 생각에 잠긴 듯 뒷말을 흐렸다. 강우진은 일단 지문이 두 사람 이상의 것이라는 데 놀랐다. 피아노는 먼지가 뒤덮인 탓에 사람 손을 탄 흔적이 선명하게 보였다. 하지만 그 흔적이 많지 않아 응당 한 사람의 것으로만 생각했던 것이다.

"일치하는 데이터가 있습니까?"

"아니, 없어."

헛고생만 하고 온 건가.

"하나는 일치하는 사람을 찾는 중인데 다른 하나는 감별 자체가 쉽지 않아."

"전사라면 제대로 했을 텐데요."

"전사 과정의 문제라기보다는 지문 자체가 너무 희미해."

강우진으로서도 전사를 한 테이프를 보며 내심 염려스러웠던 부분이었다. 육안으로 보기에도 희미하긴 했었다.

"어차피 다른 지문과 동일인이 아닐까요?"

강우진은 어쩌면 피아노에 남은 지문 중 일부가 애초에 옅었던 것일 수도 있다는 생각에 물었다.

"그건 아냐. 하나는 정기문이고 다른 하나는 호형문에 가까워. 전혀 형태가 다르지. 내가 볼 때 희미한 쪽은, 지문의 주인이 본래 희미한 지문을 갖고 있는 사람일 가능성이 커."

"잠시만요. 본래 지문이 희미한 사람이라면……."

강우진의 머릿속에 한 사람이 떠올랐다. 가칭 연쇄자살자들의 공통점. 그들이 사망하기 전에 들었던 연주회.

"가령 피아니스트 같은 직군의 사람일 수도 있는 건가요?"

"뭐 피아니스트 나름이겠지만 아무래도 손끝을 많이 쓰는 만큼 그럴 수도 있겠지."

"고맙습니다. 다른 지문도 계속해서 분석해주세요."

"그건 그렇고 너 안 오냐?"

"오늘 안에는 못 갈 것 같습니다. 들를 데가 생겨서요."

강우진은 전화를 끊고 가속페달을 보다 꾹 밟았다.

백동우. 설마 너냐?

그가 연쇄자살이라 할 만한 사건을 연쇄살인일 수도 있다고 추측하게 한 유일한 심적 정황. 사망자들은 모두 백동우의 연주회에 다녀온 뒤 숨졌다. 물론 그 정도의 정황만으로 백동우를 범인이라 단정할 수는 없었다. 그러나 백동우의 지인이라고 할 수 있을 정율미의 사망은 백동우를 보다 의심할 수밖에 없게 만들었다.

수사물에서 자주 다루는 장면처럼 범인이 현장을 다시 찾는 경우가 제법 있었다. 그 이유는 대개 수사 경과에 대해 체크하고 싶은 초조한 심리 때문이다. 드문 경우지만 다른 케이스도 있다. 지능범의 경우 허탕을 치는 수사 과정을 지켜보며 쾌감을 느끼는 사례도 있으니까.

전자의 이유든 후자의 이유든 그가 몇 시간 전 하얀 집에서 놓친 이가 백동우일 가능성도 있었다. 그를 만나기로 한 계획을 앞당길 필요가 있었다. 그가 삼척에 있던 거라면 아직 자택에 없을 수도 있다. 설령 알리바이 확보를 위해 서둘러 귀가했다 하더라도 조금 전

장거리 운행을 한 흔적이 남아 있을 것이다.

그때 또다시 핸드폰이 울렸다. 이번에는 경찰청의 최 경사였다. 아마도 삼척에서 출발하기 전에 부탁해둔 일 때문일 거다.

"네, 최 경사님."

"말씀하신 거 알아봤는데요. 그게 좀 이상합니다."

이상하다?

"두 사람 주소가 같은 곳이에요."

"그게 무슨 말이죠?"

"정확히는 바로 옆집 사이입니다."

백동우와 조자인이 이웃이라니, 얼른 이해가 가지 않았다. 최 경사의 말이 사실이라면 정율미는 백동우의 옆집 사는 사람 소유의 민박집에서 투숙을 하다 사망한 셈이었다. 이게 뭘 의미하는 거지?

"고맙습니다. 주소 좀 바로 보내주세요."

"그러죠."

잠시 후 강우진에게 두 사람의 주소가 적힌 문자가 날아왔다. 두 주소는 지번의 마지막 자리 숫자만 달랐다. 그는 곧장 내비게이션에 백동우의 집 주소를 입력했다.

피아노의 신

백동우는 윤슬에게 정율미의 남편을 만나 달라고 했다. 그 부부 사이에 무슨 일이 있었는지, 경제 상황은 어떤지. 가능한 만큼 알아보라고 했다.

윤슬의 카니발이 시야에서 사라지자마자 조자인의 집 초인종을 눌렀다.

응답이 없었다. 대문 틈으로 본 집 안에는 불이 켜져 있지 않았다.

백동우는 일단 집으로 돌아갔다. 곧장 차고로 들어가 박스용 투명 테이프와 알루미늄 재질의 사다리를 챙겨 나왔다. 조자인의 집과 면한 담장에 접이식 사다리를 일자로 기댔다.

그의 체중을 받은 사다리가 삐걱거리는 소리를 냈다. 작은 소리였는데도 타이어가 도로에서 미끄러질 때처럼 크게 느껴졌다.

백동우는 2미터가 넘는 담장을 훌쩍 뛰어내렸다.

윽! 조심한다고 했는데, 착지 순간 왼쪽 발이 허방을 디딘 것처럼 쑥 꺼지면서 발목을 삐끗했다. 지면이 흙이라 충격을 완화해줄 거라 예상했는데 오히려 높낮이가 고르지 않아 독이 된 셈이었다. 그는 절룩거리며 조자인의 집 현관으로 향했다.

현관문은 예상대로 전자개폐식이었다. 백동우는 바지 주머니에서 박스용 투명 테이프를 꺼냈다. 전자 도어록의 뚜껑을 밀어올리고 액정으로 된 번호 키에 테이프를 붙였다. 손날로 골고루 문지른 뒤 떼어내 핸드폰 불빛을 비췄다. 지문이 유독 많이 겹친 번호들이 보였다.

'0238*'

남은 문제는 패턴이었다. 숫자까지는 알아내더라도 패턴을 알아낼 확률은 높지 않았다. 그런데 뜻밖에도 백동우의 머리는 별 어려움 없이 수열을 조합하기 시작했다. 동시에 가상의 피아노 연주음이 환청처럼 떠올랐다.

리스트의 라 캄파넬라?

그의 상상 속에서 눈을 뗄 수 없을 정도로 화려한 손놀림이 이어졌다. 라 캄파넬라는 첨탑의 종소리를 은유한 곡으로 기본 옥타브가 높았다. 육안으로는 따라잡을 수 없는 빠른 손놀림과 완급조절을 요구하는 곡이었다. 어지간한 피아니스트조차도 제대로 소화하기 힘든 곡. 그런 곡을 백동우의 기억 속 누군가가 연주하고 있었다. 더할 나위 없이 완벽한 연주. 그러나 연주자는 아직 십대에 불과한 소년이었다.

2013년 8월 23일.

지대한은 피아노의 신 8강에 진출하기 위해 라 캄파넬라를 연주하기 시작했다. 이미 기존의 경연을 통해 지대한이 피아노에 천부

적 재능을 보이는 서번트 증후군이라는 게 알려졌다. 이번에 선택한 곡은 그가 비록 천재라 하더라도 만만치 않을 라 캄파넬라였다. 심사위원을 비롯해 전 방청객이 숨죽이고 지대한의 연주를 경청했다.

결과적으로 지대한은 라 캄파넬라를 완벽에 가깝게 소화했다. 그러나 그 연주가 지대한이 피아노의 신에서 연주한 마지막 곡이 됐다. 그리고 그 탈락에 관한 잔인한 심사평을 발표한 이는 다름 아닌 백동우였다.

백동우의 뇌리에서 라 캄파넬라의 건반으로 표현된 종소리가 댕댕댕, 하고 울렸다. 그 소리에 맞춰 머릿속에서 흩어졌다 모이기를 반복하던 0238의 수열은 0823으로 조합됐다. 지대한이 8강 진출에 실패했던 날. 그가 한 아이를 부당하게 탈락시켰던 날.

그날을 잊고 있었다니.

봉인해둔 기억이 해제되듯 문이 열렸다. 어두운 현관에 들어서자 곧바로 현관의 센서 조명이 켜졌다.

백동우는 소리 죽인 채 앵클부츠를 벗었다. 부츠 밑창에서 떨어져 나온 흙이 하얀 대리석 위로 흩어졌다. 거실에 이르기 직전 일정 시간이 지나면서 현관의 센서 조명이 꺼졌고 집 안은 다시 어둠에 잠겼다.

"윽!"

핸드폰을 꺼내며 이동하던 백동우는 미처 라이트를 켜기 전에 뭔가 날카로운 파편을 밟고 신음했다. 핸드폰 조명을 비춰 보니 발바닥에 유리조각이 박혀 있었다.

젠장. 이게 대체…….

핸드폰의 백광이 처참한 풍경을 핥아갔다. 거실은 아수라장이었다. 진열장에 있어야 할 물건들이 바닥에서 깨어진 채 흩어져 있어 발 디딜 곳을 찾기 어려울 지경이었다.

대체 무슨 일이 있었던 거야?

백동우는 발바닥에 박힌 유리 조각을 빼내며 인상을 찌푸렸다. 파편을 빼내자 흘러나온 피가 금세 양말을 적셨다. 뜻밖의 상황이 그를 더욱 긴장케 했다. 그렇다고 이제 와 아무런 소득 없이 물러날 수는 없었다. 그는 본격적으로 집 안을 뒤지기 시작했다.

가장 먼저 눈길이 간 건 계단 옆에 있는 호두색 선반이었다. 지대한의 상패들이 진열된 곳이었다. 그릇이니 화분 파편 따위가 방바닥을 나뒹구는 와중에도 상패들만은 건재했다. 백동우는 상패들을 살피다 한 가지 특이점을 발견했다.

상패들은 죄다 2014년 이전 것들뿐이었다. 마치 2014년 이후로는 피아노를 치지 않은 것처럼. 빌어먹을. 발바닥에 박혔던 유리 조각의 일부가 혈관을 타고 올라와 심장에 꽂힌 기분이었다. 곧장 2층으로 향했다.

2층 아이의 방에 들어서자 야마하 제품의 그랜드피아노가 보였다. 일반적으로 가정집에서는 보기 힘든 모델이었다. 건반 뚜껑을 젖히자 얼굴이 비칠 정도로 광택이 흐르는 건반들이 나타났다. 최소한 외관은 매일 관리해온 듯했다. 피아노의 정령처럼 건반을 누르고 페달을 밟던 지대한의 모습이 떠올랐다. 아무리 말려도 소리를 지르고 떼를 써가며 피아노 앞을 사수했을 자폐증 아이.

그런 아이가 피아노의 방에 지내면서 한 번도 건반을 치지 않았다는 사실을 믿을 수 있을까. 좀처럼 납득하기 힘들었다. 피아노를 칠 수 없는 상황이 지속됐다면 분명 발작을 일으켰을 것이다.

피아노에서 거둔 시선은 자연스레 벽에 걸린 액자들로 향했다. 모두 지대한이란 아이의 사진들이었다. 그중에는 간혹 조자인과 함께 찍은 것들도 있었다. 벽을 빼곡하게 채운 액자들은 괴기스러운 느낌마저 풍겼다. 컬러사진들임에도 불구하고 흑백의 느낌이랄까. 이를테면 산 자의 추억이 아니라 죽은 자를 기리는 듯한.

피아노 옆에 놓인 작은 책상 위에는 피자가 담긴 그릇이 있었다. 피자는 전혀 입에 대지 않은 상태로 말라 있었다. 덕분에 지대한의 방은 마치 잘 보존된 생가 같은 분위기를 풍겼다.

그의 집을 향해 난 창문 아래에는 등나무 재질의 흔들의자가 있었다. 아이가 사용하는 것으로는 보기 힘든 의자였다. 백동우가 흔들의자 쪽으로 다가갔다. 걸음을 옮길 때마다 창문을 통해 보이는 시야가 조금씩 넓어졌다. 시야의 중심에 보이는 건 아내의 작업실 창문이었다. 아몬드가 찢어놓은 방충망이 흉물스럽게 보였다.

지대한의 방을 나선 그는 다시 1층으로 내려갔다. 안방 역시 희미한 간접등이 켜져 있을 뿐 어둠에 잠겨 있었다. 백동우는 안방의 책장부터 살펴나갔다. 피아노와 관련한 책들이 제법 보였지만 전문서적이라기보다는 교양서에 가까운 것들이 대부분이었다.

책장에서 이렇다 할 단서를 찾지 못한 그는 책장 옆 서랍으로 눈을 돌렸다. 위에서 두 번째 서랍장을 뒤질 때였다. 앨범처럼 보이는 두꺼운 파일이 보였다.

보험증서? 백동우는 파일을 넘기며 살피기 시작했다. 그러다 특정 페이지에 이르러 눈동자가 흔들렸다. 단순한 보험증서가 아니었다. 그는 해당 서류를 뚫어져라 바라보며 그 서류가 의미하는 바를 헤아리고자 노력했다. 사망보험증서에 포함되어 있는 보험금수령 확인서라면 다시 말해 이미 이 보험의 가입자는 사망했다고밖에 설명할 수 없었다. 가입자는 믿을 수 없게도 지대한이었다.

그 아이가 죽었다고?

그러니까 이 집에서 피아노 연주가 들리지 않았던 이유가 단순히 지대한이 연주를 하지 않은 게 아니라 이 세상에 없어서란 말인가. 그렇다면 왜 조자인은 제 아들이 살아있는 것처럼 행동했던 걸까. 그는 새삼 아들 방을 노크하던 조자인이 떠올라 등골이 오싹했다.

그때였다. 안방에서 마당을 내다볼 수 있는 창문에서 뭔가 변화가 느껴졌다. 대문이 열리고 있었다.

백동우는 서둘러 보험증서와 서랍을 원래대로 돌려놓았다. 그사이 열린 대문을 통해 한 사람이 들어서고 있었다. 조자인이었다.

백동우는 서둘러 안방을 나섰다. 거실 창밖으로 정원을 가로지르는 조자인의 모습이 보였다. 현관으로 나섰다가는 그녀와 마주칠 수밖에 없었다. 당장 떠오른 유일한 탈출구라면 2층 지대한의 방뿐이었다. 백동우는 핸드폰 플래시에 의지해 계단을 오르기 시작했다. 그러다 계단참에 찍혀 있는 핏자국을 발견하고는 멈칫거렸다. 제기랄!

혈흔은 그의 것이었다. 발바닥 상처에서 피가 꽤 흘렀는데도 어두워 미처 의식하지 못하고 말았던 것이다. 뒷일을 운에 맡기고 서둘러 2층으로 올라갔다. 그가 막 지대한의 방문을 열었을 때 현관문의 전자음이 들렸다.

백동우는 창가를 내려다보며 갈등했다. 창문 밑으로 1층의 처마가 30도쯤 경사를 이루며 이어져 있었고 그 끝은 향나무와 이어져 있었다. 고작 2층이라지만 층고가 높은 주택이라 체감으로는 3층 이상으로 아찔하게 느껴졌다. 그러나 달리 방법이 없었다.

백동우는 창문을 열고 창틀을 넘었다. 그때였다. 흐어어엉! 귀신 고래의 울음 같은 괴기스러운 소리가 들리기 시작했다. 처음에는 창밖에서 나는 소리라고, 바람이 보일러 연통 같은 곳을 스치며 내는 소리라고 생각했다. 그러나 그의 예민한 청각은 곧 소리가 들려온 방향을 정정했다. 정확히 그의 등 뒤, 지대한의 방문 밖에서 나는 소리였다.

중년 여인의 처연한 울음. 조금 전 사망보험증서를 보지 못했다면 절대 이해할 수 없을 울음이었다. 바이올린과 첼로 합주처럼 날카롭고도 낮게 깔리는 고통스러운 울음은 목이 메어 끝나는 듯싶다가도 다시금 날카롭게 터져 나오길 반복했다.

백동우는 조자인의 울음소리가 빠져나오는 창문을 닫았다. 그리고 자신이 내려가야 할 길을 바라봤다. 고작 2층 처마에 서 있을 뿐인데도 지상에서 부는 바람과는 달리 매서웠다. 그는 무게중심을 최대한 낮춘 채 걸음을 옮기기 시작했다. 체중을 받은 아치형 점토 기와가 신음처럼 달그락거리는 소리를 냈다.

그렇게 반이나 이동했을까. 살얼음이 긴 기와를 딛고 만 백동우가 중심을 잃고 미끄러지기 시작했다.

균형을 잃은 몸은 빠르게 미끄러졌다. 붙잡을 걸 찾아 손을 휘저었지만 무의미하게 기와 위를 스칠 뿐이었다. 백동우의 몸은 순식간에 처마 밖으로 튕겨졌다. 튕겨지는 것과 동시에 팔을 뻗어 간신히 정원수를 붙잡았다. 거친 나무껍질에 쓸린 손바닥이 화끈거렸다.

***

　내비게이션이 목적지의 도착을 알렸다. 고급 주택들이 단지를 이루고 있는 주택가였다.

　강우진은 골목 한쪽에 세단을 세우고 기지개를 켰다. 어깻죽지에서 우두둑 소리가 났다. 룸미러에 비친 제 모습을 보며 헛웃음을 지었다. 한때는 군살 없는 몸에 턱선도 도드라졌는데.

　차에서 내린 그는 백동우의 집과 그 옆집을 스윽 본 뒤 백동우의 집으로 다가갔다. 아직까진 두 인물 중 더 중요한 사람을 꼽으라면 당연 백동우였다.

　초인종을 눌렀다.

　백동우는 갑작스러운 강우진의 등장이 혼란스러웠다. 의심을 살 것 같아 문을 열긴 했지만 영 꺼림칙했다. 단순히 지하의 통화 내역 조회 결과를 알려주기 위해서라면 통화로도 충분했다. 더군다나 이 늦은 시간에 알려준 적도 없는 집을 직접 찾아오다니. 겉모습은 인심 좋은 아저씨 같으나 날카로운 눈빛이 인상적인 자였다.

　"아내 분은 아직 돌아오지 않았나요?"

　"네."

　"걱정이 많으시겠습니다."

　강우진은 소파에 앉으며 티 나지 않게 백동우를 훑어보았다. 백동우는 포근하다고 할 수 없는 거실인데도 땀을 흘리고 있었다. 손가락들을 교차한 채 합장한 손에서 그가 긴장하고 있다는 게 느껴졌다.

　"통화 내역이 나왔다고요?"

"아, 잠시만요."

강우진은 점퍼 안주머니에서 하지하의 통화 내역이 기록된 용지를 꺼내 소파의 테이블에 펼쳤다.

백동우가 통화 내역을 들여다보는 동안 강우진은 백동우의 표정을 살폈다. 그의 눈가가 미세하게 떨리고 있었다.

"아직까지 연락이 없다면 정식으로 실종신고를 하는 편이 낫지 않겠습니까?"

백동우는 대답 대신 여전히 하지하의 통화 내역만을 뚫어져라 바라봤다.

"사르파 살파…… 이게 누구죠?"

"저도 모릅니다."

백동우가 강우진의 눈을 빤히 바라봤다. 그 눈빛에는 자세한 내막을 들려달라는 청원의 의미가 담겨 있었다.

"대포폰입니다."

강우진의 대답에 백동우가 나직하게 한숨을 내쉬었다.

"대포폰을 사용하는 사람이라면 생각보다 많습니다. 사업자들, 연예인 같은 유명인들은 물론이고 불륜관계인 사람들까지 정체를 감추고 싶은 사람들은 어디에나 있죠."

유명인, 불륜관계. 용어 때문인지 백동우의 입가가 움찔거렸다.

"대포폰이라……."

백동우가 하지하의 통화 내역이 담긴 용지를 테이블 위에 내려놓으며 혼잣말처럼 중얼거렸다.

강우진은 그가 내려놓은 용지에서 원래는 없었던 붉은 얼룩을 보았다.

"손을 다치셨네요."

강우진은 삼척에서 본 절벽의 길을 떠올리며 물었다.

"별거 아닙니다. 눈길이 미끄럽더라고요. 이 사르파 살파란 자에 대해서는 알 길이 전혀 없습니까?"

그가 부러 말을 돌린다고 느꼈다.

"그건 제가 묻고 싶은 겁니다."

강우진의 말에 백동우는 헛웃음을 흘렸다.

"하기야 피차 바쁜 사람끼리 에두를 필요는 없겠죠."

그는 머리를 긁적이며 이어 말했다.

"저는 백 선생님을 의심하고 있습니다."

백동우가 당혹스러운 표정으로 바라봤다.

"제 아내의 실종이 자작극이라도 된다는 겁니까?"

"아뇨. 제가 말한 의심은 실종이 아닌 연쇄살인에 관한 겁니다."

백동우가 다리를 꼬며 미간을 찌푸렸다.

강우진은 팔짱을 끼고 소파에 등을 파묻었다. 미끼는 던져졌다. 지금부터 보일 그의 반응이 중요했다.

조자인은 주체할 수 없는 감정에 울부짖었다.

느닷없이 찾아온 여자는 남편과 몸을 섞고 보험을 가입시켰다며 다짜고짜 머리채를 잡고 흔들었다. 그러고도 성에 차지 않는지 거실 잡기들을 마구 헤치고 내던졌다.

경찰들이 출동하면서 소동은 끝났지만 지구대에서 돌아온 조자인의 감정은 다시 너울거렸다. 남편 단속 못 한 같잖은 여자의 출현 때문이 아니었다. 잊고 있던 사실 하나가 떠오른 탓이었다.

대한아. 우리 가엾은 대한이…….

조자인은 바닥에 꿇은 무릎에 유리 파편이 박혔지만 통증을 못 느꼈다. 아들의 상실에 비하면 이건 사소한 고통이었다.

아들이 죽고 나서는 자신도 살아갈 이유가 없었다. 그녀가 죽기로 결심했다가 다시 살기로 마음먹은 건 한 줄의 뉴스 기사 때문이었다.

'신부를 위한 헌정곡을 발표한 피아니스트 백동우'

백동우, 그자가 피아노의 신에서 그런 독설만 하지 않았다면, 그래서 대한이가 계속해서 피아노 앞에 앉을 수 있었다면 어땠을까. 그랬다면 직업전문학교 따위를 다닐 일도, 그러다 참변을 당할 일도 없었다.

백동우는 피어보지도 못한 인생을 박살 내놓고도 승승장구했다. 감정이 실리지 않는 연주라니. 대한이는 누구보다 감정이 풍부한 아이였다. 그저 남들과 조금 다를 뿐이었다.

비가 내리면 하염없이 빗줄기를 바라보는 아이였고 계란 프라이가 만들어지는 소리를 듣고 비가 온다고 표현하는 아이였다. 차 경적에 귀를 막고 주저앉거나 사람들의 빠른 발소리에 놀라 소리를 질러도 그 모든 건 감정의 표현이었다.

대한이가 세상을 떠난 지도 어느덧 4년째였다. 그녀도 알고 있었다. 백동우에 대한 원망이 억지일 수도 있다는 건. 그러나 그가 대한이의 영혼을 살해했다는 건 부인할 수 없었다.

대한이는 피아노의 신에서 탈락하고 일 년의 시간을 더 살다 세상을 떠났다. 그 일 년마저도 대한이 인생에서는 가장 끔찍한 시간이었다. 그토록 좋아하던 피아노가 두려움의 대상으로 바뀌었고, 하고 싶지 않았던 것들을 억지로 배워야 하는 시간이었다.

이제 파괴되어야 할 건 백동우의 영혼이었다.

현실은 만만치 않았다. 그녀의 정신도 이미 한계였으니까. 한계에 이른 정신이 분열하기 시작했다. 아들의 죽음이 억울하다고 기자들을 찾아 하소연하기도 했지만 오락가락하는 정신은 신뢰를 얻지 못했다. 결국 종착지는 정신과였다. 그리고 그곳에서 기회를 잡았다.

코트 주머니에서 핸드폰이 울렸다.

조자인은 발신인을 확인하고는 바닥에 던져버렸다. 몸을 일으켰다. 비틀거리며 안방으로 건너가 약을 찾았다.

화장대 서랍에서 원기둥형 플라스틱 케이스를 집었다. 뚜껑을 열고 손바닥에 털었다. 우수수 쏟아진 알약들이 손바닥에서 넘쳐 방바닥에 흩어졌다. 물도 없이 한 움큼이나 되는 알약을 입에 밀어 넣었다. 약을 씹다가 토하듯 뱉어냈다.

약을 계속 먹는 게 옳은 일일까.

감정 기복을 억제하는 약이었다. 약을 먹으면 다시 진실의 문은 닫힐 것이다. 대신 대한이를 만날 수 있었다. 바닥에 쏟아진 알약들을 손바닥으로 쓸어모았다. 알약 한 움큼을 쥔 손이 주체할 수 없이 떨렸다.

그녀는 지인의 소개로 정신과 진료를 받기 시작했고 이후 여러 병원을 전전했다. 그러나 어떤 의사도 그녀의 고통을 잠재우지는 못했다. 그들은 그녀가 진정 원하는 게 뭔지 몰랐다. 조자인은 치료를 원하지 않았다. 아무것도 원하지 않았다. 그저 이 끔찍한 시간이 빨리 흘러가기를 바랄 뿐이었다. 그러다 사르파 살파를 만났다.

그는 달랐다. 그는 조자인조차도 몰랐던 욕망을 정확하게 꿰뚫어 보고 있었다. 이전에 만난 의사들은 아들을 잃은 사실을 받아들여야 한다고 했다. 사르파 살파는 아니었다. 그는 환자들 사이에서 떠도는 소문처럼 정말로 그녀의 꿈을 보여주었다. 아들과 함께 했던 날들을, 그 꿈같은 시간을 돌려주었다.

그가 보여주는 게 환상이라는 건 알았다. 그 환상이 너무나 달콤했기에 환상임을 자각한 순간에 밀려올 박탈감을 알면서도 빠져들었다. 그렇게 흐른 세월이 어느덧 4년이 되어갔다.

조자인은 제정신으로 돌아올 때마다 두 가지 자각으로 괴로웠다. 아들의 부재. 그것만으로도 충분히 괴로웠으나 고통의 원인은 더 있었다. 제 마음 편하려고 아들의 억울함을 잊고 있었다는 게 견딜 수 없었다. 환상으로 도피해 그녀는 아직도 4년 전에 머물러 있었던 것이다. 더 이상은 곤란했다. 이제 대한이의 억울한 죽음에 대해 앙갚음할 때였다.

거실에서 다시금 핸드폰이 울렸다. 사르파 살파일 것이다. 그녀는 최근 들어 최 원장의 연락을 받고도 내원하지 않았다. 그러니 그녀의 상태를 확인하려는 연락이 분명했다.

조자인은 안방을 나서 주방으로 건너갔고 싱크대 위의 칼꽂이를 바라봤다. 그녀는 꽂혀 있는 칼들 중 날카로운 과도 하나를 집어 들었다가 식칼로 바꿔 들었다. 싱크대 쪽에 난 쪽창으로 그녀의 모습이 반영되었다. 제 나이로 보기 힘든 늙고 초라한 여자였다. 식칼을 다시 꽂아두고 계단 옆 호두색 선반으로 향했다.

아들의 빛나는 상패들. 매일 닦아두어 광택이 흘렀다. 조자인은 그중 하나로 손을 뻗다가 거실 바닥으로 고개를 돌렸다. 거실 바닥에 말라붙은 혈흔들.

2층으로 오르는 계단과 안방으로 이어져 있었다. 그 미친년은 결코 거실을 벗어나지 않았다. 지구대에 다녀온 사이 침입자가 있었다는 의미였다.

인터폰이 울렸다. 화면을 채우고 있는 건 대문 맞은편의 담장뿐이었다. 그년이 다시 찾아온 걸까. 방문객을 무시하기로 했다. 이번에는 핸드폰이 울렸다.

최 원장?

이번에도 전화를 받지 않으려 했다. 그때 인터폰 화면으로 그의 얼굴이 비쳤다.

초인종을 누른 건 최 원장이었다. 그녀는 망설였다. 최근 내원을 하지 않았다지만 그것 때문에 최 원장이 직접 집까지 찾아온 건 아닐 것이다.

"어쩐 일이세요?"

"왜 이렇게 연락이 안 돼요, 조자인 씨."

"사정이 좀 있었어요."

"집 앞입니다."

최 원장은 그녀가 집에 있는 사실을 알고 있었다. 조자인은 결국 문 열림 버튼을 눌렀다.

거실에 정적이 흘렀다. 백동우는 혼란스러웠다.

연쇄살인이라니? 게다가 그 연쇄살인의 용의자로 자신을 의심한다니? 예상과는 전혀 다른 전개였다. 확실한 건 일이 우려했던 것보다 더 틀어지고 있다는 것이다. 어쩌면 아내가 상상 이상으로 큰 사건에 연루된 것인지도 몰랐다.

"그 연쇄살인이란 게 뭔가요?"

강우진은 두꺼운 다리를 무리해 꼬고는 대답했다.

"지금은 말씀드릴 수 없습니다. 다만⋯⋯."

백동우는 이어질 말을 기다리며 마른 침을 삼켰다. 손바닥에 땀이 차면서 나무껍질에 쓸렸던 부분이 쓰라렸다.

"오늘 있었던 삼척 사건도 연쇄살인의 연장선으로 추정하고 있습니다."

"삼척이요?"

"백 선생님도 아는 사람일지 모르겠는데⋯⋯."

그의 말은 사인을 실족사로 추정하는 삼척경찰서의 발표와 달랐다. 그는 정율미의 죽음이 타살이며, 연쇄살인으로 간주하는 것 같았다. 경찰의 발표와 정반대 견해였다.

"정율미라고, 공교롭게도 사모님의 통화 내역에 있던 여자더군요."

"아내의 지인이에요. 두 사람이 대학 동문이고."

"그런데 생각보다 놀라시지는 않네요. 하기야 이젠 웬만한 일로는 감흥이 없는 세상이니까. 화장실 좀 씁시다. 날이 추워서 그런지 소식이 잦네요."

강우진이 화장실로 간 틈에 백동우는 티슈로 이마와 귀밑머리의 땀을 닦았다. 이제 보니 바지에 향나무의 애벌레처럼 생긴 잎사귀가 붙어 있었다. 젠장.

핸드폰으로 구글에 접속했다. 그리고 검색창에 사르파 살파를 입력했다. 금세 화장실 물 내리는 소리가 들렸다.

강우진이 바지춤에 손의 물기를 닦는 시늉을 하며 돌아와 앉았다. 백동우는 핸드폰만 바라봤다.

"그 사르파 살파라는 명칭 말입니다. 흔히 꿈을 보여주는 물고기라고 하더군요. 먹으면 환각효과가 있는 어류라나."

강우진은 핸드폰 뒷면만 보고도 백동우가 뭘 보고 있는지 안다는 듯 말했다.

"그러고 보니 유럽에 있을 때 들어본 적도 있는 것 같네요. 그런데 굳이 왜 그런 이름으로 저장했을까요?"

백동우가 핸드폰을 테이블에 내려놓으며 물었다.

"별칭으로 저장을 해뒀다는 게 더 중요할 수 있습니다. 실명보다 별칭이 더 크게 느껴지는 인물이거나 그게 아니면……."

백동우가 대신 말을 이었다.

"숨기고 싶은 사람이다?"

강우진이 고개를 끄덕였다.

사르파 살파라……. 악몽과 관련된 풀이들도 적지 않았지만 그런 것들보다는 꿈을 보여주는 물고기란 풀이가 가장 와 닿았다. 연인을 암시하는 것 같은 은어.

"조사해보면 뭔가 단서가 나오겠죠. 물론 원하신다면."

내가 원한다면? 나를 의심한다면서 돕겠다는 건가? 백동우는 그의 속내를 알 수 없어 머리가 지끈거렸다.

"내가 원하는 건 아내를 찾는 것뿐입니다. 연쇄살인마가 아니라."

"그건 그렇고 왼손은 어쩌다 그런 겁니까?"

강우진이 갑작스레 화제를 돌렸다.

"일종의 직업병입니다."

백동우는 간단히 대답하고는 빗나가는 화제를 다시 끌어왔다.

"그나저나 내가 연쇄살인의 용의자가 된 이유가 뭡니까?"

"그건 아직 말씀드릴 수 없다고……."

"연쇄살인범이라서요?"

"용의자라고 했지 범인이라 한 적은 없는데요."

강우진이 상체를 앞으로 기울이며 말을 이어나갔다.

"지금부터 제가 하는 말은 어디에도 발설하면 안 됩니다. 아직 발표 전인 사건이니까요."

"……."

"오늘 아침 삼척에서 시신이 발견됐을 때 말입니다. 포틀랜드의 해안에서도 비슷한 사망자가 발견됐습니다."

포틀랜드라니, 전혀 맥락을 이해할 수 없었다.

"사망자 신원은 한국인 유학생으로, 여성입니다. 사망 추정 일자는 최소 이삼일 전이고요."

"그게 저랑 무슨 상관이 있다는 겁니까?"

강우진이 한층 진지한 어투로 말했다.

"그 유학생이 사망하기 직전에 카네기홀을 다녀왔어요."

순간 백동우의 머릿속에 그날 나타났던 사내의 모습이 선명하게 떠올랐다.

'조금 전에 백동우 씨 팬 한 명을 납치했습니다.'

분명 그렇게 말했었다.

"유서가 발견됐다고 합니다. 자살인 셈이죠. 그런데 공교롭게도 이와 유사한 사건이 올해에만 세 차례 있었습니다. 그 피해자들 모두……."

"제 공연장에 왔었다는 거군요."

자신이 말해놓고도 팔등으로 소름이 돋았다. 저도 모르게 다리가
떨려왔다. 그럼 그날 카네기홀에서 마주친 사내의 정체가 연쇄살인
마였다는 건가? 여전히 믿을 수도, 믿고 싶지도 않은 말이었지만 강
경위가 이런 거짓말을 지어낼 이유는 없었다.

이제야 강우진이 지하의 실종과 연쇄살인 건을 연관 지어 생각하
는 이유를 알 것 같았다. 다만 강 경위는 아직까지 카네기의 사내를
모른다. 그런 탓에 연쇄살인의 용의자로 그를 의심하고 있는 것이다.

"만약 백 선생님이 범인이 아니라면 이번 포틀랜드 사건을 오히
려 고맙게 생각하셔야 할 겁니다."

"그건 왜?"

"알리바이를 입증하기 좋은 조건이니까요. 사건이 벌어진 장소는
포틀랜드. 카네기와는 어느 정도 거리가 있는 곳이죠. 그 시간 동안
선생님의 행적만 확인이 된다면 알리바이가 입증됩니다. 공식행사
가 있었다면 입증이 어렵진 않겠죠. 단 선생님이 범인이 아니라면."

"제 알리바이라면 매니저와 공연 관계자들의 증언으로도 충분할
겁니다. 그보다는 사르파 살파란 놈부터 알아보시죠."

"그 말은 저와 손을 잡기로 한 겁니까?"

"아뇨."

백동우는 단호하게 말했다.

"난 아내를, 강 형사님은 그 빌어먹을 연쇄살인마를 찾는 겁니
다."

이제 지하의 실종은 우발적인 사건으로 볼 수 없었다. 백동우 자

신에게만 발견되도록 숨겨진 악보들은 사전에 치밀한 계획이 있었다는 의미였다. 감시를 당하고 있을 가능성도 배제할 수 없었다. 법대로만, 가이드라인대로만 움직여서는 아내를 찾기 어려웠다.

"제 아내를 무사히 찾아오는 게 연쇄살인마의 검거보다 우선입니다."

백동우는 강 경위가 고개를 끄덕이는 걸 보는 동시에 정강이에서 부드러운 감촉을 느꼈다. 아몬드가 백동우의 발밑에 다가와 있었다. 아몬드의 머리를 쓰다듬는 백동우를 보며 강우진이 물었다.

"혹시 옆집과는 잘 아십니까?"

"무슨 일이에요?"

검정색 마스크를 쓴 최 원장은 어지러운 거실을 보며 말했다.

"저희 집에는 어쩐 일로."

"걱정돼서 왔죠. 그러게 왜 전화를 안 받아요."

최홍신이 마스크를 벗었다.

"컨디션은?"

거실 창으로 다가가며 물었다.

"그냥 그래요. 뭐 마실 거라도?"

"우유나 있으면 한 잔 주세요. 저녁이 늦어지니 슬슬 허기지네요."

최 원장이 직접 집까지 찾아온 건 처음이었다. 진료 때 작성한 접수증이 있으니 주소를 찾는 건 어렵지 않았을 것이다.

가져온 우유를 내밀자 그는 확인하려는 듯 물었다.

"지금 집에 대한이가 있습니까?"

"……이 층 방에 있어요."

최 원장의 질문은 처방한 약을 잘 복용하고 있는지 묻는 것이다. 한동안 약을 끊은 사실을 그가 알면 곤란했다.

"저건 자인 씨가?"

최 원장은 어질러진 거실 바닥에 대해 묻고 있었다.

"아뇨, 저건……."

"아니라면 다행이고."

최 원장이 조자인 손에 들린 잔으로 손을 뻗었다. 그는 우유를 마시려다 말고 멈칫했다.

"여기도 뭐 탔습니까?"

조자인은 귀를 의심했다. 그가 무슨 말을 하는 건지 이해하기 힘들었다.

"뭘 타다니요?"

조자인의 반문에 최홍신은 그녀를 지그시 바라보기만 했다.

"우리가 알고 지낸 지도 3년이 다 되어갑니다. 우린 알게 모르게 서로 꽤 많은 걸 알고 있어요."

조자인은 최 원장이 생각을 들여다보는 기분이 들어 섬뜩했다. 시선을 슬쩍 창문으로 돌렸다. 약 기운에 계획을 털어놓은 적이라도 있나 싶었지만 그런 기억은 없었다.

"말해보세요. 백동우 옆집에 이사 온 진짜 이유가 뭔지."

"그야 백동우 그자를……."

조자인이 말을 하려다 멈칫했다.

"대한이는 지금 집에 없습니다. 그렇죠?"

조자인은 가슴이 철렁 내려앉았다. 옳은 대답은 대한이의 레슨을 위해서 온 것이어야 했다. 이제 최 원장은 그녀의 정신이 분열 상태가 아닌 걸 알아차렸을 것이다.

"제가 말했잖아요. 백동우에게 복수하든가, 대한이와 함께 살든가. 둘 중 하나만 택하라고. 대한이를 택한 거 아니었어요?"

"그러려고 했어요. 하지만 그건 결국 다 가짜잖아요."

"그럼 나는 지금껏 가짜 처방을 한 사기꾼이겠네."

"그런 말이 아니에요."

신기한 일이었다. 도대체 무엇이 그녀를 이리도 혼란스럽게 한단 말인가. 최홍신은 조자인이 이미 4년 전 죽은 아들 때문에 이렇게나 혼란스러워한다는 게 이해되지 않았다. 어차피 돌이킬 수 없는 일이다. 생사보다 자연스러운 일이 있는가. 어쨌든 지금 같은 상태가 지속된다면 위험할 수 있었다. 자칫 그녀가 그의 계획을 망칠 수도 있었다.

"이젠 지쳤어요. 약으로도 해결이 안 돼요. 대한이가, 우리 대한이가 몇 달째 아무것도 먹지를 않아요."

최홍신은 조자인이 한계라고 진단했다. 그러나 그녀의 이용가치는 여전했다. 아직은 버릴 필요가 없었다.

"자인 씨, 내 말 잘 들어요. 백동우는 지금 지옥 같은 시간을 보내고 있습니다. 굳이 그 지옥을 서둘러 끝내줄 필요가 있을까요? 그걸 바란 건 아니잖아요. 그러니 조금만 더 기다려봅시다. 대한이를 위해서라도."

"얼마나, 얼마나 더 기다려요?"

"두 달, 그쯤이면 될 겁니다."

***

연쇄자살로 위장된 연쇄살인이라니.

대체 뭐가 어떻게 돼가고 있는 걸까. 지하와 나는 왜 이런 사건에 휘말리고 만 걸까. 그리고 정율미는 왜 죽은 거고.

백동우가 목덜미를 주무를 때 소파 위의 핸드폰이 울렸다. 윤슬의 전화였다.

"만나봤어?"

"아뇨, 집에 아무도 없었어요."

아마 곱슬머리는 아직 정율미의 시신과 함께 삼척에 머물고 있을 것이다.

"고생했어. 오늘은 그만 쉬어."

"잠깐만요."

잠시 후 멀티문자가 도착했다. 고지서로 보이는 우편물이 찍힌 사진이었다.

"관리비랑 도시가스요금 고지서예요. 은행에서 온 우편물도 있는데 그건 뜯어보기가 좀 그래요. 아무튼 다 체납 고지서예요."

백동우는 핸드폰을 통화 모드로 전환하고 사진을 확대해보았다. 관리비는 무려 4개월이나 체납된 상태였다.

"생활고에 시달리고 있었나 봐요. 율미 언니 아는 동문에게 물어봤더니 남편이 사업 실패한 지 꽤 됐다더라고요. 그래서 율미 언니가 여기저기 돈을 꾸고 다녔나 봐요."

"생활고……."

아기가 있는 엄마가 생활고로 스스로 목숨을 끊는 모습은 상상하기 어려웠다. 그보다는 정율미가 돈을 빌리러 다녔단 사실에 아내와 연결고리가 있을지 몰랐다. 아내와 다툰 것도 돈과 관련된 이유일지도.

통화를 끊고 백동우는 안방으로 건너갔다.

서랍장에서 아내의 통장 뭉치를 찾아들고 이번에는 서재로 향했다. PC 전원을 켜고 인터넷 뱅킹으로 접속했다. 지하의 공인인증서 비밀번호는 모르지만 계좌의 비밀번호는 알고 있었다.

두 사람이 두 달 전 다툰 적이 있고, 그게 돈 문제 때문이라면 그보다 앞선 시기에 송금 기록이 남아 있을 것이다.

예상대로 9월의 송금 목록에 정율미의 이름이 있었다.

아내는 9월 16일 하루에만 천이백만 원을 송금했다. 이후 현재까지는 송금한 기록이 없었다. 9월 이전 내역도 살폈다. 8월과 6월에도 오백씩 두 차례 송금한 기록이 있었다. 총 이천이백만 원. 아주 큰 금액은 아니지만 아내의 비자금 사정을 짐작해볼 때 결코 적은 액수는 아니었다.

정율미, 그 자존심 센 여자가 수차례 친구에게 손을 벌렸다니, 믿기지 않았다. 윤슬의 말대로라면 두 사람이 다툰 건 10월쯤이다. 정율미가 지하에게 마지막 돈을 송금 받은 뒤 추가로 손을 벌린 과정에서 다툰 것으로 보는 편이 합리적이었다.

그래도 그게 정율미를 죽음으로 내몬 직접적인 원인은 아닐 것이다.

인터넷 뱅킹 화면을 닫고 전원을 끄려다 바탕화면 노란색 아이콘에 눈길이 머물렀다. 모바일 메신저 앱의 PC용 버전이었다. 두 사람의 대화가 남아 있을 가장 확실한 곳이었다.

아이디 창에 커서를 갖다 대자 두 개의 아이디가 떴다. 운이 좋다면 자동 로그인 설정이 되어 있을지도 모른다.

다행히 비밀번호가 자동으로 입력되면서 순식간에 로그인이 됐다. 두 사람의 가장 최근 대화는 11월에 이뤄진 것이었다.

율미 : 우리 언제 봐?
하지하 : 조금만 기다려봐.
율미 : 마음 바뀐 건 아니지?
하지하 : 요즘 오빠 컨디션이 안 좋아서 그래.
율미 : 더는 못 기다린다니까!
하지하 : 알았다니까.

예상대로 정율미는 지하가 마지막 송금을 한 이후로도 돈을 보내라고 재촉하고 있었다. 의아한 건 정율미의 태도였다. 사정하는 태도가 아니었다. 오히려 빌려준 돈을 수금하는 사람에 가까웠다.

거의 한 달 가까운 시간을 거슬러 올라가면서 두 사람의 대화는 보다 거칠어졌다.

율미 : 너 정말 이럴 거야?
하지하 : 너야말로 왜 이래! 정신병원이나 가봐.
율미 : 정신병원? 네가 지금 나 걱정할 때 같아? 내가 진짜 못 할 거 같아?
하지하 : 그 정도면 해줄 만큼 해줬잖아.
율미 : 진짜로 그렇게 생각한다고?
하지하 : 맘대로 해. 그랬다간 너도 끝장이야.
율미 : 난 이미 막장이야. 더는 잃을 것도 없다고.

대화는 이후로도 이어졌고 다음 내용은 영상으로 보이는 파일이
었다. 정율미가 올린 것인데,

다운로드 기한만료로 내용은 확인이 어려웠다. 어떤 내용인지는
알 수 없지만 아내의 감정은 더 격해져 있었다.

> 하지하 : 미친년!
> 율미 : 상관없어. 난 잃을 게 없으니까.
> 하지하 : 죽여버린다!
> 율미 : 잘 생각해보고 연락줘. 오래는 못 기다려.

두 사람의 대화에서 백동우는 아내가 다른 사람처럼 느껴졌다.
그녀가 이토록 거친 언어를 구사하는 건 본 적이 없었다.

정체를 알 수 없는 파일은 분명 아내를 협박하기 위한 수단이었
다. 아마도 영상 파일일 테고.

그는 이미 해당 영상을 본 것만 같은 참담한 기분을 느꼈다. 기혼
의 여자를 협박할 만한 영상. 그리고 수천의 돈을 뜯기면서까지 남
편에게는 알리지 못한 무엇.

머리가 어지러웠다. 아내를 찾아야 한다는 절박한 심정 사이로
배신감이 스멀스멀 올라왔다.

일단 만료기한이 지난 파일의 원본을 확인해야만 했다. 파일 내
용만 확인되면 율미의 죽음과 아내의 실종에 관한 단서를 찾을 수
있을지 모른다. 그때까지는 모든 불길한 가능성을 유보해야 했다.

협박을 하기 위한 용도라면 파일은 분명 어딘가에 잘 숨겨두었을
것이다. 핸드폰에는 해당 파일이 남아 있을 게 확실했다. 그러나 율
미의 소지품들은 경찰 손에 있을 것이다. 다른 곳에 있을 복사본을

찾아야 했다. 만약을 위한 대비도 해두었을 것이다.

백동우는 패딩을 걸치고는 현관 옆 창고로 건너가 공구함이 있는 구석진 곳에서 생각해둔 물건을 찾기 시작했다.

판도라의 상자

최홍신은 백동우의 집을 바라보며 담배 한 개비를 꺼내 물었다.

조자인에 이어 백동우까지 점차 통제를 벗어나고 있었다. 이대로라면 백동우는 다시 한번 정율미의 남편을 만나려 들지 모른다. 그녀의 남편은 최홍신의 계획에는 없던 인간이었다. 애초에 정율미의 가벼운 입을 믿는 게 아니었다.

그냥 죽여버릴까.

최홍신이 담배 연기를 뿜으며 나직하게 혼잣말을 했다. 그 말을 입 밖으로 내자 포틀랜드에서 헤어진 한인 유학생을 비롯해 몇 사람의 얼굴이 스쳤다.

포틀랜드 한인 유학생 사망을 경찰들이 알아챈 것 같았다. 지금 함부로 움직였다가는 일을 그르칠지도 몰랐다. 백동우와 만난 프로파일러도 영 거슬렸다.

그는 머릿속으로 책 한 권의 이미지를 떠올렸다.

『음악과 범죄』. 백동우와 그 프로파일러가 공동 저자로 펴낸 책이었다. 음악을 범죄 예방에 적용한다는 황당한 발상이 담겨 있었다.

내용 중에는 음악이 사이코패스에게 미치는 긍정적 영향도 포함되어 있었다. 흥미로운 내용이었으나 지적해주고 싶은 부분들이 많았다. 당사자도 모르는 걸 저희들끼리 떠들어놓은 꼴이 가관이었다.

그는 연기 한 모금을 마신 뒤 고개를 들었다. 골목을 감시중인 CCTV 두 대 보였다. 그중 하나는 앵글이 그를 직접 향하고 있었으나 개의치 않았다. 마스크에 모자를 쓴 차림이었다.

그는 크로스백을 만지작거렸다. 가방 안에는 마지막 장에 해당하는 악보가 들어 있었다. 포틀랜드에 이어 삼척에서도 영감은 충분히 넘치지 않았고 악보는 악상기호들이 덜 채워진 상태였다. 결국 백동우의 연주가 필요했다.

음악과 범죄라…….

최홍신의 입에 물린 담배가 반 토막이 됐을 때 백동우의 집 대문이 열렸다.

대문을 나선 백동우가 급한 걸음으로 다가왔다. 최홍신은 꽁초를 버리고 백동우 쪽으로 걸었다. 두 사람이 스칠 때 백동우가 슬쩍 그를 바라봤다. 최홍신 역시 마찬가지였다. 최홍신은 백동우를 알아봤으나 백동우는 눈치채지 못했다.

골프 백? 아니 낚시가방인가?

가로등이 켜져 있다지만 어둑한 길목이었다. 어딜 가는 걸까?

정율미의 집에 다시 오게 될 줄은 몰랐다. 그것도 이틀 만에.

망원동으로 오는 내내 두 여자의 거친 대화가 맴돌았다. 생각해 보면 아내가 실종된 이후로 그의 시계는 자꾸만 거꾸로 돌아갔다. 하루, 이틀, 삼 일 전에서 수개월 전으로. 그러다 아내와 결혼한 4년 전과 피아노의 신에 출연한 5년 전까지 짧지 않은 시간을 훌쩍 뛰어넘었다.

이번에는 또 어떤 잊고 있던 기억이 튀어나올까.

평범하게, 그저 바쁘게 살아왔을 뿐이라고 생각했지만 이제는 시간이 과거로 되돌려질 때마다 두려웠다. 아내와 정율미, 두 사람 사이에 오간 비밀의 무게는 결코 가볍지 않을 것이다. 그게 얼마나 무거운 것이든 아내를 찾기 위한 과정이라면 감당해야만 했다.

1302호 문 옆에 낚시가방을 기대두고 긴 숨을 내쉬었다. 그사이 곱슬머리가 와 있을지도 모를 일이었다. 그러나 망설일 시간은 없었다. 곧장 인터폰을 눌렀다. 문 너머로 인터폰 멜로디가 희미하게 들렸으나 인기척은 없었다.

낚시가방에서 쇠지렛대를 꺼냈다. 손바닥에서 묵직한 무게감과 차가운 감각이 느껴졌다. 도어록과 문이 맞붙은 부분을 겨누었다가 힘껏 내리찍었다.

몇 번이나 내리치고서야 도어록이 문에서 떨어져 나갔다. 도어록은 몇 가닥의 전선에 위태롭게 매달린 채 흔들렸다. 그는 쇠지렛대를 든 채 망설임없이 문을 당겼다.

식탁 옆으로 난 문부터 열었다. 안방이었다. PC는 보이지 않았다. 나서려는데 화장대가 시선을 붙들었다. 약봉지와 타원형 케이스들이 수북했다. 눈길을 끈 건 많은 약보다 약봉지에 적힌 약국 이름이었다. 참마음약국.

곰곰히 생각해도 약봉지에 적힌 약국 이름과 일치하는 기억은 떠오르지 않았다. 그래도 혹시 몰라 약봉지 하나를 안주머니에 챙겼다. 곧장 안방과 면한 방으로 이동했다. 서재일 것이다.

거실을 가로지를 때, 엘리베이터 문 열리는 소리가 들렸다. 현관으로 가 도어록이 분리되면서 생긴 구멍에 눈을 가져다댔다. 이삼 초 뒤 개 짖는 소리가 희미하게 들렸다. 다른 층인 모양이었다.

문 닫히는 소리를 들은 뒤 다음 방으로 건너갔다. 창문 쪽 책상에 PC가 있었다. 테이블 위에는 모니터와 나란히 작은 액자들이 진열되어 있었다. 전부 부부가 함께 있는 사진들이었다.

PC 전원을 켜고 의자에 앉았다. 로딩화면이 윈도우 특유의 파란색으로 바뀌자마자 난관에 부딪혔다. 빌어먹을. 암호가 걸려 있었다.

책상의 서랍들을 뒤지기 시작했다. 외장하드라도 찾아야 했다. 외장하드는 보이지 않았다. USB 두 개를 발견했지만 찾는 파일이 들어 있을지는 미지수였다. 가능성이 가장 큰 건 PC의 하드였다. 본체를 통째로 들고 가는 수밖에 없었다.

코드들을 제거하고 막 PC를 집어 들었을 때였다. 어디선가 믿기 힘든 소리가 들렸다.

***

무대 위에서 백동우는 언제나 빛이 났다. 피아노 앞에서 그는 항상 눈부셨다. 부족한 게 없어 보이는 완벽에 가까운 사람이었다. 피아노를 벗어나면 한심한 수준이었다. 생활을 스스로 영위하는 데 부족한 게 너무 많았다. 텅 빈 냉장고가 떠올랐고, 탈진해 쓰러지던 모습이 귓갓길에 자꾸 아른거렸다. 채윤슬은 대형마트로 차를 틀었다.

마트에 도착하자마자 반조리식품들과 유제품 같은 걸 닥치는 대로 카트에 담았다. 하지하의 역할을 대신하고 있다는 야릇한 기분이 들었다. 한때나마 품었던 이성으로서의 감정이 심연 깊은 곳에서 찰랑거렸다.

윤슬은 집 앞에 카니발을 주차한 뒤 그득한 비닐봉투 두 개를 양손에 나눠 들었다.

전화를 하고 올 걸 그랬나.

대문 앞에 서자 부쩍 신경이 곤두선 백동우의 모습이 떠올랐다. 인터폰을 눌렀다. 응답이 없었다.

거실 불은 켜져 있는데…….

핸드폰을 꺼내 들었다. 화면에 표시된 시간은 10시 21분. 생각보다 늦은 시간이었다. 이미 잠자리에 들었을지도 몰랐다. 정리만 해주고 나와야지, 하며 도어록 비밀번호를 입력했다.

잘 정돈된 정원이 어딘가 을씨년스럽게 느껴졌다.

막 현관 계단에 발을 올리려던 윤슬은 왠지 기분이 서늘했다. 누군가 자신을 지켜보는 것 같아 본능적으로 고개를 돌렸다.

옆집 2층 창문이 보였다. 그곳에서 웬 여자가 윤슬을 내려다보고 있었다. 괜스레 머리끝이 쭈뼛했다. 그녀는 윤슬과 눈을 마주치고도 눈길을 피하지 않았다.

뭐야. 기분 나쁘게.

현관에서 어그부츠를 벗던 윤슬은 제 부츠 옆에 가지런히 놓여있는 갈색 슬립온을 보며 의아했다.

못 보던 디자인인데.

처음 보는 구두였다. 그러나 그녀라고 백동우의 구두를 일일이 다 알지는 못했다.

"오빠, 저 왔어요."

윤슬은 부러 인기척을 냈다. 적막해서 그런지 괜히 스산한 기분이 들었다. 안방에서 자는 건가? 비릿한 냄새가 나는 것도 같았지만 워낙 옅어서 확실치가 않았다.

"오빠, 자요?"

여전히 대답이 없었다.

곧장 주방으로 다가갔다. 냉장고 앞에 묵직한 비닐봉투들을 내려두고 욱신거리는 양팔을 번갈아 가며 주물렀다. 냉장고 안은 텅텅 비어 있었다.

냉장고를 채우다가 인기척을 느끼고 잠시 행동을 멈췄다. 아직 안 자고 있던 건가. 분명 발소리 같았다.

"오빠, 저녁도 안 먹었죠?"

그러나 여전히 대꾸는 없었다. 잘못 들었나? 윤슬은 의아해하며 마저 냉장고를 정리하기 시작했다.

거의 다 채워가는데 낮은 피아노 음이 울려 퍼졌다.

2옥타브 레나 미 정도에 해당하는 낮고 묵직한 음이었다.

쇼핑백에 남은 건 두부팩 한 개뿐이었다. 윤슬은 짐짓 시간을 끌었다. 두부팩을 냉장고에 넣으며 고민을 정리했다. 강 부장의 지시라지만 백동우도 알아야 했다. 아무리 치료 명목이라고 해도.

윤슬은 냉장고 문을 닫고 피아노가 있는 방향으로 돌아섰다. 그러나 그녀는 아무 말도 꺼낼 수가 없었다. 피아노 앞에 있는 사람은 백동우가 아니었다.

갓난아기의 울음소리가 점점 커지고 있었다. 백동우는 PC 본체를 왼쪽 옆구리에 끼고 반쯤 열린 문으로 다가갔다. 안방에서 나는 소리가 분명했다.

발소리를 죽이고 거실로 나섰다. 우는 소리는 들리는데 어르는 소리는 들리지 않았다.

안방 문고리를 돌렸다. 문이 열리자 울음소리가 날카롭게 고막을 찔렀다. 백동우가 아기를 발견한 장소는 침대측면과 벽의 좁은 틈 사이였다. 그러니까 이 집에 들어오기 전부터 아기는 이 틈새에 있었던 것이다. 어느 시점엔가 침대에서 떨어진 모양이었다.

삼척까지 가면서 애를 맡기지도 않은 거야?

백동우는 바닥에 PC를 내려놓고 울고 있는 아기에게로 몸을 수그렸다.

아기가 울음을 멈추고 백동우를 빤히 바라봤다. 갓난아기를 이렇게 가까이서 보는 건 처음 있는 일이었다. 강아지 눈처럼 맑고 빛나는 한 쌍의 눈이 그의 눈을 응시했다. 아기의 맑은 두 눈에 그의 얼굴이 비쳤다.

아기는 곧 다시 보채기 시작했다. 그는 아기를 안고서 서둘러 아파트를 벗어났다.

"누구세요?"

겨울용 잿빛 트렌치코트를 걸친 사내가 같은 건반을 눌렀다.

"누구시냐고요?"

윤슬의 목소리가 자기도 모르게 커졌다.

사내는 트렌치코트 안주머니에서 핸드폰을 꺼내 들었다. 윤슬은 직감했다. 달아나야 했다. 하지만 뻣뻣해진 오금은 굽어질 줄 몰랐다.

그사이 사내의 전화가 연결됐다.

"여기 웬 여자가 있는데?"

윤슬의 몸이 눈에 보일 정도로 떨리기 시작했다.

사내가 윤슬을 돌아보며 물었다.

"이봐, 너 백동우 매니저야?"

아무 말도 할 수 없었다. 윤슬은 대답 대신 덜덜 떨리는 손을 양털 아우터의 깊은 주머니에 넣었다. 주머니 속에서 핸드폰이 만져졌다. 그러나 막상 꺼내기가 망설여졌다. 핸드폰을 꺼내는 순간이 앞으로 벌어질 일의 신호탄이 될 것임을 직감할 수 있었다.

"맞다는데. 어떡할까?"

덩치는 굳이 윤슬의 대답을 들을 것도 없다는 듯 말했다. 그리고는 다시 고개를 피아노 쪽으로 돌렸다. 긴장한 모습이라고는 찾아볼 수 없었다. 윤슬은 슬쩍 현관을 돌아봤다.

"데려오라고? 알았어."

이어진 통화 내용을 듣고서야 윤슬은 망설일 겨를이 없음을 깨달았다. 그녀는 피아노 소리가 멈추는 것과 동시에 현관으로 달리기 시작했다. 등 뒤에서 피아노 의자가 넘어지는 소리가 우당탕, 하고 울렸다.

　현관의 문고리를 붙잡았을 때였다. 아우터의 뒷덜미 쪽 옷깃이 우악스러운 손에 붙잡혔다. 무지막지한 힘이 순식간에 그녀를 잡아당겼다.

"커억!"

　아우터의 목깃이 기도를 옥죄는 바람에 기침이 터져 나왔다. 사내의 두꺼운 손이 순식간에 윤슬의 입을 막았다. 윤슬의 기침 소리가 손수건에 의해 틀어 막혔다. 이내 윤슬의 손과 고개가 힘없이 늘어졌다.

***

　아기를 병원에 입원시키고 나서야 PC 수리점에 들렀다.

　집으로 돌아온 백동우의 손에는 PC에서 빼낸 내장하드가 들려 있었다. 서재로 향하던 그는 냉장고 앞에 있는 빈 비닐봉투를 보고 윤슬이 다녀간 모양이라고 생각했다.

　냉장고를 열어보니 예상대로 못 보던 식료품들이 채워져 있었다.

　서재로 가 PC에 하드를 연결했다. 영상 파일로 한정해 파일들을 뒤지기 시작했다.

　한 시간쯤 지났을까. 정신이 몽롱해지기 시작했다.

　아무것도 나오지 않자 초조해졌다. 더 가져온 두 개의 USB에 희망을 걸어봤으나 그 역시도 별다른 게 없었다.

　남은 방법은 하나밖에 없었다.

　백동우는 휴대전화 통화목록에서 정율미 남편의 번호를 찾았다.

새벽 1시 32분. 자고 있는 것 같다는 생각이 들 즈음 통화가 연결
되었다.

　　"……."

　　"삼척입니까?"

　　"삼척이든 부산이든 당신과 무슨 상관이야!"

　　"길게 말할 시간 없으니 잘 들어. 내 아내 협박한 적 있지?"

　　"갑자기 무슨 협박 타령이야."

　　역시 헛짚은 건가 싶을 때, 곱슬머리의 말이 이어졌다.

　　"그런 거구나. 너도 알고 있던 거였어."

　　정율미의 목적은 결국 돈이었다. 그 남편도 마찬가지일 것이다.

　　"파일 넘겨. 얼마면 돼?"

　　곱슬머리는 잠시 뜸을 들이다 말했다.

　　"겨울에 동해에 와본 건 처음이야. 생각보다 더 추워. 바람이 살
벌해. 우리 율미가 저 차가운 물 속에 있었어. 얼마를 원하냐고? 이
제 돈으로만 해결할 때는 지난 것 같지 않아?"

　　백동우는 그가 더 이상 말을 계속하도록 내버려두지 않았다.

　　"당신 애를 내가 데리고 있어."

3부

클레멘티 소나티네

"여기서 나오는 거야, 가슴. 피아노를 사랑하라고. 길들여. 안 그러면 피아노는 괴물로 변해버리니까."

강애순은 동양인치고는 이목구비가 또렷한 편이었다. 그래서인지 검정색 긴 생머리가 이질적인 분위기를 풍겼다. 그녀는 같은 영화를 몇 번째 보고 있는지 잊어버렸다.

이것 말고도 피아노가 소재인 영화는 모두 찾아서 보고 있었다. 그중에서도 세실 팍스 교수가 데이빗을 가르치며 말한 대사는 홍신의 머릿속에도 그대로 박혀버렸다.

홍신은 엄마 강애순이 변하기 시작한 기점을 정확하게 알고 있었다. 정신과를 다녀오면서부터인데, 의사와 상담을 받은 건 그녀가 아니라 자신이었다.

홍신은 그날 의사의 말을 직접 듣진 못했다. 그러나 집에 돌아와 부모가 나누는 대화를 엿듣고 알게 됐다. 의사가 내린 병명은 새롭고 놀라운 것이었다.

"그래서 끝내 내 아들에게 정신과 치료 딱지를 달게 했다는 거야?"

"지금 그게 중요한 게 아니잖아요."

홍신은 방문에 귀를 붙이고 부모의 대화를 엿듣고 있었지만 사실 그럴 필요도 없었다. 두 사람의 언성이 점점 높아져 그러지 않아도 충분히 목소리가 들렸다.

"사내놈이 그럴 수도 있지 그게 뭐 대수라고."

"당신 진심이야?"

"난 열세 살 때 더한 짓도 했어. 그래서 뭐? 보란 듯이 잘살고 있잖아."

"평가는 다른 사람들이 하는 거예요."

"어디서 남편 흉이라도 들었나?"

홍신은 두 사람이 대화를 한다기보다 다툰다고 생각했다. 어느 쪽이든 상관없었다.

"말 돌리지 마요. 지금 중요한 건 우리 홍신이니까."

"그래, 어디 들어나 보자. 그 빌어먹을 병원에서 뭐래?"

"참 일찍도 물어보시네."

"얼른 말해. 나가봐야 하니까."

"지금 일이 중요해요!"

한동안 두 사람의 목소리가 들리지 않았다.

그렇게 얼마나 시간이 흘렀을까. 엄마의 끊길 듯 작은 목소리가 들리기 시작했다.

"반사회성 인격장애 가능성이 82프로래요."

"뭔 인격장애?"

"사이코패스라고요."

"사이코? 그 미친 의사놈이 내 아들더러 사이코라 했다고?"

"흥분하지 좀 말고요."

"그래서 내가 말했지! 정신병원이란 데 점집이나 마찬가지라고. 없는 병도 만들어서 장사하는 놈들이라고 했어 안 했어?"

"그럼 홍신이를 이대로 두자는 거예요? 키우던 앵무새를 죽였어요."

"나도 키우던 닭 모가지를 내 손으로 비틀어 잡아먹고 컸어. 그런 게 사이코면 내 또래 사내들 반은 사이코겠네."

"달라요. 앵무새 눈을 팠잖아요!"

강애순의 목소리가 떨렸다. 그때서야 홍신은 엄마가 자신을 정신병원에 데리고 간 이유를 알 수 있었다.

"그거라면 새가 홍신이를 먼저 쪼았다잖아."

말해요. 다 말해!

홍신은 속으로 외쳤다. 가슴이 두근두근했다. 세상이 빙빙 도는 것처럼 어지러울 정도였다. 아직 엄마는 마저 해야 할 말이 남아 있었다. 홍신은 그 말을 듣고 나서 아빠의 반응이 어떨지 궁금했다.

"당신이랑은 말이 안 통해. 아무튼 난 홍신이 치료받게 할 거예요."

"한 번만 더 내 아들을 그딴 곳에 데려가 봐. 그땐 당신을 정신병원에 처넣을 테니까."

싱거운 결말에 홍신은 맥이 빠졌다. 엄마는 왜 그 말을 뺀 걸까. 빼낸 앵무새 눈알을 프라이팬에 구운 얘기를. 진짜 알맹이를 말이다.

그날 이후 강애순은 홍신의 등하굣길에 동행했다. 생활은 그대로였으나 딱 한 가지 변한 게 있었다. 그건 강애순의 못 보던 모습들이었다.

그녀는 자주 넋이 나간 상태에 빠졌다. 아들에 대해서 점점 아무것도 묻지 않게 되었다. 늦잠에 대해서도, 편식과 숙제에 대해서도, 학교생활에 대해서도.

대신 빨래를 널다 말고 멍하니 바구니를 보기도 했고, 냉장고에서 반찬을 꺼내다 얼어붙기도 했다. 그러다 늦은 시간 귀가한 아빠와 언쟁을 벌이고는 울기도 했다.

"우리 홍신이, 이렇게 이쁘기만 한데……."

강애순은 이따금 소리 없이 다가와 홍신의 머리를 쓰다듬었다. 홍신은 이게 모두 정신병원에 다녀온 탓이라고 생각했다. 엄마의 표정이 그가 언젠가 심하게 열병을 앓았을 때 바라보던 것과 같았기 때문이다. 그리고 엄마는 과도하게 영화를 보기 시작했다.

홍신은 그런 엄마의 변화를 이해할 수 없었다. 이해할 수 없어 짜증과 겁이 났다.

홍신은 그녀가 반복해 보는 영화의 제목을 '피아노의 개'라고 붙였다. 원래 제목이 있었지만, 피아노를 두고 훈육 받는 과정이 꼭 개를 훈련시키는 것처럼 보였다.

"여기서 나오는 거야, 가슴. 피아노를 사랑하라고. 길들여. 안 그러면 피아노는 괴물로 변해버리니까."

바로 피아노의 개에 나오는 대사였다. 홍신은 이해하기 힘들었다.

피아노가 괴물로 변해버린다니. 피아노가 사람을 잡아먹기라도 한다는 건가. 은유법을 모른 건 아니었지만, 피아노 괴물은 좀처럼 와닿지 않았다.

강애순이 피아노의 개를 스무 번쯤 보았을 때 홍신의 담임으로부터 호출을 받았다.

홍신의 담임은 강애순을 보고 알은체를 하며 슬쩍 교무실을 둘러보았다.

"밖으로 나가시죠."

그녀는 다른 선생들을 의식하는 듯했다. 그만큼 민감한 내용이란 의미였다. 강애순이 초조한 심정으로 여선생을 따라가 도착한 곳은 양호실이었다. 양호실 입구에 선 강애순은 저도 모르게 눈알이 파인 앵무새의 모습이 떠올라 전율했다.

설마 하는 심정에 심장이 튀어나올 듯 콩닥거렸다.

다행히 강애순의 우려와 달리 양호실은 텅 비어 있었다. 여선생이 꺼낸 말도 우려와는 다른 것이었다.

"홍신이가 기말고사도 일등을 했어요."

원형 테이블을 두고 마주 앉은 담임이 말했다.

강애순은 긴장을 풀지 못했다. 담임의 호출이 홍신의 일등을 칭찬하려는 게 아니라는 걸 알고 있었다.

"실은 어머님을 오시라 한 건 다른 이유 때문이에요. 이걸 어떻게 말씀드려야 할지 모르겠네요……."

여선생이 말을 망설이자 강애순의 불안은 커져 갔다.

"혹시 우리 애가 친구랑 다투었나요?"

"아뇨. 그런 건 아니에요. 그건 아닌데……."

강애순은 잠자코 여선생의 말을 기다렸다.

"우선 이걸 좀 보시죠."

담임이 핸드폰을 만지작거리더니 강애순 앞으로 내밀었다.

강애순은 핸드폰 속 끔직한 사진에 놀라 입을 틀어막았다. 볼펜으로 그린 꽤 정교한 인물화였다. 긴 생머리의 여자아이가 모델이었다. 강애순을 놀라게 한 건 그림 속 여자아이의 입이었다. 애벌레와 딱정벌레들이 입에 핀으로 꽂혀 있었고, 그림 상단에는 1학년 2반 정다운이란 이름이 적혀 있었다.

"다른 애들 말로는 그 친구가 시험 중에 볼펜을 좀 딸깍거렸나 봐요. 왜 문제가 잘 안 풀리다 보면 그러곤 하잖아요."

"……."

강애순은 담임의 이어질 말을 듣고 싶지 않았다. 귀를 틀어막고 싶었다. 잊고 있던 끔찍한 기억이 되살아날 것만 같았다.

"그래서 둘이 실랑이가 좀 있었나 보더라고요. 그 이후에……."

"잠시만요."

결국 강애순은 담임의 말을 끊었다. 다 들을 필요도 없었다. 여선생은 홍신이가 반 친구에게 앙심을 품고 끔찍한 그림으로 보복했다는 말을 하는 중이었다. 강애순은 핸드폰에서 눈을 떼고 담임을 바라봤다.

"우리 홍신이가 한 게 아니에요."

"네?"

"내 아들 짓이 아니라고요."

강애순이 탁, 소리가 나도록 담임의 핸드폰을 테이블에 내려놓으며 말했다.

"저기, 홍신이 어머님."

담임은 예상치 못한 강애순의 반응에 당황한 나머지 말을 더듬었다.

"어머님 심정은 이해해요. 솔직히 중학생 남자애들이라면 별의별 짓을 다하니까요."

"그럼 뭐가 문제죠?"

"제가 염려스러운 건 홍신이가 그런 행동을 당연시 여기는 것 같다는 거에요."

담임의 목소리가 강애순의 머릿속에서 메아리처럼 울렸다. 강애순은 익숙하지 않은 상황에 좀처럼 집중이 되지 않았다. 무슨 증거로 홍신을 범인으로 몰아가는지 모를 여선생에게 화가 치밀었다.

그러나 이어지는 여선생의 말이 그녀의 정신을 번쩍 들게 했다.

"어머님, 혹시 사이코패스라는 말 들어보셨어요?"

이 새파랗게 어린 여선생이 사이코패스란 용어를 어떻게 아는 걸까. 아니 홍신이를 두고 왜 저런 불길한 용어를 들먹이는 걸까. 정신병원에서 들은 내용은 그녀와 남편 둘만 아는 거였다.

"사실 저도 최근에서야 들은 용어예요. 그래서 조금 알아봤는데 도저히 중학생이 알고 있을 만한 말이 아닌 것 같아서요."

"그러니까 우리 홍신이가 그런 말을 했다는 건가요?"

여선생은 난감하다는 듯 짧은 한숨을 내쉬고 말을 이어갔다.

"홍신이 말이 자기는 사이코패스니까 그런 행동을 해도 된다고 했대요."

강애순은 당혹스러움을 감출 수 없었다. 이제 홍신이를 어떻게 대해야 할지 앞날이 깜깜했다.

　김 원장은 거듭 내원하라고 권했다. 그러나 남편의 말을 들은 뒤로는 그녀 역시 정신병원에 가는 게 꺼려졌다. 차라리 없는 병도 만드는 곳이라는 남편의 말을 믿고 싶었다.
　"양심이나 윤리에 기대 이해를 시키려는 교육은 도움이 되지 않습니다."
　"그럼 어떻게 하라는 건가요?"
　"보통 사람을 대하듯이 하는 교육은 오히려 반감만 부추길 뿐이에요. 사회적 규범과 사이코패스인 사람의 자체규범은 전혀 다르니까요……."
　"그래서요. 그래서 뭘 어떻게 하라고요?"
　강애순의 목소리가 떨렸다. 그녀는 그 이유가 초조해서인지 화가 나서인지 헷갈렸다.
　"혹시 반려동물이 있나요?"
　"아뇨, 지금은 없어요."
　"표현이 거칠긴 한데 오해 없이 들어주세요. 쉽게 말하자면 개를 훈련시키는 것과……."
　"잠깐만요. 지금 내 아들을 개 다루듯 하라는 건가요? 그렇게는 못 해요! 차라리 제 방식대로 할래요."
　"안 됩니다. 보호자분이 섣불리 치료를 시도하려고 해서는 안 돼요. 어설픈 치료 이후에 강력범죄를 저지를 확률이 네 배나 상승한다는 보고도 있습니다. 그러니까……."

"아뇨, 제 아들은 제가 잘 알아요."

강애순은 차마 더 들을 수 없어 일방적으로 전화를 끊었다.

그녀는 최근에 일부러 읽은 심리학 서적을 떠올렸다. 그 책은 '승화'라는 개념을 중점적으로 다루고 있었다. 승화는 어찌할 수 없는 충동을 사회에서 용인되는 방법으로 해소시키는 형태를 지칭하는 용어였다. 어쩌면 홍신이에게 그 이론을 적용할 수 있을지도 몰랐다.

강애순은 피아노에 쌓인 해묵은 먼지들을 닦아낸 뒤, 홍신이 보는 앞에서 피아노 의자에 앉았다. 오랫동안 창고에 처박혀 있던 걸 아들과 함께 바퀴를 밀며 힘겹게 꺼내온 것이다.

손을 풀고는 곡 하나를 치기 시작했다. 수년째 손에서 놓았던 피아노였지만 무리없이 연주했다.

홍신은 잠자코 곡이 끝나도록 기다렸다.

"엄마가 친 곡 알겠니?"

"클레멘티 소나티네요."

"그걸 다 기억하네."

클레멘티 소나티네는 엄마가 가장 즐겨 치던 곡이었다. 홍신은 엄마가 갑자기 피아노를 치는 이유가 궁금했다.

"담임이 뭐래요?"

"우리 홍신이가 기말고사에서도 일 등을 했다고 하던데?"

"그리고요?"

강애순은 이미 홍신이 다 알고 있다 짐작하면서도 차마 사실대로 말할 수가 없었다. 그녀가 생각을 정리하는 중에 홍신이 먼저 말했다.

"다시 정신병원에 가는 거예요?"

"가기 싫니?"

"네."

무슨 생각을 하는지 강애순은 홍신의 눈을 빤히 들여다보았다.

"피아노는 악기들의 왕이야. 이 88개의 건반으로 모든 음을 다 표현해낼 수 있단다. 이 88개의 음을 조합하면 사람이 느끼는 모든 감정을 표현할 수 있어."

홍신의 시선이 건반대의 왼쪽 끝에서 오른쪽으로 느릿하게 이동해갔다. 엄마의 말대로 정확히 88개였다.

"조금 전 연주 들으면서 무슨 생각했니?"

"음이 몇 번 틀렸어요. 다섯 번 정도?"

"그거 말고는?"

강애순은 홍신의 정확한 지적에도 놀라지 않았다. 아들이 절대음감이란 사실은 이미 초등학교에 입학하던 해 알았다.

홍신은 엄마의 눈을 빤히 바라봤다. 지금 엄마가 듣고픈 말은 무엇일까. 어려웠다.

음악은 듣는 사람의 기분에 따라 얼마든지 달라질 수 있단다.

홍신은 언젠가 엄마가 해주었던 말을 떠올렸다. 어쩌면 아무 감정이나 말해도 상관없을지 몰랐다.

"슬프다?"

홍신을 바라보던 강애순의 눈에 눈물이 맺히기 시작했다. 그녀는 홍신이가 제 마음을 알아준 것만 같아 서러운 동시에 감격스러웠다. 그녀는 어린 아들을 와락 끌어안았다.

"그래, 슬프네. 정말 슬픈 곡이야."

홍신은 어깻죽지가 축축해지는 걸 느꼈다. 축축하고 뜨거웠다.

강애순은 눈물을 훔치고는 제 손목에 있던 묵주를 빼 홍신의 손목에 채워줬다.

"성스러운 가호가 깃들어 있어서 악한 기운을 막아줄 거야. 뭔가 행동을 하기 전에 이 묵주를 만지면서 생각을 다시 정리해보렴."

강애순은 가능한 모든 수를 다 쓰고 싶었다. 그게 음악이든 신앙이든 희생적인 사랑이든.

"우리 이렇게 하자. 엄마가 매일 한 곡씩 연주를 들려줄 거야. 그러면 넌 그때의 느낌을 적어서 엄마한테 보여주는 거야."

"왜 그렇게 해야 하는데요?"

홍신이 손가락으로 묵주알을 퉁기며 물었다.

"병원 가기 싫댔지?"

강애순이 아들의 손목을 붙들고 물었다. 홍신이 고개를 끄덕였다.

"그럼 매일 감상문을 쓰는 조건으로 병원은 안 가는 걸로 하자. 어때?"

홍신은 잠시 뭔가를 고민하는 것 같더니 이내 고개를 끄덕였다.

매일 감상문을 쓰는 일은 생각보다 괴로웠다. 덕분에 정신병원에 가지 않으니 버티는 중이었다.

홍신의 입장에서는 병원에 갈 이유도 없었다. 자신이 사이코패스란 사실이 싫지 않았으니까. 그건 뭔가 남들과는 달리 특별하다는 의미니까. 그래도 정신병원을 다니는 게 학교에 소문나는 건 싫었다. 그랬다가는 어떤 꼴이 될지 빤했다. 관심을 받는 건 괜찮은 일이었지만 감시를 당하는 거라면 문제가 달랐다. 문제는 엄마가 어지간한 감상문으로는 만족하지 않는다는 사실이었다.

클레멘티는 이탈리아 출신의 피아니스트이자 작곡가이다. 아티스트로서 그 자신도 유명하지만 많은 문하생을 배출한 것으로 보다 유명한 인물이다.

"감상 말이야, 감상. 이런 설명 말고 네가 느낀 걸, 그러니까 감정을 표현해야 해."

엄마가 감상문에 적히길 원하는 건 전혀 다른 것이었다. 슬프다, 기쁘다, 몽환적이다, 아름답다, 우울하다 같은 어휘들을 적극적으로 사용해 보기도 했지만 반복해 사용하자 더는 통하지가 않았다.

표현에 한계를 느낀 홍신은 책들을 뒤지기 시작했다. 그러다 쓸 만한 표현이 나오면 저도 모르게 묵주알을 퉁겼다.

이 사람 꽤 멋진데.

홍신은 이제 막 마지막 페이지를 넘긴 소설 『백경』을 보며 만족스러운 표정을 지었다. 에이햅이란 선장이 복수를 위해 자신의 한쪽 다리를 절단한 괴물, 백색향유고래를 찾아다니는 과정을 다룬 소설이었다.

에이햅은 사이코였다. 관찰자인 스타벅의 설명처럼 짐승을 상대로 복수를 하려는 광인이었다. 그래서 에이햅은 매혹적이었다. 그에게 모비딕은 죽여야 하는 존재였으나 동시에 그를 살게 하는 추동력이도 했다. 홍신은 백경을 읽어가며 감상문에 쓸 표현들을 따로 적어두었다.

'에이햅은 광인이지만 자신의 영혼 밑바닥을 찌르는 힘이 있다.'

'모두가 화약 무덤처럼 내 앞에 서고 나는 그 성냥이었다. 그러나 불쌍한 일은 상대를 불태우면 나의 성냥이 줄어든다는 것이다. 내가 강행한 것은 내가 하고 싶었던 일이고, 나는 그 일을 할 것이다.'

소설 속 에이햅은 광인이지만 홍신이 정신병원에서 본 사람들과는 확연히 달랐다. 그의 앞에서 평범한 사람들은 한낱 미물로 전락했다. 에이햅은 모비딕을 만나 제 다리를 내어준 대가로 보게 된 거다. 다른 이들은 보지 못한, 수면 밑에 감춰진 진짜 고래의 모습을.

에이햅은 성냥이었고 그의 앞에 있는 것들은 불쏘시개일 뿐이었다. 모비딕을 불태우기 위해서는 불쏘시개인 다른 선원들이 필요했고 그래서 에이햅은 겁쟁이 선원들을 타오르게 하기 위해 성냥을, 자신을 태울 수밖에 없었다.

'내가 강행한 것은 내가 하고 싶었던 일이고, 나는 그 일을 할 것이다.'

홍신은 이 문장을 옮겨 적은 뒤 밑줄을 그었다. 무엇보다 마음에 와 닿은 문장이었다. 어차피 수면 위의 모비딕만 본 자들에게는 이해받을 수 없는 일이다. 보통 사람들은 한 번도 진짜를 보지 못하고 사니까.

사실 그건 홍신 스스로도 마찬가지였다. 에이햅이 되려면 그 역시 모비딕을 직접 만나보아야 했다. 홍신은 머지않아 그날이 올 것을 확고히 믿었다.

홍신이 중학교에 진학하고 얼마 지나지 않았을 때였다.

담임이 반 아이들에게 장래희망을 적어내게 했다. 전에는 한 번도 생각해본 적 없던 문제였다. 이번에는 일말의 고민도 없이 장래희 망란이 채워졌다.

의사.

정확히는 정신과 의사였지만 이상하게 볼까 싶어 의사라고만 적 어냈다.

이유는 단순했다. 정신과 의사는 사람을 정의 내리는 존재였다. 모비딕을 보지 못한 자들에게 모비딕을 보여주는 자리에 있는 사람 이었다. 김 원장의 말 한마디가 엄마를 이토록 바꿔놓지 않았던가. 정신과 의사의 말 한마디는 신의 전언과도 같은 영향력이 있었다. 엄청난 직업이 아닐 수 없었다.

물론 홍신이 정신과 의사가 되기로 마음먹은 건 꼭 그런 이유만 은 아니었다.

그는 감상문을 볼 때마다 극명하게 다른 엄마의 태도가 이해되지 않았다. 어떨 때 눈물을 보이고 어떨 때 다시 쓰기를 지시하는지 헷 갈렸다. 솔직히 정신이 고장난 건 자신이 아니라 엄마 같았다. 그러 나 무엇보다 궁금한 건 왜 직접 쓴 감상문은 다시 쓰게 하면서 베껴 쓴 감상문은 통과되었느냐는 것이었다.

그건 가짜와 진짜의 문제이기도 했다. 홍신의 눈에 엄마는 가짜 를 더 중요시 여기는 사람으로 보였다. 그리고 그런 인식은 홍신이 세상을 보는 인식으로 확장됐다. 엄마만 그런 게 아니었다. 에이햅 은 다리가 잘리는 대가로 바다 속의 고래를 볼 수 있었다. 뭍으로 나온 고래를 고래라 할 수는 없다. 그건 거대한 기름덩이에 불과할 뿐이다.

홍신의 생각에 대부분의 사람들은 가짜로 살고 있었다. 그래서 그들에게 알려주고 싶었다. 불태워주고 싶었다. 정신과 의사가 되어야 했다. 물론 그 전에 필요한 게 더 있었다. 홍신은 아무도 모르게 그때를 기다리는 중이었다.

***

중학교 2학년 여름, 학교에 이상한 소문이 돌기 시작했다.

애들 입에서 정신병자 살인마를 봤다는 말들이 건너다녔다. 그러면서 자기들이 그 살인마를 찾아 처단하겠다느니, 제 아빠가 놈을 죽여버리겠다고 했다느니 객기 어린 말들이 따라붙었다.

홍신은 애들이 말하는 정신병자 살인마가 누구인지 알고 있었다. 드디어 모비딕의 출현이었다.

하교를 하자마자 홍신은 '모비딕을 찾아서'의 덮개를 열고 스크랩한 자료들을 꺼내 책상 위에 펼쳤다. 그 중 붉은 펜으로 표시해둔 신문기사 세 개를 추렸고 거기서 다시 하나를 골라냈다.

7년 전 기사였다. 장익태. 세 사람을 연쇄 살해한 혐의로 체포되었다. 그러나 혐의 중 하나는 증거불충분이었고, 다른 두 명에 대한 혐의는 우발적 살인으로 결론이 났다. 살해 동기가 불명확했기 때문이다. 변호사는 그 이유를 장익태가 정신질환을 앓고 있기 때문이라고 변론했다.

일부에선 사이코패스라는 주장이 나왔다. 하지만 이때만 해도 그 용어를 아는 사람 자체가 드물었다. 사이코패스란 주장은 금세 힘을 잃었고 결국 정신분열증으로 가닥이 잡혔다.

다른 시각으로 보자면 아직 세상은 노인의 성욕을 받아들일 준비가 되어 있지 않았다. 다 늙은 영감이 제 성욕이나 채우고자 여자들을 연쇄적으로 살해했다는 사실을 있는 그대로 받아들일 수 없었던 것이다. 그러니 세상이 장익태를 이해할 수 있는 유일한 방식은 정신질환뿐이었다.

홍신은 책가방에서 악보 노트를 꺼냈다. 그 사이에 끼워져 있던 신문 조각이 보였다. 한 달여 전 스크랩한 것이었다. 이것 역시 장익태에 관한 기사였다. 더 자세히는 장익태의 출소 소식을 다루고 있었다. 학교에서 애들이 말한 목격담은 바로 이 장익태를 두고 하는 말이었다.

홍신은 아이들의 목격담을 종합해 장익태의 행동반경을 좁혀 갔다.

지도에 원을 그리다 보니 대강 장익태가 사는 지역이 드러났다. J동은 홍신의 집에서 버스로 열두 정류장 떨어진 거리였다. 그중에서도 매우 구체적이고 세 명이나 동일한 목격자가 나온 장소는 J동의 아파트 단지들 사이에 있는 근린공원이었다.

홍신은 일요일 오전 엄마가 성당으로 떠난 직후 집을 나서 J동으로 향했다.

시내버스에서 내린 뒤 십여 분을 걷자 장익태가 출현했다는 근린공원이 나타났다. 주말인 탓에 공원은 사람들로 붐볐다. 홍신은 노인들을 살피며 공원을 두어 바퀴 돌았지만 장익태로 보이는 노인은 발견하지 못했다.

한 시간쯤 지났을 때였다. 한 무리의 사람들이 공원의 주차장 쪽으로 모여드는 게 보였다. 죄다 노인이었다. 홍신은 곧장 주차장으로 다가갔다. 주차장에 가까워지자 음식 냄새가 나기 시작했다. 노인들을 불러 모은 건 봉사단체의 무료급식소였다.

천막들이 쳐 있었고 그 아래서 노란색 앞치마를 두른 봉사단체 사람들이 급식을 배급하고 있었다.

홍신은 적당히 거리를 두고 줄 선 노인들을 살폈다. 한 시간쯤 흘러 줄이 거의 끊겨갈 때였다. 홍신은 뒤늦게 나타난 한 노인을 눈여겨봤다. 중절모에 흰색 마스크를 쓴 노인이었다.

중절모 노인은 급식을 받아 외진 곳을 찾았다. 홍신은 적당히 거리를 두고 노인을 미행했다. 노인은 급식판을 들고 느릿하게 걷다가 한적한 벤치를 골라 앉더니 바지주머니에서 소주병을 꺼냈다. 소주 뚜껑을 돌려 열더니 대뜸 밥에 부었다.

홍신은 태연하게 다가가 옆에 앉았다.

노인이 흘깃거리는 게 느껴졌지만 무시한 채 가방에서 샌드위치를 꺼내 먹기 시작했다. 노인은 신경 쓰지 않는 것 같았다. 노인이 숟가락질을 할 때마다 소주 냄새가 훅 끼쳤다.

"그거 맛있어요?"

노인은 슬쩍 주위를 두리번거렸다. 그러다 그게 자신한테 묻는 거라는 걸 알고 홍신을 쳐다봤다.

"나한테 한 소리냐?"

홍신은 입안의 샌드위치를 우물거리며 노인을 빤히 바라봤다. 노인의 눈은 흐릿했다.

"저리 가."

노인은 홍신을 무시하고 다시 급식판에 머리를 박았다.

"혹시 에이햅이라고 알아요?"

노인은 여전히 홍신을 무시했다.

"포경선 선장이에요. 포경선은 알죠? 고래 잡는 배."

노인은 막 입에 가져가려던 숟가락을 멈칫하더니 뭔가 생각을 하는 듯했다. 그러다 숟가락을 입에 넣었다 빼고 우물거렸다.

"덜떨어진 애구나."

덜떨어진? 홍신은 피식 웃음이 샜다. 생각해보니 굳이 말을 에둘러 할 필요가 없었다. 곧장 용건을 묻기로 했다.

"사람 죽이면 어떤 기분이에요?"

"……."

노인은 결국 숟가락을 내려놓았다.

홍신은 노인의 손을 보며 말을 이어갔다.

"칠 년 전이라고는 해도……."

노인이 느린 동작으로 홍신을 돌아보기 시작했다.

"할아버지가 사람을 죽였다고는 믿을 수가 없네요."

노인이 급식판을 벤치 위에 내려놓았다.

"어린놈이 못 하는 소리가 없네."

"장익태. 할아버지 이름 맞죠?"

"요즘 애들은 정말 겁을 모르는구나."

노인이 반쯤 남은 소주병을 집어 들었다.

소주를 한 모금 들이켜고 나서 노인의 시선이 산책로 어딘가로 향했다. 시선 끝에는 짧은 치마를 입은 젊은 여자가 있었다. 노인은 여자가 제 앞을 스쳐 다시 멀어지도록 노골적으로 다리를 쳐다봤다. 처음으로 노인의 눈빛이 빛나고 있었다.

장익태가 찾는 백경은 젊은 여자였다. 그가 젊은 여자들에게서 남들이 보지 못한 어떤 걸 보려고 했는지는 알 수 없었다. 홍신은 그걸 알기 위해 노인을 찾은 것이다.

"가만 보니 너 그냥 미친놈이 아니구나? 나랑 같은 종자야, 허허."

노인이 불쑥 식판을 내밀었다.

"이거 반납하고 와라. 알려주마."

홍신은 잠시 노인을 노려보다 식판을 받아들었다. 이후 급식소로 걸어가던 홍신은 뒤에서 노인이 흥얼거리는 소리를 들었다.

홍신은 급식소를 향해 가다 말고 식판을 덤불 사이에 던져버렸다. 그런 뒤 다시 노인이 있던 곳으로 돌아왔지만 노인은 사라지고 없었다.

달동네의 반지하에서 노인과 다시 만난 홍신은 땀에 흠뻑 젖어 있었다. 노인이 사라지던 방향으로 난 갈래길들을 헤집으며 뛰어다녔다. 어렵사리 반지하로 기어들기 직전의 노인을 찾을 수 있었다.

"약속은 지키셔야죠."

"애새끼랑 무슨 약속을 해?"

홍신은 다짜고짜 반쯤 열린 문틈을 비집고 들어갔다. 어차피 잠금장치도 없는 문이었다. 방안에 들어서자마자 불쾌한 냄새가 코를 찔렀다. 곰팡이 냄새와 술 냄새가 뒤섞인 악취였다.

"진짜 더럽네."

홍신이 신발도 벗지 않고 장판 위로 올라섰다. 뒤에서 노인이 문을 닫는 소리가 났다.

노인이라고는 하나 살인마였고, 홍신은 중학생에 불과했다. 겁이 날 상황인데 홍신은 여유를 부렸다. 이제 막 형기를 마친 노인네가 새삼 자신을 위협할 이유는 없었다. 그가 말년에 구속을 감수하면서까지 포획할 목표물이라면 젊은 여자들뿐일 테니까.

"신발 벗어."

홍신은 노인의 말에 아랑곳없이 집 안을 살폈다. 닫혀 있는 문들도 열어봤다. 하나는 화장실, 나머지 하나는 두세 평 남짓한 창고 같은 방이었다. 바퀴벌레 두 마리가 순식간에 집기 틈으로 사라졌다.

홍신은 노인에게서 무얼 기대했는지조차 모르면서도 실망하고 있었다.

"신발 벗으라니까."

"묻는 말에나 대답해요. 사람 죽이면 어떤 기분인지."

홍신을 노려보던 노인은 욕설을 지껄이며 냉장고로 향했다. 노인의 허리 높이밖에 안 되는 작은 냉장고였다. 그는 소주병 하나를 꺼내 들더니 손을 바꿔 쥐었다. 망치를 쥘 때와 같이 내리치기 좋은 자세였다.

"신발 벗어."

"대답이 먼저예요."

"늙어도 너 하나쯤은 일도 아냐."

홍신은 노인을 좀 더 자극하기로 했다.

"전 몽정을 해요."

"뭐 임마?"

"할아버진 서지도 않죠?"

노인이 부르르 떨었다. 홍신은 노인에게서 처음으로 두려움을 느꼈지만 물러서지 않았다. 오히려 짖어대는 개를 제압할 때처럼 빤히 노인의 눈을 바라봤다.

"너로는 흥이 나질 않아."

노인은 소주병을 고쳐 들고는 병뚜껑을 돌려 땄다.

"네놈이 나랑 같은 종자인 건 알겠는데 근본이 달라."

"어떻게요?"

"넌 아직 사람 죽이는 기분을 모르지. 몽정이라고? 어디 젖비린내 나는 몽정 따위와 비교를 해. 사람 죽이는 기분을 설명해주랴?"

노인은 말을 하고는 소주를 병나발 불었다.

"사이코패스라고 알아요?"

홍신이 발에 걸리는 이불을 무심히 걷어차며 물었다.

"누가 나더러 그렇게 지껄이긴 하더구나."

"그래서 좋았어요?"

"정신병자 소리 듣는 게 좋았냐고?"

홍신은 노인과 말을 섞는 와중에도 계속해서 방을 둘러보았다. 그러다 앉은뱅이책상 위에 있는 연습장을 발견했다. 홍신은 거리낌 없이 그 연습장을 집어 들었다.

"만지지 마."

노인이 으름장을 놓았다. 홍신은 노인이 지껄이든 말든 연습장을 넘겼다.

"이거 일기예요?"

"자서전이다. 책으로 낼 거야."

"재밌네. 연쇄살인마가."

홍신은 가방을 열고 연습장을 챙기려고 했다.

"두라고 했을 텐데."

이번에는 노인의 으름장이 말로만 그치지 않을 수도 있었다. 홍신은 일단은 한 발 물러서기로 했다.

"아쉽네요. 이 집에서 딱 하나 건질 만한 거였는데."

홍신은 연습장을 원래 자리에 돌려두었다. 그런 뒤 노인을 스쳐 현관으로 향하다 돌아보며 말했다.

"어디 가서 사이코패스란 얘기 하고 다니지 마세요. 쪽팔리니까."

지상에서 반지하로 연결된 계단에 그늘이 드리워 있었다.

지상에 이르는 계단 끝에 이르렀을 때야 눈부신 햇살이 홍신을 덮쳤다.

순간 홍신은 참기 힘든 메스꺼움을 느꼈다. 결국 계단 위에 쭈그려 앉을 수밖에 없었다. 구토가 나오면서 덩달아 눈물이 흘렀다. 샌드위치의 시큼한 맛이 혀에 남았다.

빌어먹을.

홍신은 침을 뱉고 소매로 입가를 스윽 닦았다. 이유를 알 수 없는 패배감이 엄습했다. 이렇게 꼬랑지 내린 개처럼 떠날 수는 없었다. 계단과 접한 갓길에서 무더기로 있는 소주병들이 보였다. 홍신은 소주병 하나를 집어 들었다.

다시 계단을 내려가려고 마음먹었을 때 벌컥 문이 열렸다. 문밖으로 나온 장익태 손에는 식칼이 들려 있었다. 서로의 손에 들린 물건을 본 둘은 잠시 말없이 대치했다.

에이햅이라면 어떻게 했을까?

홍신은 고개를 처들고 하늘을 올려다봤다. 햇살이 홍신을 축복하듯 쏟아졌다. 홍신은 그대로 노인을 향해 돌진했다. 예상치 못한 돌격에 노인은 미처 방어 자세를 취하지 못했다. 홍신은 노인의 가슴팍을 럭비를 하듯 어깨로 들이받았다. 충격에 밀려난 노인이 문짝과 부딪치며 나가떨어졌고 문 상단의 유리가 와장창 부서졌다.

홍신은 그대로 노인의 가슴팍에 올라타 소주병을 치켜들었다. 노인이 놓친 칼을 집기 위해 손을 휘저었으나 이미 홍신이 멀찌감치 차버린 후였다.

"이제 말해요."

"뭘 말하란 거야."

"살인에 대해."

"왜 사람을 죽였냐고?"

노인의 말에 홍신이 킥킥거렸다.

"아뇨, 사람 죽이는 데 무슨 이유가 있겠어요. 제 질문은 왜 살인을 그만뒀냐고요."

"이, 이 미친 새끼가……."

노인은 말을 이을 수 없었다. 연거푸 소주병이 머리를 내리치는 소리와 노인의 신음이 이어졌다. 머잖아 노인의 신음이 멎고 머리를 짓이기는 소주병 소리만 나기 시작했다.

노인의 머리에서 흘러나온 피가 콘크리트 바닥을 적셨다. 홍신은 노인에게서 떨어져 옷소매로 식칼을 집어들었다. 칼은 싱크대 본래 장소에 두고 앉은뱅이책상으로 다가갔다. 홍신은 책상 위의 일기장을 들고 아무 페이지나 펼쳐보았다.

'내 안에는 악마가 산다. 오늘도 그 악마와 싸운다. 내 머리를 갉아 먹는 악마는 끊임없이 날 유혹하지만 오늘도 이겨냈다. 나는 반성한다. 나로 인해 괴로웠을 사람들에게는 죽음으로도 갚지 못한 죄를 저질…….'

"가짜 새끼."

홍신은 거짓으로 얼룩진 자서전을 찢어버리고는 더러운 집을 빠져나왔다.

***

'피아노를 길들여. 안 그러면 피아노는 괴물로 변해버려.'

엄마의 메모장에 적힌 대사가 전과는 달리 보였다. 그 말은 아들에게 하고픈 말이 아니었다. 오히려 엄마 스스로에게 하는 일종의 다짐 같은 말이었다. 그러니까 피아노를 길들이라는 문장에서 피아노는 피아노가 아니라 홍신이었다. 엄마에게 길들여지지 못하면 괴물로 변해버리고 마는 존재는 홍신 자신이었던 거다.

"나한테 피아노를 가르치는 이유가 뭐예요?"

홍신으로서는 이미 답을 알고 한 질문이었지만 강애순은 제법 오랫동안 말을 골랐다.

"그건 사람들이 피아노를 연주하는 사람을 좋아하기 때문이야. 사람들은 악기를 다루는 사람에게 호감을 갖는 편이거든."

엄마는 자신을 사이코패스로 바라보고 있는 게 분명했다. 평범한 아들로 생각했다면 결코 이런 식으로 대답할 리 없었다. 그녀는 아들을 두려워하고 있는 거다. 홍신은 속으로 대답했다.

그런 이유라면 피아니스트보다는 정신과 의사가 낫겠죠.

강애순은 다시 끈질기게 홍신을 피아노 앞에 앉혔다. 그러나 다음 날 아침 그녀의 음악교육은 중단될 위기에 처했다. 강애순은 붉게 물든 피아노 건반을 보며 경악했다. 실제로는 토마토와 딸기를 갈아 만든 걸쭉한 액체에 불과했지만, 그녀는 그게 무언가의 피라고 여겼다.

홍신이 길에서 주워와 피아노 위에 올려둔 고양이 사체는 달콤새콤한 소스를 비릿한 피로 바꿔놓았다.

바들바들 떠는 강애순을 지켜보며 홍신도 전율했다. 인간의 선입관이 갖는 엄청난 힘을 느낄 수 있었다.

그날 이후 홍신을 보는 강애순의 눈빛은 달라졌다. 피아노 앞에 앉은 홍신을 볼 때조차 마찬가지였다. 희망이 사라진 사람의 눈빛. 초점 없는 눈을 한 강애순은 홍신의 연주를 들으며 혼잣말을 중얼거리기도 했다.

"영혼이 없는 연주야. 감정이 실리지 않잖아."

홍신은 비로소 엄마가 진실을 털어놓게 됐다고 생각했다.

상냥하고 고통스럽게

호로비츠가 연주한 슈만의 트로이메라이가 울리기 시작했다. 백동우의 알람곡이었다. 워낙 잔잔한 곡이라 알람보다는 자장가로 어울렸다. 트로이메라이를 모닝콜로 지정한 건 아침마다 아내를 깨우지 않고 일어나기 위해서였다.

7시 15분. 8시에 곱슬머리에게 접선 장소를 알려주기로 했으니 지체할 시간이 없었다.

집을 나서려던 백동우는 신발을 신다 멈칫했다. 안방으로 돌아온 그는 화장대 위에 있던 차 키를 챙겼다. 언제까지 운전을 피할 수만은 없었다.

반년 만에 잡은 운전대가 적잖이 낯설었으나 시간이 흐르면서 서서히 적응이 됐다. 그러나 여전히 신호등만 보이면 위축됐다.

동작대교를 옆에 두고 달릴 때 핸드폰이 울렸다.

"약속한 시간이 지났잖아?"

곱슬머리의 목소리가 격앙되었다.

"약속은 당신이나 잘 지켜."

"미친 새끼! 남의 집 문짝을 이렇게 작살내놔?"

"애 안부는 안 궁금해? 그것부터 물었어야지."

백동우는 '애'란 단어를 내뱉자 표정이 저절로 일그러졌다.

"십 분 주지. 공덕역으로 와."

선유도에 도착한 백동우는 곱슬머리에게 전화해 두 차례 더 다른 곳을 헤매게 했다. 그런 뒤 최종 종착지인 선유도를 일러주고 그보다 앞서 선유도 전망대로 올랐다.

전망대의 창가에선 일대가 훤히 보였다. 선유도와 연결된 차량 진입로는 한 곳뿐이었다. 그곳만 주시하면 곱슬머리와 혹시 모를 미행 인원까지 파악할 수 있었다.

잠시 후 선유도에 진입한 택시 한 대가 멈춰 서는 게 보였다. 뒷좌석에서 곱슬머리가 내리고 있었다. 아직까지 뒤따르는 수상한 차량은 보이지 않았다. 곱슬머리는 택시에서 내리자마자 핸드폰을 귀에 가져갔다.

"어디야?"

"오른쪽."

곱슬머리가 고개를 오른쪽으로 돌렸다. 그러나 보이는 거라고는 덤불뿐이었다.

"지금 장난해?"

"거기 철쭉 보이지. 거기다 핸드폰 집어넣어."

"뭐?"

"경찰이 당신 위치를 추적 중인지도 모르니까."

"너 같은 놈 만나는데 경찰을 달고 올 것 같아?"

다음 지시를 하려던 백동우는 입을 다물었다. 그의 시선이 한 곳을 노려보았다. 곱슬머리의 말과는 달리 막 주차장에 주차를 마친 세단에서 두 명의 건장한 사내가 내리고 있었다. 두 사람은 뭔가 대화를 주고받고는 흩어졌고 그중 한 명은 곱슬머리를 지켜보고 있었다.

백동우는 서둘러 냅킨에 주소를 적었다. 아기를 맡긴 병원이었다.

"조금이라도 수상하게 굴면 애는 못 봐."

백동우는 전망대를 벗어날 시간을 벌기 위해 내키지 않는 협박을 추가해야 했다.

곱슬머리가 두 사내를 향해 슬쩍 손바닥을 펴 보이는 게 보였다. 일종의 주의 신호 같았다. 백동우는 카페 카운터를 향해 잰걸음으로 다가갔다.

바리스타가 응대하기 위해 눈을 맞췄다. 백동우는 손바닥으로 핸드폰의 스피커를 막은 뒤 바리스타에게 말했다.

"부탁 하나만 할게요. 잠시 후에 누가 사람을 찾을 거예요. 그 사람에게 전해주세요."

얼떨결에 냅킨을 건네받은 바리스타가 백동우를 불렀으나 그는 이미 비상문을 향해 달리는 중이었다.

"난 애만 돌려받으면 돼. 그 빌어먹을 파일은 넘기겠다고."

"말한 대로 핸드폰을 철쭉 속에 넣어. 그런 뒤에 전망대 쪽으로 양손 손바닥이 보이게 들면 돼."

백동우는 빠른 속도로 계단을 내려가면서도 가쁜 호흡을 들키지 않으려고 애썼다.

계단에 있는 그로서는 곱슬머리가 지시대로 움직이는지 확인하는 게 불가능했다. 그가 사내들에게 전망대를 가리키며 수신호를 보내고 있을지도 몰랐다. 어쨌든 곧 사내들이 들이닥칠 것이다.

"젠장, 그 다음에 뭘 할지 말해."

"전망대 카페로 올라와."

통화 연결이 끊겼다. 그와 동시에 백동우는 1층에 이르렀다. 정문이 아닌 다른 문을 통해 전망대를 빠져나왔다. 전망대 벽에 바짝 붙어 주차장 방향으로 돌았다. 두 명의 사내 중 한 명은 보이지 않았고 남은 한 명은 백동우가 있는 방향으로 접근하는 중이었다. 정문을 제외한 도주로를 막아설 계획인 듯했다.

백동우는 방향을 바꿔 사내가 다가오는 반대 방향으로 돌았다. 정문에서 다른 사내는 보이지 않았다. 아마도 곱슬머리를 따라 전망대를 오르는 중일 것이다.

백동우는 곱슬머리가 서 있던 쪽으로 달리며 그의 번호로 전화를 걸었다.

우거진 철쭉 속에서 핸드폰 벨소리가 울리는 것과 동시에 등 뒤에서 낯선 사내가 소리치는 게 들렸다.

"백동우!"

***

강애순은 침대에 걸터앉아 창밖을 내다보았다. 노란색 창살 사이로 녹음이 짙었다. 창살에 갈라진 아침볕이 병상과 강애순에게 드리우고 있었다.

"일찍 일어나셨네요."

홍신이 다가가며 말했다. 강애순이 돌아봤다. 그녀는 희미한 웃음을 지어 보인 뒤 다시 창밖으로 시선을 던졌다.

"방안에만 있기 갑갑하시죠?"

홍신이 강애순과 나란히 앉으며 말했다.

"엄마는 괜찮아. 아들이 원장인 병원이니 내 집이나 마찬가지지."

강애순이 슬쩍 홍신의 손등에 손을 올렸다. 노인이라 하기엔 아직 탄력이 있는 얼굴이었지만 손등의 잔주름에 축적된 세월만은 감출 수 없었다.

"이렇게 잘 자랄 걸 괜한 걱정만 한 걸 생각하면."

"다 엄마 덕분이죠."

강애순이 홍신의 어깨에 제 머리를 기댔다. 홍신은 가만히 엄마의 체중을 받았다.

"이렇게 둘이 있으니까 너 어릴 적 생각이 나는구나. 난 네가 피아니스트가 될 줄 알았단다."

"전 지금이 좋아요. 대신 멋진 피아니스트 친구가 있어요."

강애순의 가는 목을 보고 있던 홍신이 스윽 손을 뻗었다. 그는 강애순의 머리를 가볍게 쓰다듬었다. 의사 가운에 가려진 팔등에서 소름이 돋았다.

"그건 뭐니?"

홍신이 들고 온 게 진료 차트가 아닌 걸 알고 강애순이 물었다.

"악보예요. 최근에 작곡해본 건데 좀 봐주시겠어요?"

악보를 받아든 강애순은 표정이 잠시 굳었으나 이내 평온해졌다. 그녀가 악보를 받자마자 살핀 건 지시어들이었다.

흥분하여 잔잔하게. 상냥하고 고통스럽게. 달콤하고 광폭하게.

다른 사람들은 쓰지 않는, 오직 홍신만이 쓰는 지시어들이었다. 강애순은 처음 홍신이 작곡한 악보에서 이런 지시어들을 봤을 때 놀랐었다. 그러나 지금은 그때처럼 놀라거나 당혹스러워하지 않았다. 그녀의 눈에 비친 홍신은 남들보다 섬세한 감정의 소유자일 뿐이었다. 흥분하여 잔잔하지 못할 이유가 뭔가. 살다 보면 상냥하기 위해 고통스러운 순간도 있지 않은가.

강애순은 폐쇄병동에서 지내며 깨달은 게 있었다. 이곳에서 지내는 대부분은 놀라울 정도로 평범해 보였다. 밖에서는 정신이상자라도 이 안에서는 정상적으로 보였다. 정상과 비정상을 구분 짓는 건 속한 세계 나름일지 몰랐다. 이곳에서 이들은 오히려 서로 위안을 나누었다. 그저 보는 시각의 차이일 뿐이다. 더군다나 아들은 그런 이들을 치료하는 의사가 아닌가. 그러니 홍신은 지극히 정상인 것이다. 오히려 남들보다 뛰어난 사람이다.

"좋구나. 감미로운 곡이야."

"그렇게 말하실 줄 알았어요."

강애순이 악보를 홍신에게 돌려주고 일어났다. 그녀는 창문으로 다가가더니 손가락으로 창문을 쓸어내렸다.

"저 창살만 없으면 참 좋을 텐데."

"산책이라도 하시겠어요?"

강애순은 천천히 고개를 저었다. 이제 그녀의 가슴에서 기대란 단어는 사라지고 없었다. 아쉬움은 건듯 스쳐가는 바람에 불과했다. 그녀의 평온은 바람이 사라진 대가였다.

"그때 네 말대로 하길 천만다행이야."

"언제요?"

"그 돌팔이 의사한테 널 데려가려고 했던 거 말야. 영리한 네가 어떻게 알고는 싫다고 했기 망정이지……. 넌 정말 똑똑했어. 네가 토마토주스를 가지고 엄마를 놀라게 한 일도 그렇고. 괜히 나 혼자 오해를 해서는."

"그땐 철이 없었죠."

홍신은 엄마가 부쩍 옛날이야기를 많이 한다고 생각하며 묵주알을 퉁겼다.

"무슨 고민이라도 있는 거니?"

강애순은 홍신의 묵주를 보며 기특하다고 생각했다. 정말로 묵주에 효험이 있는 것인지 홍신은 탈 없이 장성했다. 그럼에도 불구하고 홍신의 손목에서 울리는 묵주알 소리는 여전히 그녀를 긴장시켰다. 아들이 고민에 빠질 때 습관이라는 걸 알기 때문이었다.

"그 반대예요. 기분 좋은 일이 있거든요. 제가 말한 피아니스트 친구가 내일 이 악보를 연주해주기로 했어요."

"그거 참 잘됐구나."

홍신은 강애순의 얼굴에 말과는 달리 수심 어린 표정이 스쳐 가는 걸 놓치지 않았다. 하지만 확신이 없었다. 사람의 표정을 읽어내는 게 아무것도 아니었는데. 갈수록 그게 쉽지 않았다. 정말로 사이코패스가 되고 있는 걸까.

"엄마."

"응?"

"사실 전 사이코패스가 아니에요."

홍신은 강애순을 빤히 보며 다시 한 번 말했다.

"진짜 전 사이코패스가 아니에요."

"당연한 소리를 하는 구나."

홍신은 강애순의 눈을 한참 동안 바라보다 창밖으로 고개를 돌렸다. 제법 바람이 부는지 편백나무 가지들이 역동적으로 흔들리고 있었다.

강애순의 거짓말은 최홍신의 자아 밑바닥을 긁는 것이었다. 그때마다 시커먼 심저로부터 부연 부유물들이 일었다. 그녀는 알고 있을 것이다. 그러나 지금까지 그랬듯 앞으로도 내색하지 않을 것이다. 그녀가 외우다시피한 영화, 피아노의 개에서 개는 이제 그녀의 아들이 아닌 그녀 자신이니까 말이다.

"바람이 제법 부네요. 산책은 다음에 하죠."

최홍신이 강애순을 안고 머리를 쓰다듬으며 말했다.

***

비밀번호를 초기화하는 작업은 금방 끝났다. 점장에게 핸드폰을 돌려받은 백동우는 곧장 대리점을 나와 상가 앞에 주차해둔 차에 올라탔다. 이제 문제의 영상을 확인할 순간이었다.

갤러리 폴더를 열었다. 화면을 위로 긁어 올리자 비디오 폴더가 보였다. 폴더를 클릭하는 손끝이 떨렸다.

영상의 재생과 동시에 익숙한 사람의 얼굴이 나타났다. 정율미였다.

"뭐 하려고?"

영상 속에서 흘러나온 음성에 백동우는 전율했다. 아내의 목소리였다. 정율미의 얼굴에 가려진 사각지대 어딘가에 아내가 있는 것이다.

화면에 가득 찼던 정율미가 서서히 줌아웃 되면서 전경이 드러났다.

"뭐 어때. 재밌잖아."

정율미는 속옷 차림이었다. 앵글에서 멀어지는 그녀의 뒤편으로 지하가 보였다.

이불 밖으로 상반신이 드러난 그녀는 정율미와 마찬가지로 브래지어만 착용하고 있었다. 정율미는 이불을 들추며 지하에게 파고들었다. 두 여자의 폭죽 같은 웃음소리가 울렸고, 잠시 뒤 이불이 걷어졌다.

정율미와 지하는 알몸이 되어 있었다. 더는 두 여자의 웃음소리가 들리지 않았다. 정율미가 지하의 몸 위로 올라탔다. 지하의 허벅지에 앉은 채 허리를 숙이기 시작했다. 정율미의 얼굴이 하지하의 얼굴과 가까워져 갔다.

두 여자의 입술이 포개지기 직전 백동우는 영상을 껐다.

백동우가 영상 속 두 여자의 모습을 본 건 이번이 처음이 아니었다. 사실 그는 두 여자의 성애를 영상이 아닌 현장에서 목격했었다. 어떻게 그 충격적인 장면을 이렇게 까맣게 잊고 지낼 수 있었을까.

당시엔 직접 보고도 믿지 않았다. 그저 술기운에 취한 수위 높은 장난이라고, 그저 심한 농담 같은 거라고 생각하기로 했다. 그래야만 했다. 슬슬 권태기에 들어선 부부라지만 그는 하지하를 깊이 사랑했다. 동성애보다 더 심한 일을 목도했더라도 한 번쯤은 눈감아 줄 수 있을 만큼 애틋했다. 그렇게 그는 두 여자의 비밀을 알고도 지금껏 모른 척했다.

시간이 흐르자 그날 그가 본 게 정말 착각으로 여겨졌고 더 시간이 흐른 뒤에는 꿈속에서 본 것처럼 무의식 저편으로 사라졌다. 그렇게 잊은 줄만 알았다.

그는 떨어트린 핸드폰을 주울 생각도 하지 않고 이마를 핸들에 박았다. 영상 속 두 여자의 모습보다 끔찍한 생각이 떠오른 탓이었다.

정율미의 협박과 요구 조건은 언제부턴가 아내가 감당할 수위를 넘어섰다. 그러나 아내는 어디에도 도움을 청할 수 없었다. 막다른 절벽 끝에 선 아내가 정율미를 살해하고 만 걸까? 이 끔찍한 가정이 사실일 가능성이 갈수록 짙어지고 있었다.

백동우는 다음 행선지를 정하지 못했다. 집으로 가기에는 곱슬머리가 걸렸다. 집 근처에 잠복해 있을 것이다. 자신 역시 아내처럼 막다른 길에 몰린 기분이었다. 강우진이 떠올랐다. 동시에 조금 전 확인한 영상이 떠올랐다. 지금으로서는 그의 도움도 바랄 수 없었다.

이게 아내가 수없이 느꼈을 기분인 걸까. 지금 처한 상황만 놓고 본다면 그와 아내가 크게 다를 게 없었다.

백동우가 다음 행선지를 고민하고 있을 때 핸드폰이 울렸다. 모르는 번호였다.

"저예요. 옆집."

"……."

"생각해보니 새댁이 어딨는지 알 것 같아서 말야. 실은 지난번에는 내가 거짓말을 좀 했어. 백 선생한테 오해를 한 게 좀 있어서. 그런데 아무리 생각해봐도……."

"어딥니까, 거기가!"

"어디긴, 동네지. 아무튼 내가 지금 긴 통화를 할 상황이 아니니까 우리 집으로 와."

조자인은 일방적으로 통화를 끊었다. 곧장 걸려온 번호로 다시 전화를 했지만 통화중이란 알림음이 떴다.

조자인의 말을 다 믿을 수도 없었고, 일방적으로 전화를 끊는 것까지 의도적인 것일 수도 있었다. 그러나 선택의 여지는 없었다. 백동우는 집으로 차를 몰았다.

하지하

6일 전, 참마음정신병원

선생님 같은 분들은 스스로를 잘 아실 거예요. 그렇겠죠?

사람들은 바로 전날 일도 잘 기억하지 못하면서 자신을 잘 안다고들 믿는 경향이 있어요. 제 부모님도 그랬죠. 신념이라고 해야 하나, 자기 확신이 강한 분들이셨어요. 타고난 성정이 그런 건지 아니면 오랜 신앙생활 때문인지 모르지만요. 전 달랐어요. 그래서인지 자기 의사표현이 확실한 사람들을 보면 괜히 움츠러들기도 했죠.

자기 확신이 없으니까 오히려 더 센 척했는데, 율미는 달랐어요. 걔는 강한 척하는 게 아니라 진짜 강한 애였으니까.

율미와 그런 사이가 될 줄을 상상조차 못 했던 일이에요. 캠퍼스에서 처음 알게 된 후로 우린 사사건건 부딪혔거든요. 강한 척하는 사람과 진짜 강한 사람이 만났으니 불꽃이 튈 수밖에 없었나 봐요.

율미의 다른 면을 본 건 동아리 수련회 때였어요. 캠프파이어를 피해 혼자서 밤하늘을 보며 담배를 피우고 있는데 자박자박, 누가 다가오는 소리가 나는 거예요. 율미였어요.

다짜고짜 담배 한 개비를 달라더군요. 나란히 벽에 기대 말 없이 담배만 피웠어요. 제가 반쯤 남은 담배를 발치에 던지는데 동시에 율미의 꽁초도 발치로 떨어지더라고요. 그 순간에 서로 눈을 마주쳤는데…….

실은 지금도 모르겠어요. 왜 웃음이 나왔는지. 율미와 전 동시에 웃음을 터트렸어요. 굳이 가평까지 무리지어 와서 겉도는 둘 만의 동질감이랄까. 말로는 설명할 수 없는 이상한 기분이었죠. 그때 율미가 물었어요.

너 나 좋아해볼 생각 없니?

처음에는 일종의 사과 같은 거라 생각했어요. 그런데 율미의 깊은 눈을 들여다보다 갑작스레 깨달았죠. 아, 이건 사과가 아니구나.

그러다 불쑥 주변이 환해지는 느낌이랄까, 아니 그보다는 어둠 속이 어떤 부드러운 물질로 채워져 제 온몸을 감싸는 느낌을 받았어요. 정수리에서 발가락에 이르기까지 모든 감각신경들이 잠에서 깨어나는 기분이었죠. 율미가 제게서 천천히 입술을 떼는 순간이, 아무리 천천히 라고 해도 몇 초에 지나지 않았을 그 시간이 하염없이 길게 느껴졌어요.

정신을 차렸을 땐 율미는 사라지고 없었어요. 저는 떨리는 손으로 담배를 새로 피웠죠. 이게 뭐지? 지금 나한테 무슨 일이 벌어진 거지? 대체 왜, 어째서 불쾌하지가 않지? 그런 생각을 하면서요.

나중에 안 건지만 율미는 처음 만났을 때부터 저에게 관심이 있었대요. 자주 충돌했던 이유도 제 생각과 달랐어요. 율미는 저에 대한 감정을 애써 부정하고 싶었던 거예요. 같은 여자끼리 좋아한다니. 수긍하기 쉬운 감정은 아니죠. 그래도 어쩌겠어요. 사람 감정이란 게 일일이 통제할 수 있는 게 아니잖아요.

그날 이후요? 머릿속에 소용돌이가 멈출 날이 없었죠. 사춘기가 다시 온 것처럼 성정체성에 대한 혼란이 걷잡을 수 없이 휘몰아쳤어요.

왜 거리에 보면 성인 무릎 높이의 소화전들이 있잖아요. 늘 그 자리에 있는데도 평상시에는 보이지 않는 소화전 말이에요. 화재가 났을 때야 아, 저런 곳에 저게 있었구나 하고 알 법한. 그 소화전 같은 게 제 가슴 속 어딘가에 있었는데 누군가 불시에 밸브를 열어버린 기분이랄까.

정작 율미는 그날 이후 접근조차 하지 않았어요. 정말 그때의 심정이란······.

수치스럽고 비참했죠. 그러다가도 그날 밤 제 몸 구석구석에서 전구들이 알알이 켜진 것 같았던 기분이 되살아나기를 반복하는 거예요.

제가 먼저 만나자고 했어요. 율미의 수줍은 표정을 본 건 그날이 처음이었죠.

화부터 내긴 했지만 어쩌면 제 표정도 율미와 비슷했을지 몰라요. 많은 대화가 필요하지는 않았어요. 그럴 필요가 없었죠.

후회하냐고요? 글쎄요. 실은 오히려 안심했어요. 이 사람을 만나지 못했다면 내가 죽을 때까지 이런 감정을 알 수나 있었을까 싶었으니까. 모든 사랑을 시작하는 연인들이 그렇듯 앞날의 불안도 있었지만 눈앞의 사랑이 컸죠.

율미와 함께하는 시간은 살아있다는 감각을 생생하게 주었어요. 평소 들리지 않던 새소리, 풀벌레 소리들이 활력 넘치게 들렸고 형태를 바꿔가는 구름이 살아있는 것처럼 여겨지곤 했죠. 물론 남들 눈을 피해 동성과 만난다는 게 쉬울 리 없었지만.

율미와 만나면서 새삼 그런 생각이 들더라고요. 사람들이 다르다라는 형용사를 틀리다로 곧잘 잘못 사용하잖아요. 그런데 사람들이 이렇게나 이 두 낱말을 헷갈려 하는 건 실은 다르다의 숨은 의미가 틀리다이기 때문은 아닐까 하는 생각이요. 아프지만 현실에서 다르다의 의미는 틀리다가 맞더라고요.

동우 씨라면…….

율미를 만나고 삼 년쯤 됐을 때 알게 됐어요. 졸업을 하고 첫 개인전 가졌을 때였죠. 처음부터 그에게 관심이 갔던 건 아니에요. 그 무렵 전 율미와 헤어지다 만나다를 반복하고 있었어요. 율미나 저나 서로와 같은 사람을 다시 만날 수 있다는 확신이 없었으니까요. 그러다 보니 헤어지고도 좀처럼 정리가 쉽지 않았죠.

율미와 헤어지게 된 건 외부적인 요인이 크긴 했어요. 커밍아웃을 하지 않는 이상 연애 그다음으로 나아갈 수 없는 상황이었으니까.

아무튼 첫 개인전 당시 지인의 소개로 동우 씨를 본 게 우리의 첫 만남이었어요. 그땐 별 감정 없이 그냥 인사만 나눈 사이였죠. 그날 이후 제 행사와 관련한 자리에서 몇 차례 더 그를 만났어요. 나중에야 알았는데 동우 씨가 일부러 저를 찾아다닌 거였더라고요.

그는 이미 촉망받는 피아니스트였고 상당히 바쁜 날들을 보내는 중이었어요. 그런 그가 일부러 시간을 내 저를 보러 왔던 거예요.

율미와 헤어지고 동우 씨를 만난 결정적인 사건이라면 따로 있긴 했어요. 그 무렵 율미와 전 많이 소원해진 상태였고 두어 번 헤어지기까지 했었죠. 그러다 보니 율미가 저와 동우 씨 사이를 의심하기 시작했나 봐요. 물론 그때만 해도 동우 씨와 교제하는 사이는 아니었지만.

율미는 제 행사에 불쑥 얼굴을 비춘다거나 다른 사람들과 있는 자리에 연락도 없이 찾아오기도 했어요. 더 큰 문제는 그때마다 친구라 하기에는 애매한 행동과 말들을 해대서 절 난처하게 만들었다는 사실이에요. 결과적으로 율미의 그런 행동은 오히려 동우 씨에 대한 제 감정을 부추기고 말았죠.

맞아요. 동우 씨를 만나고서야 알았어요. 제가 양성애자라는 사실은. 솔직히 다행이다 싶었어요. 선생님 보시기엔 이런 제가 이기적으로 보이겠지만······.

둘만의 사랑? 그런 게 있을까요? 사람은 스스로를 증명하고 싶어 하는 존재에요. 자신의 행복을 남들에게 뽐내고 싶은 존재요. 그저 가식적인 지지일 뿐이더라도 자신의 행복을 인정받고 싶어 하죠.

동우 씨는 장래가 촉망되는 피아니스트였어요. 저로서는 율미만, 율미와의 과거만 지우면 남들과 같은 보통의 이성애자로 살 수 있었죠. 걱정과 달리 율미도 저에 대한 감정을 잘 정리하는 것 같았고요. 몇 년 후에는 율미도 남자와 결혼을 했어요. 그렇게 율미도 저도 각자의 자리를 찾아간 거라고만 믿었죠. 그런데…….

진짜 문제는 시작도 되지 않았던 거예요.

처음 이상한 느낌을 받은 건 남편의 잠꼬대 때문이었어요. 그러니까 더러운 년이란 말을 선명하게 뱉어내는 거예요. 옆에서 자다 그 말을 듣고는 얼마나 놀랐는지 몰라요. 이 남자가 뭔가 알고 있는 건가? 혹시 나도 잠꼬대로 율미와의 일을 털어놓기라도 한 건 아닐까.

누군가에게 율미와 내 과거를 들은 건 아닐까. 심지어 잠꼬대로 위장해 속에 담아둔 얘기를 꺼낸 게 아닐까 하는 생각마저 들었죠. 그날 이후 한동안은 온 정신이 남편의 심중을 헤아리는 데 쏠려서 견디기 힘들었어요.

그저 기분 나쁜 악몽을 꾼 걸 거라고, 남편이 말한 더러운 년이 나일 리 없다고 자위했죠. 이미 결혼 4년차에 이르는 마당에 새삼 오래전 일을 꿈으로 꾼다는 게 억지스럽기도 했고요. 그러니까 그게…… 올여름 있었던 교통사고 이후 같아요. 설마 그때 받은 충격과 관련이 있는 건지…….

아무튼 며칠 뒤에도 또 같은 잠꼬대를 하는 거예요. 확실한 건 하나였죠. 저와 관련한 비밀이든 그게 아닌 다른 무엇이든, 남편 또한 제가 모르는 비밀을 품고 있다는 사실이요.

차라리 그러면 낫겠다는 생각도 했어요. 부부라고 꼭 모든 비밀을 공유할 필요는 없으니까요.

저는 남편의 잠꼬대에 관해서는 아무것도 묻지 않기로 했어요. 남편이 제 과거에 대해 묻지 않는 것처럼. 남편이 문제 삼지 않는 걸 굳이 제가 먼저 꺼낼 필요는 없다고 생각했어요. 다만 문제는……. 네, 율미죠. 율미가 보내온 그 동영상. 남편이 율미와의 관계를 알고 모르는 척하는 건지, 아님 진짜 모르는 건지는 모르지만 그 동영상을 보게 된다면 더는 묵인할 수도 없겠죠.

아직 말하지 않은 사실이요? 아뇨. 전 빠짐없이 다 말했어요. 정말로…….

현재라면 율미와의 관계를 말하는 건가요? 털어놓으면 기분이 좀 나아질까요? 경험상 털어놓는다고 다 후련해지는 건 아니던데.

그렇게까지 말하신다면…… 좋아요. 대신 비밀은 꼭 지켜주셔야 해요. 그러니까 이걸 어떻게 말해야 할지. 실은 동우 씨를 만나고도 율미와 완전히 정리된 건 아니었어요. 결혼한 뒤로도 몇 차례 더 만났으니까요. 남편은 율미를 제 친구로만 알고 있으니 어려운 일은 아니었죠.

율미는 자긴 나와 다르다더라고요. 자기는 양성애자가 아니라고. 결혼한 건 제가 결혼을 하는 바람에 생긴 좌절감 때문이었다고. 물론 율미 남편은 그 사실을 전혀 모르지만.

율미는 결혼하고도 한 번도 행복한 적이 없다고 했어요. 아이가 생기면 달라질지 모른다고 생각했지만 그렇지도 않았고요. 다시 만난 율미는 측은해 보였죠. 하지만 죄책감 따위는 들지 않았어요. 제가 왜 미안해야 하죠? 보통의 연인들처럼 그저 만나고 헤어졌을 뿐 아닌가요? 어쨌든 더 이상 제가 해줄 수 있는 건 없었어요.

제가 이렇게 나오자 율미는 급변했어요. 애원이 협박으로 바뀌었죠. 그때 동영상의 존재를 처음 알게 됐어요. 측은함이 증오로 바뀌는 건 순식간이었어요. 율미도 마찬가지였죠. 율미의 눈에 증오가 서리기 시작했고 돈을 요구하기 시작했어요.

제 마음과 돈, 둘 중 진짜 원하는 게 뭔지는 아직도 모르겠어요. 분명한 건 어느 쪽이든 제가 들어줄 수 있는 게 아니란 거예요. 더는 관심도 없어요. 자신의 실패한 인생을 남 탓으로 돌리려는 비겁한 년, 그 이상도 이하도 아니에요. 그러니까 전 무슨 수를 써서라도 제 가정을 지킬 거예요. 이제 지켜야 할 게 남편만은 아니니까.

맞아요. 이제 2개월째죠.

최 원장이 하지하의 배를 지그시 바라봤다. 마치 뱃속 태아가 보이기라도 한다는 듯 깊은 시선이었다. 그는 손목의 묵주를 늘렸다 놓으며 말했다.

"그래서 결국 죽이기로 결심한 거군요."

***

크리스마스 이브, 삼척

하지하는 율미와 함께 삼척의 갈남에 있는 무인민박집에 투숙했다. 오늘로 삼 일째, 자정을 앞둔 시간이었다. 율미와 함께한 삼 일간은 아슬아슬한 줄타기였으나 이제 슬슬 공들인 성과가 나타나고 있었다.

"그 새끼만 없으면……."

율미는 남편을 떠올리며 증오를 퍼부었다. 하지하는 그런 율미를 보며 이제 모든 준비가 끝났다고 생각했다.

지난 세월 율미는 많이 변해 있었다. 그녀의 마음을 돌릴 수 있을지 확신할 수 없었다. 하지하의 눈에 율미는 여자의 모습을 한 남자일 뿐이었다. 그런 율미가 평범한 주부의 흉내를 내는 게 낯설기만 했다. 그러나 간간히 율미와 살결이 닿거나, 그녀의 타오르듯 강렬한 눈빛을 볼 때면 그녀가 진짜 변한 게 아니라는 걸 직감했다. 하지하는 율미 앞에서 스무 살 여자애로 회귀했다.

율미를 만나러 가는 길, 이미 결정을 내렸다고 생각했다. 그러나 율미를 다시 만나자 해묵은 기억들이 어제 일처럼 생생하게 떠올라 그녀를 괴롭혔다.

율미와 나누었던 프리다 칼로의 생애에 대한 이야기, 로렌스 애니웨이를 보며 펑펑 울다가 마스카라가 번진 서로의 얼굴을 보고 깔깔거리며 웃던 기억들. 세상에 둘만 남겨진 것 같은 시간들은 달콤했던 추억인 동시에 잊고 싶은 기억이었다.

이젠 끝내야만 했다. 지난날의 추억에 의존해 살 수만은 없었다. 율미도 자신도 이대로 계속 인생을 속이며 살 수는 없었다. 율미는 일명 부치라고 불리는, 레즈비언 중에서도 남성 역할인 성정체성을 갖고 있었다. 그런 율미에게 남자와의 결혼생활이란 어떤 의미였을까. 남자와 남자가 입을 맞추고 섹스를 하고 아이를 낳아 기르는 셈이었다. 이상과 현실 사이에서 고민하기에는 둘 다 이미 너무 멀리 오고 말았다.

"우리 처음 만났을 때 생각나?"

하지하는 율미의 자존심을 자극하지 않으려고 주의를 기울였다. 둘의 애틋했던 추억들 위주로만 대화를 이끌었다.

"당혹스럽기도 했지만 사실 난 네 용기가 부러웠어."

하지하는 대화를 하는 내내 율미의 눈을 그윽하게 바라봤다. 끝나버린 사랑을 담은 듯 애수가 어리면서도 어떤 갈망이 담기도록 세심하게 시선을 처리했다. 그러면서 종종 율미의 볼을 감싸 쥐기도 했고 머리카락을 어루만지기도 했다. 그러나 이 모든 로맨틱한 행동들과는 달리 하지하의 생각은 차가웠다. 그녀 스스로도 자신의 행동이 다분히 계산적이라는 사실에 놀랄 정도였다.

공들인 성과가 나타났음에도 정작 하지하의 얼굴에는 씁쓸함이 감돌았다. 이제 겨우 7주가 된 태아, 아직 태동을 느낄 수 없는 시기였지만 환각처럼 움직임이 느껴졌다. 처음 임신 사실을 알았을 때만 해도 절망했다. 아이를 갖는 꿈을 꾸지 않았던 건 아니었다. 다만 아직은 아니었다. 남편과의 사이에서 아기가 생긴다는 건 그녀의 가정이 이 상태로 보다 견고해진다는 의미였다. 현재의 삶의 방식에 대한 확신이 없는 그녀로서는 낭패였다.

다른 경로로 아직은 낙태가 가능할 것이다. 그러나 결정을 미루는 사이에도 태아는 자라고 있었다. 그리고 그 사실이 그녀의 결정을 점점 더 힘들게 했다. 남편을 사랑하는 것 또한 변함없는 사실이었으므로.

남편은 최근 왼손에서 일어나는 증상으로 괴로워했다. 그가 겪는 괴로움으로 자신을 괴롭힌 적은 단 한 번도 없었다. 자신에 대한 배려인지도 모르지만, 누구와도 어려움이나 고통을 나누지 않는 성격

탓도 클 것이다. 그런 남편 역시 포기할 수 없었다.

남편은 그 자체로 안정감을 주었다. 감당할 수 없는 일을 아예 만들지 않는 데서 오는 편안함은 보호망처럼 느껴지기도 했다. 그와 단 둘이 있을 때는 걱정을 못 느꼈다. 대신 그게 보호망인지 갇힌 것인지 답답해질 때도 있었다. 정물화는 보기에 안정되고 편안하지만 그 안의 정물이 된 것 같다고 여기면 많은 것이 달라질 수도 있다.

율미는 그에 비하면 대척점에 있는 존재였다. 율미의 숨결에서, 손끝에서 많은 영감이 솟구쳤다. 그러한 영감은 잠시도 가만있지 않는 산만함과 불안의 바탕에서 튀어올랐다. 항상 어디론가 움직였으며 무언가를 해야 하는 에너지를 요구했다. 율미가 바라보는 세상을 상상하며 캔버스를 채우는 과정은 대부분 황홀했다. 그러나 이젠 안다. 그게 무엇이든, 얼마나 달콤하고 황홀한 열매든 결국 신기루에 불과하다는 걸.

"지금은 우리 이야기만 하자. 남자들은 다 잊고."

율미의 굳은 표정이 서서히 풀려갔다.

"날 봐. 우리만 생각하는 거야. 지금 중요한 건 난 너 없인 안 되고 그건 너도 마찬가지라는 거니까."

"……."

율미의 표정이 다시 일그러지기 시작했다. 증오가 아닌 고민이 엿보이는 얼굴이었다. 슬슬 결정을 내릴 것이다. 결정을 돕도록 방아쇠를 당길 차례였다.

하지하는 손바닥으로 율미의 볼을 감싸 쥐었다. 손바닥으로 느껴지는 체온이 뜨거웠다. 하지하의 얼굴이 율미의 얼굴에 가까워지기 시작했다. 두 입술이 포개어졌고 두 쌍의 눈이 감겼다.

하지하는 율미의 볼을 감싼 채 서서히 입술을 뗐다.

"보여주고 싶었던 게 있어."

하지하는 꺼두었던 핸드폰의 전원을 켰다. 그러고는 갤러리 어플에서 뒤져 화면을 율미에게 건넸다.

"너랑 여기 함께 있는 상상을 얼마나 했는지 몰라. 여름이면 마당의 담장 밑으로 장미가 줄지어 피는데, 작년에도, 올여름에도 꽃이 담장을 넘지 못하더라고. 바다와 이렇게나 가까운 곳에 피었으면서도 정작 바다를 내다보지는 못해. 그래선지 그 장미가 꼭 나 같은 거야."

핸드폰 화면에는 하지하가 며칠 전까지 작업 중이던 그림이 채워져 있었다. 장미꽃밭에서 누군가를 기다리는 사람. 율미의 눈시울이 서서히 붉어졌다.

"너야. 그 그림 속 남자. 그런데 아직 눈을 채우지 못했어. 아무리 노력해도 네 눈빛이 안 떠올라서……."

거짓말은 아니었다. 그림을 그릴 때의 감정은 그랬다. 다만 이 그림은 지금을 위해 계획적으로 그린 것이었다. 하지하는 율미의 가슴이 가파르게 솟았다 꺼지는 걸 가만히 지켜봤다.

"미안한데 잠깐 생각할 시간 좀 줘."

"그래. 그 전에 이것만 말해줘."

"……."

"아직 나 사랑해?"

율미가 눈물이 그렁한 눈으로 바라봤다. 하지하가 그런 율미의 손을 붙잡았다.

"단 한순간도 널 잊은 적은 없어."

뭔가를 더 말하려던 율미는 감정이 북받친 듯 침을 삼켰다.

"잠깐 바람 좀 쐬고 올게."

율미가 방을 나설 때 밀고 들어온 바람이 하지하의 앞머리를 들어올렸다.

하지하는 율미가 방을 나서고도 한참 동안 그녀의 잔상을 바라봤다. 그러다 갑자기 화장실로 달려갔다. 토사물과 함께 눈물이 좌변기 안으로 쏟아졌다. 입안을 헹구고 얼룩진 거울을 바라봤다. 거울 속 그녀가 말했다.

이미 벌어진 일이야. 네가 아무리 보통의 사랑이었다고 우겨봐야 금지된 사랑일 뿐이라고. 특별했지만 터부였으며, 설레었지만 수치스러웠고, 아름답고도 더러운 시간들이었다. 작은 문이 갈라놓은 환한 방안과 밤의 지배에 놓인 바깥만큼이나 이쪽과 저쪽의 경계는 극단적이었다.

방으로 돌아온 하지하는 선반의 책 뒤에 숨겨둔 녹음기를 꺼내 녹음을 중지시켰다. 녹음기를 가방에 넣고 방바닥의 핸드폰들을 보았다. 하나는 자신의 것이었고 다른 하나는 율미의 것이었다. 율미는 삼 일 내내 한시도 손에서 놓지 않던 핸드폰을 버젓이 두고 나갈 정도로 흔들리고 있었다.

하지하는 율미의 핸드폰을 집어 들었다. 잠금장치 패턴이라면 율미와 지내며 곁눈질로 파악해둔 바였다. 그녀는 둘의 성애가 담긴 영상을 찾아 지웠다.

방문을 열자 순식간에 몸을 오그라들게 하는 매서운 바람이 휘몰아쳤다. 파카 차림으로도 오래 버티긴 힘든 강추위였다.

왜 이렇게 늦는 걸까?

불길한 예감이 하지하로 하여금 민박집을 나서게 했다. 핸드폰 조명에 의지해 부두와 이어진 어둑한 길을 걸어 나갔다.

점점이 켜진 가로등을 제외하고는 사위가 어두웠다. 하늘이 흐려 바다와 땅과 하늘의 경계가 지워졌다. 마녀의 숨소리 같은 해풍이 귓가를 스쳤다.

하지하는 어둠 속에서 들린 인기척에 얼어붙었다. 어둑어둑한 부두 근처에 누군가 있었다.

하지하는 율미를 부르려다 말고 입을 앙다물었다. 율미라 생각했지만 실루엣의 체구가 완연히 달랐다. 게다가 어깨 위에 긴 물체를 짊어지고 있었다. 그가 천천히 가로등에 가까워지자 윤곽이 더욱 선명해졌다.

어깨에 둘러멘 게 포대 같은 거라 생각했는데, 그렇지 않았다. 그건 사람이었다. 남자의 허리춤으로 늘어진 머리카락이 바람에 나부꼈다.

텀벙.

남자가 이고 있는 게 여자라는 걸, 율미라는 걸 깨달았을 때는 남자의 어깨 위가 허전해진 직후였다.

지금 뭘 본 걸까? 어둠 속 착시는 아니었을까 하는 생각이 스쳤으나 남자의 형체는 여전히 시야 안에 있었다. 가로등을 등지고 있던 남자가 돌아섰을 때 화들짝 정신을 차렸다.

최 원장?

그녀는 뒷걸음질로 더욱 깊은 어둠 속으로 몸을 숨겼다. 심장이 미친 듯이 뛰었고 몸이 부들부들 떨렸다.

의문이 쏟아졌지만 이곳을 떠나야 한다는 본능이 우선 다그쳤다. 여길 벗어나야 해. 민박집으로 달려가 아무렇게나 짐을 챙겼다. 민박집을 나서 발소리를 죽인 채 외길을 달렸다. 그러다 멀리 사람의 형체가 어둠 속에서 흔들렸다. 최 원장이 아닐지도 모르지만 모험을 할 수는 없었다. 어둠 속에서 다른 길을 찾으려 했지만 어느 쪽으로 향하든 눈을 감고 달리는 것과 마찬가지였다.

민박집으로 돌아왔다. 옥상으로 올라가 몸을 숨겼다. 최 원장이 민박집의 마당에 들어서는 기척이 느껴졌다. 하지하는 구석에서 전지가위를 발견했다. 날에 손가락을 대어 보니 표면이 까끌까끌했다. 전지가위를 움켜쥐고 피아노 뒤로 숨었다. 아무 소리도 들리지 않다가 갑자기 핸드폰이 울리기 시작했다. 사르파 살파, 최 원장의 전화였다.

하지하는 서둘러 핸드폰을 껐다. 수신거부를 누르느라 떨어트린 전지가위가 작은 소음을 일으켰다. 최 원장의 발소리가 다시 들리기 시작했다. 발소리는 일정하게 그러나 멈추지 않고 가까워졌다.

옥상 뒤편은 절벽에 막혀 있었고 다른 탈출구라면 하나뿐인 계단뿐이었다. 절망적인 그녀의 시선이 한곳에 머물렀다. 절벽에 면한 옥상 구석에서 발처럼 드리운 넝쿨이 바람에 흔들리고 있었다. 넝쿨이 흔들릴 때 설핏 너머의 공간이 보인 듯했다.

계단 끝에서 최 원장의 발소리가 멈췄다.

"그만 나오세요."

최 원장의 차분한 말투가 목덜미를 움켜쥐는 것처럼 소름 끼쳤다.

바닥의 전지가위를 바라봤으나 집어 들지 않았다. 하지하는 천천히 몸을 일으켰다.

"왜죠?"

최 원장의 뒤로 달이 구름을 벗어나고 있었다. 수면이 달빛을 퉁겨 희미하게나마 주위를 밝혔다. 그러나 역광에 가려 표정이 드러나지 않았다.

최 원장은 대답 대신 느린 걸음으로 조금씩 다가왔다.

하지하는 그가 다가오는 만큼 뒷걸음질 쳤다. 조금씩 넝쿨이 드리운 옥상 가장자리에 가까워지는 중이었다. 유일한 탈출구일 수도, 아니면 막다른 길일지도 몰랐다. 넝쿨 너머로 길이 있다 한들 무사히 탈출할 수 있을 거란 보장도 없었다.

하지하는 정강이가 무릎 높이의 난간에 닿자 멈췄다.

"더 다가오면 뛰어내릴 거야."

최 원장이 멈춰 섰다. 하지하는 그의 두 눈이 어둠 속에서도 자신을 빤히 바라보고 있음을 느꼈다. 비웃음일까. 최 원장이 난간 밑을 내다보고는 피식 웃었다.

"2미터…… 죽기 어려울 텐데. 괜히 애쓰지 맙시다."

그가 순간적으로 성큼 걸음을 내디뎠다. 하지하는 몸을 돌려 넝쿨로 달렸다.

분명 바위에 막힌 벽은 아니었다. 비상통로 아니면 낭떠러지, 하지하는 이를 악다물고 몸을 날렸다. 넝쿨이 얼굴을 스치며 볼이 쓰라렸다. 동시에 발이 쑥 꺼지는 느낌이 들었다. 넝쿨 너머의 길은 옥상보다 발목 높이 정도 낮은 곳에서 시작됐다. 예상치 못한 허방에 발목을 삐끗했지만 머뭇거릴 여유는 없었다. 수풀로 우거진데다 한 사람이 간신히 지날 정도로 비좁은 길이었다. 망설일 여유도 없었다. 좁은 험로를 뛰기 시작했다.

길은 가파른 오르막이었다. 금세 호흡이 가빠졌다. 갑자기 무른 땅에 휘청하다 쓰러졌다. 반사적으로 손을 땅바닥에 짚었는데 발에 밀려난 돌덩이가 오른쪽으로 굴러떨어지는 소리를 들었다. 돌이 바다에 빠지는 소리가 들렸다. 딛고 선 데가 낭떠러지란 사실을 깨닫고 간담이 서늘해졌다.

그래도 다행인 건 뒤쫓는 소리가 들리지 않는다는 것이었다.

얼마나 더 기어올랐을까. 눈앞에 1차선 도로가 펼쳐졌다. 구불구불한 해안도로였다.

도로를 따라 삼 킬로미터 남짓 떨어진 장호항으로 내달렸다. 차량이 두어 번 그녀를 지나쳤다. 그때마다 헤드라이트 불빛을 피해 갓길 수풀더미에 몸을 숨겨야 했다.

장호항에 도착했을 때는 강추위에도 땀에 흠뻑 젖어 있었다.

차량 한 대가 항구로 들어섰다. 그녀는 횟집 모퉁이에 숨어 차량의 정체를 확인하다 자신이 이동 중에 부른 택시임을 확인하고 뛰쳐나갔다.

율미의 기사는 아침 9시 무렵, 커피를 마신 종이컵 세 개가 포개졌을 때 처음으로 확인할 수 있었다.

우려와 달리 동행인의 존재는 나오지 않았다. 경찰이 동행인의 존재를 파악할 수 있는 증거라면 충분할 텐데 왜? 현장을 둘러보기만 해도 한 사람이 머문 게 아니라는 것 정도는 알아낼 수 있을 거다. 어쩌면 경찰이 용의자를 방심시키기 위해 부러 보도를 내지 않은 것일지도 몰랐다.

하지하는 담배에 불을 붙이려다 멈칫했다. 뱃속의 태아가 떠오른 탓이다. 커피야 마셨다지만 차마 담배까지 피우기는 망설여졌다.

"저기요. 금연이에요."

불도 붙이지 않았건만 PC방 아르바이트생이 인상을 썼다.

하지하는 경찰의 수사과정에 대해서는 일단 관심을 끄기로 했다. 자신이 목격자라는 걸 밝히지 않는 이상 어차피 지금은 수사과정에 관여할 수 없었다. 목적은 모르지만 최 원장이 민박집에 남아 있던 그녀의 흔적을 지워줬을 가능성도 있었다. 너무 많은 의문이 겹치자 머릿속이 백지장으로 변했다. 일단은 지금 있는 숨 막히는 공간에서부터 벗어나고 싶었다. 그녀는 물고 있던 담배를 종이컵에 버리고 자리에서 일어났다.

당장 움직일 목적지를 정해야 했다. 집이 가장 그리웠으나 거긴 안전해 보이지 않았다. 자신을 가장 쉽게 드러내는 곳이라 위험 부담이 컸다. 남편과 가까이 있는 것도 도움이 되지 않을 것이다. 숨어야 한다는 생각이 커지자 의외의 장소가 떠올랐다.

PC방을 나와 택시를 잡아탔다.

"이태원이요."

하지하는 택시 기사에게 목적지를 말하고도 갈등 중이었다. 율미와 사귀던 시절 몇 차례 따라갔던 곳. 율미는 자신이 레즈비언이란 사실을 알고 난 뒤 좀 더 과감해졌다. 그녀가 일탈한 곳이 바로 이태원의 클럽과 바들이었다. 거길 다시 간다는 게 영 꺼림칙했으나 지금으로서는 달리 의지할 곳이 없었다.

핸드폰 전원을 켜고 통화목록에서 남편을 찾았다. 부재중 전화는 수십 통에 이르렀다. 화면을 가득 채운 남편의 이름. 연락이 두절된 아내를 향한 간절함이 담긴 기록들이 이토록 의지가 될 줄은 몰랐다. 이기적이라고, 위선적이라고 손가락질할지라도 지금은 그가 사무치게 보고 싶었다.

남편의 핸드폰 번호를 누르려던 그녀는 밀려 있던 메시지들이 연달아 날아드는 바람에 잠시 손놀림을 멈췄다. 그렇게 날아든 메시지들 중 하나가 그녀를 경직시켰다.

사르파 살파.

최 원장의 메시지에는 첨부파일이 있었다. 파일을 확인하는 하지하의 동공이 미친 듯이 떨렸다. 첨부된 파일 밑으로 문장이 보였다.

'남편에게 연락할 생각은 안 하는 게 좋습니다.'

최 원장이 율미를 바다에 집어던지던 장면이 떠올랐다. 이어 상담실에서 만났던 그의 모습이 꼬리를 물었다. 같은 사람이라고는 믿기지 않았다. 그러나 문자는 간밤 그녀가 본 게 헛것이 아니라고 상기시켜주고 있었다.

최 원장의 메시지는 좀처럼 의미를 파악하기가 어려웠다. 목적을 알 수 없으니 어디서부터 추론의 갈피를 잡아야 할지도 몰랐다. 금전적인 거라면 이미 그는 그녀의 곤란한 상태를 알고 있다. 민박집에서 마음만 먹었다면 얼마든지 그는 자신을 제압할 수 있었을 것이다. 자신이 도망쳤다기보다는 그가 놓아준 것이라는 걸 완전히 부인하기도 어려웠다. 메시지로 굳이 남편을 언급한 건 이유가 있을 것이다. 혹시 남편과 관련이 있다면?

최 원장이 남편에 관해 묻곤 하던 기억을 떠올렸다. 그는 남편의 연주 계획이나 건강 상태가 어떤지 묻고는 했었다. 그게 최 원장의

214

계획과 무슨 관련이 있는지는 헤아릴 수 없었다. 율미를 살해한 일과 남편과의 관련성이라면 더더욱.

최 원장에게 전화를 걸었다.

클래식 음악이 흐르던 가운데 통화가 연결됐다. 두 사람 사이에 무거운 침묵이 감돌았다. 먼저 인내심의 바닥을 드러낸 건 하지하였다.

"왜죠?"

"……."

"이런 짓을 하는 이유가?"

"무슨 말을 하는지 모르겠네요."

하지하는 재차 대답을 종용하는 대신 침착하게 다음 말을 기다렸다.

"아, 율미 씨! 그거라면 지하 씨가 원하던 대로 된 거 아닌가?"

"내가 언제……."

저도 모르게 언성을 높이던 하지하는 택시기사를 의식하고 목소리를 죽였다.

"풀리지 않는 매듭도 있는 법이에요. 지하 씨에게는 정율미가 그런 매듭이었죠. 그런 매듭은…… 자르는 게 가장 좋아요."

"그럼 나를 쫓는 이유가 뭐예요? 아니, 원하는 게 뭐냐고요!"

"쫓는 걸로 보였나?"

최 원장은 웃고 있는 것 같았다. 지금 상황을 즐기듯이. 그리고 뜬금없이 물었다.

"결혼 이후지?"

결혼 이후라니. 뭘 말하는 걸까. 하지하로서는 맥락을 알 수 없는 소리였다. 정확한 의미를 모르겠는데도 지금껏 느껴본 적 없는 불안이 그녀의 내면을 흔들기 시작했다.

"그냥 가만히 있으면 돼. 당신은 되도록 죽이고 싶지 않으니까."

최 원장은 그 말을 끝으로 전화를 끊었다. 핸드폰을 쥔 손이 부르르 떨렸다.

"손님, 괜찮으세요?"

룸미러로 하지하를 관찰하던 택시기사가 물었다. 기사의 눈에 비친 자신은 심상치 않아 보였을 것이다.

하지하는 룸미러를 통해 자신을 염탐하는 택시기사에게 말했다.

"이태원 클럽 h로 가줘요."

클럽 h

클럽 h는 굳게 닫혀 있었다. 더 이상 문을 두드리는 게 의미 없어 보였다. 하지하는 클럽 입구 계단참에 주저앉았다.

어떻게든 그를 만나야 했다. 몇 번 인사만 나눈 사이. 율미가 이쪽 세계에 발을 디뎠을 때 그녀의 어깨 너머로 알게 된 사람이었다. 그가 자신을 알아볼지는 미지수였다. 이쪽 세계는 흥미로운 만큼 위험한 곳이었다. 남장을 한 여자들 중 일부는 웬만한 사내들 이상으로 거칠었다. 조직폭력배와 연결된 이들이 있다는 소문도 파다했다.

아직 점심시간도 되지 않았으니 영업을 시작하기까지는 반나절이나 더 남았다. 하지하는 다시 일어나 문에다 발길질을 했다. 철로 된 두터운 문이 징처럼 울리다 멎어갈 때쯤 문 너머에서 굵은 목소리가 울렸다.

"어떤 새끼야?"

하지하는 흠칫 놀라면서도 반사적으로 입을 열었다.

"배수빈 씨!"

"뭐?"

"배수빈 씨 만나러 왔다고요."

"그런 사람 없어."

그자를 이곳에서 마지막으로 본 지도 어느덧 육칠 년이 지났다. 그가 없더라도 여기 누군가는 그의 소재를 알고 있을지 몰랐다.

"지배인 만나러 왔다니까요. 배수빈 지배인."

"헛소리 말고 꺼져."

문 너머 사내가 경고하듯 말했다. 하지하는 문득 이름을 잘못 말한 게 아닌가 생각했다. 그러고 보니 다른 이름이 더 있었다.

"잠깐만요."

하지하는 문 너머 사내가 떠날까 봐 급하게 외쳤다. 부치들은 이쪽 세계에서는 본명이 아닌 다른 이름을 쓰기도 했다.

"배주호! 여기 지배인 이름이 배주호죠?"

대답이 없자 하지하는 한 번 더 문을 걷어찼다. 발길질에 밀려난 것처럼 문이 안쪽으로 열렸다.

문 너머에 건장한 체구의 사내가 버티고 서 있었다.

"네가 배 지배인 이름을 어떻게 알아?"

"……"

"어떻게 아냐니까."

하지하는 그에게 먹힐 만한 은어를 내밀었다.

"내가 그 사람 이거니까."

덩치는 하지하가 세운 새끼손가락을 보며 어이없다는 표정을 지었다.

"지랄하고 있네. 따라와."

하지하는 덩치를 뒤따라 클럽 중앙홀로 들어섰다. 비상등에 설핏 드러난 텅 빈 클럽은 음산했다. 덩치는 홀을 가로질러 문 하나를 열고 들어섰다. 문을 통과하자 긴 복도가 나타났다. 복도 중간에 이르러 비상문을 지났고 계단을 이용해 한 층 올라갔다. 그러자 다시 복도가 나타났고 덩치는 복도를 따라 걷다 평범해 보이는 문 앞에서 멈춰 섰다.

"여기서 기다려."

닫힌 문을 보자 하지하는 초조했다. 조금 전 거짓말이 곧 탄로 날 테니까.

이곳은 사람들이 입에 올리기 거북해하는 이들이 머물다 가는 장소였다. 범죄자가 아니되 범죄자 취급을 받고, 사랑을 했으나 변태로 비춰지는 사람들이 마음의 속박을 벗는 곳. 혈육의 얼굴에서 일렁이는 혐오와 탄식을 수없이 보아온 자들의 쉼터였다. 그러니 지금부터는 이런 곳의 일원으로 자격이 있어 보여야만 했다. 고분고분하다고 통할 곳이 아니었다.

하지하는 지체 없이 문을 열었다. 가장 먼저 보이는 건 넓은 등이었다. 소파에 누군가 앉아 있었지만 덩치의 등에 가려 발만 보였다.

덩치가 비스듬히 돌아서자 그제야 마른 체구가 드러났다. 짧은 머리에 펑퍼짐한 기모팬츠를 입은 그는 남자 같았다. 그러나 뽀얀 피부에 가느다란 목, 오밀조밀한 이목구비는 여자의 용모였다. 과거에 보았던 그의 모습들이 연쇄적으로 떠올랐다. 여자이면서도 남자였던.

"내 애인이라고?"

배수빈이자 배주호가 물었다. 그의 눈빛이 날카로우면서도 끈적 거렸다. 하지하는 시선을 피하지 않고 입을 열었다.

"대화는 둘이서만 했으면 하는데."

배주호의 한쪽 입꼬리가 슬쩍 올라갔다.

"김 실장, 들었지?"

김 실장이라 불린 덩치가 하지하에게 다가와 대뜸 턱을 움켜쥐었다.

"이게 뭔 줄 알고?"

김 실장이 잡아먹을 듯 노려봤다.

"분위기 깨지 말고 나가라니까."

김 실장이 하지하의 턱을 밀치듯 신경질적으로 놓았다. 하지하는 갑작스레 얼굴이 돌아가는 바람에 순간적으로 현기증을 느꼈다.

김 실장이 방을 빠져나가며 거칠게 문을 닫았다.

"서 있지 말고 앉아."

배주호가 소파 옆자리를 두드렸다. 하지하는 맞은편으로 가 앉았다.

배주호가 테이블 위에서 로얄 살루트를 집어 들어 스트레이트 잔에 따랐다. 그는 위스키가 가득 담긴 잔을 하지하 앞으로 밀었다.

"의뢰할 일이 있어."

배주호가 고개를 갸웃거렸다.

"부탁이 아니고?"

하지하는 잔을 집었다. 약물이 들었을지 모르지만 단숨에 비웠다. 배주호는 하지하가 비운 잔을 가져가 다시 채우더니 이번에는 자기 가 마셨다.

"원래 이 시간에는 안 마시는데……."

배주호는 하지하를 부담스러울 정도로 빤히 바라봤다.

"낯이 익다 했더니, 너 율미 치마구나."

"지금은 아냐."

"그래? 그럼 나와는 연결고리가 없는데?"

"그래서 말했잖아. 의뢰라고."

"놀고 있네."

배주호가 코웃음을 치더니 제 잔에 다시 위스키를 채웠다.

하지하는 망설여졌다. 이자를 단순히 레즈비언 정도로만 여겨도 되는 걸까. 얽혀서 좋을 게 없다는 건 분명하지만 지금 필요한 건 이런 사람이기도 했다.

"뒷조사 좀 해줘."

헛기침일까. 배주호가 콜록거렸다. 개의치 않고 또 다시 위스키를 들이켰다.

"내가 왜?"

"얼마면 돼?"

"여기가 무슨 흥신소니?"

하지하는 배주호 앞에 있던 잔을 집어 그에게 내밀었다. 배주호가 피식거리며 위스키를 따랐다. 하지하는 잔을 만지작거리다 나직이 말했다.

"율미가 죽었어."

배주호의 표정이 금세 굳었다.

"정확히는 살해된 거지만."

하지하는 그의 표정을 놓치지 않았다. 배주호와 율미는 각별한 사이였던 걸로 기억했다. 두 사람은 레즈비언 중에서도 바지라고 불리는 부치에 속하는 부류였다. 그래서인지 성향이 퍽 비슷했다.

열 살이라는 나이 차가 있었는데, 배주호는 율미를 당돌한 사촌동생 정도로 대하는 느낌이었다. 그러니 율미가 살해됐다는 소식은 그로서도 충격일 것이다.

"그래서? 걔가 칼을 맞았든 한강에 투신했든 나랑 무슨 상관이냐고."

"두 사람 가까웠잖아."

배주호는 예상보다 이렇다 할 반응이 없었다.

"뭔가 착각하고 있나 본데……."

배주호는 테이블에 팔꿈치를 대고 손깍지를 꼈다. 그 위로 턱을 걸치며 하지하의 눈을 뚫어질 듯 바라봤다.

"내가 관심이 있던 건 율미가 아니라 너야."

상황에도 맞지 않고 의미도 알 수 없는 말에 하지하는 머리가 멍해졌다.

"좀 당혹스럽긴 하네. 율미가 저세상 사람이라니."

눈앞이 캄캄해지는 기분이었다. 배주호의 도움을 받을 길이 막힌 것만 같았다. 절망감이 엄습했다.

"그 일로 날 찾아왔다면…… 너도 어떤 식으로든 얽혀 있겠네."

그사이 배주호의 목소리는 퍽 가라앉아 있었다.

"너도 위험한 상황이야?"

"그걸 지금부터 당신이 알아봐줘야지."

"흠……."

배주호는 허공을 응시하더니 고개를 과격하게 젖혔다.

"율미를 죽인 사람이 누군지 알고 있다는 거고."

하지하가 고개를 느릿하게 끄덕였다.

“그 새끼 뒷조사가 아니라 네 목숨 걱정하는 게 우선 아냐?”

“그건 내가 알아서 해.”

“그럼 그렇게 해.”

“뭐?”

“상대가 살인자라면서. 나대지 말고 그냥 숨어 살아.”

“겁쟁이 새끼.”

하지하의 입에서 욕이 튀어나오자 배주호의 낯빛이 변했다.

“너 따위에게 기대려 했단 게 쪽팔려.”

“계속해봐.”

“넌 그냥 변태성욕자, 그 이상도 그 이하도 아냐.”

태연해 보였으나 그가 감정을 누르고 있는 게 느껴졌다. 그는 다시 기침을 하더니 잠시 호흡을 고르고 입을 열었다.

“율미랑 닮았다. 너, 불나방 같은 구석이 있어. 그거 알아? 사람 좀 찾아 달라, 뒷조사 좀 해달라 하던 애들이 나중에 어떻게 말을 바꾸는지 말야.”

“……”

“둘 중 하나야. 없던 일로 해줘. 아니면 죽여줘. 너 같은 타입은 주로 후자고.”

“못 할 것도 없어.”

“그래서 이 일로 내가 얻을 수 있는 건?”

배주호가 정색을 하고는 물었다.

“당장은 2천이 전부야. 하지만 일 끝나면…….”

“돈 말고.”

돈이 필요 없다면? 하지하는 마른침을 삼키며 그를 봤다.

그는 팔짱을 낀 채 삐딱한 시선으로 그녀를 바라보고 있었다. 여자의 골격을 하고 있었지만 눈빛만은 노골적이었다.

"너로 하자."

"뭐?"

"내 여자가 되라고."

"제정신이야? 난 남편이 있어."

"변태성욕자가 그런 것까지 신경 써야 하나?"

두 사람 사이에 침묵이 흘렀다. 하지하는 배주호의 시선이 조금 전부터 그녀의 시선을 비켜가 있는 걸 알았다. 언제부턴가 하지하 뒤편의 창밖으로 눈이 내리고 있었다. 배주호는 눈 내리는 풍경을 보고 있던 거다.

제법 바람이 부는지 눈은 사선으로 내렸다. 배주호는 눈송이들이 창문에 닿자마자 녹는 모습을 보며 입을 열었다.

"어떤 것들은 절대 원래대로 되돌릴 수 없어."

"……."

"너도 마찬가지겠지. 이전 삶으로는 두 번 다시 돌아갈 수 없을 거야. 율미도 그런 선택을 했을 테고."

"난 율미랑은 달라."

배주호가 테이블 위에 있던 담뱃갑에서 담배를 빼어 물고 불을 붙였다.

"레즈비언으로 늙는다는 게 어떤 건지 생각해본 적 있어?"

이제 겨우 사십대 중반 정도. 그런 걸 고민할 나이로 보이진 않았으나 그의 표정은 무거웠다.

"추함과 추함이 겹쳐지는 거야. 더 외로워지는 거지. 그런데 너 같은 애가 곁에 있으면 조금은 위안이 될 것도 같단 말이야."

"그럴 생각 없어, 난."

"상황은 언제든 바뀌니까 서두르지 마. 알아봐야 할 놈이 누구
야?"

배주호가 눈을 가늘게 뜨고 물었다.

"최홍신. 과천에 있는 참마음정신병원 원장."

"정신병원 원장?"

배주호가 다소 놀란 듯한 표정으로 되물었다.

***

하지하는 이태원 내 호텔로 숙소를 잡았다. 배주호와 인접해 있
으면서 논현동 집과도 멀지 않았다.

샤워를 마치고 베이글과 커피로 요기를 한 뒤 침대에 걸터앉았
다. 매트리스 위에 두 개의 핸드폰과 전기충격기가 놓여 있었다. 폴
더폰과 전기충격기는 배주호에게 받은 것이었다.

하지하는 먼저 제 핸드폰을 켜 윤슬의 번호를 검색했다. 번호를
확인하고 이번엔 폴더폰으로 전화를 걸었다. 신호음이 한참 울리도
록 연결되지 않던 통화는 막 종료 버튼을 누르려던 순간 이뤄졌다.

"여보세요?"

"나야."

윤슬은 한동안 말이 없었다. 모르는 번호로 온 전화에서 들린 익
숙한 목소리, 목소리의 주인을 파악하려는 중일 것이다.

"지하."

"언니? 진짜 언니야?"

"지금 혼자 있어?"

"그래…… 혼자야. 혹시 동우 오빠랑 통화 안 돼서 나한테 전화한 거야?"

"아냐, 그런 거."

윤슬의 목소리를 듣자 하지하는 울컥했다. 윤슬의 목소리가 불러온 일상의 기억 때문이었다. 아몬드의 사료를 주었는지, 저녁은 먹었는지, 오늘 하루는 어땠는지에 대해 주고받던 대화들.

"너랑 만나서 할 얘기가 있어. 중요한 얘기야."

"지금 당장?"

"지금 당장."

"알았어. 어디야?"

하지하는 먼저 당부할 게 있었다.

"그리고 지금 통화한 건 절대 비밀이야."

통화를 마친 하지하는 윤슬에게 호텔의 주소를 문자로 남겼다.

윤슬이 도착할 시간이었다. 선글라스를 끼고 라운지로 이동하기 위해 룸을 나섰다.

복도를 걸어 엘리베이터로 가는데 웬 남자가 어느 방 앞에서 노크를 하고 있었다. 하지하는 남자가 낯이 익다는 느낌을 받았다.

막 엘리베이터 앞에 이르렀을 때였다. 그녀의 기척을 느꼈는지 사내가 돌아봤다. 하지하는 모른 척 버튼을 눌렀다.

사내의 발소리가 가까워졌다. 하지하의 심장박동이 공연히 빨라

226

지기 시작했다. 상단에 표시된 층수 표시가 바뀌는 걸 지켜보며 마른침을 삼켰다.

2층, 3층, 4층…….

5층, 하지하는 엘리베이터에 타자마자 닫힘 버튼을 눌렀다. 그러나 닫혀가던 엘리베이터 문틈으로 사내의 보트화가 비집고 들어왔다.

"같이 좀 타겠습니다."

푸근한 인상의 중년 남자는 외모만 보면 평범해 보였다. 하지하가 먼저 라운지가 있는 11층을 눌렀다. 사내는 아무 버튼도 누르지 않았다.

하지하는 슬며시 오른손을 코트 주머니 안에 집어넣었다. 주머니 안에서 전기충격기의 단단한 질감이 느껴졌다.

"이 호텔 뱅쇼가 괜찮다더군요."

사내가 자연스레 하지하를 돌아보며 말했다. 사내의 저음이 그와 관련된 기억을 불러일으켰다. 그때 그 형사!

남편과 공동저서 작업을 했던 그 프로파일러랑 닮았다. 아니, 그자가 맞았다. 형사 특유의 굼뜨면서도 예리한 눈빛이 인상에 남았다. 이 사람이 왜 여기 나타난 걸까? 우연이면 다행이겠지만 그럴 가능성은 거의 없었다.

하지하는 조금 전 노크를 하고 다니던 행동을 떠올렸다. 그는 누군가를 찾는 중이고, 그건 아마도 자신일 것이다. 그렇다면 뱅쇼 운운하며 말을 건 건 자연스레 얼굴을 살피기 위해서일 거고. 선글라스를 쓰고 있다지만 얼굴을 못 알아볼 정도의 커버라기에는 부족했다.

이제 8층.

"기회가 되면 마셔봐야겠네요."

하지하는 짧은 고민 끝에 대꾸했다.

"혼자신가요?"

"아뇨, 일행이 있어요."

11층에 도착한 엘리베이터의 문이 열렸다.

모퉁이를 돌자 ㄷ자 형태로 긴 바가 배치된 라운지 바가 보였다. 조도가 낮게 조절되어 있는지 한낮인데도 어둑했다. 먼저 와 있는 윤슬이 알아보고 이름이라도 불러대면 낭패인데.

일단은 화장실로 들어가 생각을 정리해야 할 것 같았다. 막 여자 화장실을 찾았을 때 동시에 시야에 잡힌 인물이 있었다. 바의 의자에 앉아 있는 익숙한 여자는 윤슬이었다. 하지하는 얼른 고개를 돌렸다. 그러나 조금 전 자신이 본 것에서 뭔가 놓친 게 있다는 걸 깨달았다. 윤슬 쪽으로 고개를 돌렸다. 그러다 그녀의 옆자리에 앉은 자를 보고 경악했다.

최 원장이 왜!

윤슬이 테이블에 올려둔 핸드폰을 집어 든 것과 하지하의 핸드폰이 울린 것은 거의 동시였다. 곧장 통화종료를 눌렀으나 눈치 없는 전화가 곧바로 다시 걸려왔다. 하지하는 벨 소리를 죽인 뒤 화장실에 몸을 숨기고서야 전화를 받았다.

"언니 어디야? 난 도착했는데."

윤슬의 투정 어린 목소리가 들렸다. 하지하는 소곤거리듯 말했다.

"미안. 가는 길이야. 십 분 정도 더 걸릴 것 같아."

"얼른 와. 보고 싶단 말야."

"그래, 서두를게."

하지하는 전화를 끊고 세면대로 다가가 선글라스를 벗었다. 눈가가 자르르 떨리고 있었다.

강 형사는 어떻게 알고 이곳에 나타난 걸까? 최 원장이야 윤슬과 함께 왔다지만 강 형사를 이곳으로 불러들인 게 무언지는 알 수 없었다.

설마 윤슬이?

이곳에 그녀가 있는 사실을 아는 이라고는 윤슬뿐이었다. 분명한 건 최 원장과 강 형사 둘 다 그녀를 찾고 있다는 사실이었다.

이 추측은 보다 끔찍한 가정을 세우게 했다. 최 원장이 삼척 갈남의 사건현장을 그녀가 범인인 것으로 조작해뒀다면? 실족사 사건을 아침뉴스에 내보낸 것도 범인을 안심시키기 위한 형사들의 전략일지 몰랐다. 이대로는 윤슬을 통해 남편의 상황을 알아보려던 시도 또한 할 수 없었다. 윤슬이 최 원장에게 속고 있든 한통속이든 간에 더는 신뢰할 수 없으니까. 지금으로서는 최 원장, 아니 세 사람에게 들키지 않고 이곳을 빠져나가는 게 급선무였다.

그때 화장실 문이 안으로 밀려 들어왔다. 하지하는 선글라스를 다시 쓰고 세면대 거울을 들여다보았다. 거울에 검정색 롱코트 차림의 여자가 비쳤다. 여자는 하지하 곁으로 다가와 손을 씻고는 핸드백에서 파우치를 꺼냈다.

하지하의 오른손이 코트 주머니로 들어갔다. 전기충격기를 움켜쥔 채 여자를 살폈다. 거울을 들여다보던 여자는 파우치에서 립글로스를 꺼내 입술화장을 고치기 시작했다.

미안해요.

하지하는 전기충격기를 여자의 목덜미에 가져다 댔다. 여자는 비명조차 지르지 못하고 그대로 쓰러졌다. 하지하는 무너지는 몸을 부축해 바닥에 눕혔다. 그런 뒤 코트를 벗겨 바꿔 입고 화장실 문을 열었다.

윤슬은 최 원장과 대화 중이었고, 강우진은 반대편에 홀로 앉아 있었다. 화장실을 나섰다. 세 사람은 그녀를 발견하지 못했지만 여자 바텐더 한 명이 다가오고 있었다. 바텐더가 쓰러져 있는 여자를 발견하기까지는 얼마 걸리지 않을 것이다. 하지하는 엘리베이터를 향해 뛰었다.

5층에 도착하자마자 룸으로 달렸다. 룸에 도착하자마자 가방을 챙겼고 이번에는 엘리베이터가 아닌 비상계단으로 향했다. 로비를 벗어나기 전까지는 안심할 수 없었다.

숨 돌릴 틈 없이 계단을 달려 로비에 이른 하지하는 곧장 출입문을 향해 달렸다. 달리며 스쳐 본 엘리베이터는 5층에서 하강 중이었다.

출입문을 나선 하지하는 곧장 대로변의 인파에 섞여들었고, 눈앞에 보이는 지하철역으로 파고들어 막 도착한 전철에 몸을 실었다. 문이 닫히자마자 다리에 힘이 풀렸다. 전철 안은 만원이었다. 빈자리 하나가 보였지만 임산부 전용좌석이었다. 실망하던 그녀는 뒤늦게 자신이 그 자리에 앉을 자격이 있다는 걸 깨달았다. 분홍색 좌석에 앉은 그녀의 손이 본능적으로 배 위로 얹어졌다.

많은 사람들 속에 섞이자 가장 먼저 떠오른 건 평범한 임산부의 일상이었다. 여느 일상이 이어졌더라면 어땠을까. 지금쯤이면 산부인과에 가서 태아 상태를 검사하고 있지는 않을까. 초음파 사진을 보며 생명의 경이로움을 만끽하고 있지 않았을까. 생각이 뱃속의 아기에 이르자 하지하는 자신이 처한 현실이 너무도 가혹하게 여겨졌다. 가방에서 대포폰을 꺼냈다.

"무슨 일이야?"

전화를 받은 배주호가 대뜸 물었다. 하지하의 호흡이 거친 탓이었다.

"별일 아냐. 그보단 부탁할 일이 더 있어."

"벌써 죽여?"

"뒷조사 해줘야 할 사람이 더 있어."

"요구가 점점 많아지네."

"채윤슬. 이 애에 대해 좀 알아야겠어."

하지하가 숨을 고른 뒤 말을 이었다.

"시간이 없어. 당장 움직여줘."

강우진은 오늘 아침 정율미 사망 소식을 들은 이후 하지하의 휴대전화 위치를 추적해왔다. 내내 꺼져 있던 휴대전화가 짧게나마 켜진 장소가 바로 이 호텔이었다.

급한 대로 룸을 일일이 탐문하던 그는 하지하와 닮아 보이는 여자를 보고 따라붙었다. 목적지가 라운지 바였다. 일행이 더 있다면 하지하인지 확인하는 것은 물론 더 많은 정보를 얻을 수 있을 것이었다.

일단 한쪽에 자리를 잡고 앉았는데 느닷없이 화장실에서 비명이 터져 나왔다. 달려가 보니 바닥에 쓰러진 여자와 놀라 자지러진 바텐더가 보였다. 아마도 외투를 갈아입으려 쓰러트린 모양이었다.

자신의 미행을 눈치채고 달아난 거라면 그녀는 하지하일 가능성이 높았다. 최소한 유괴 상태는 아니라는 게 드러났다. 대신 정율미의 사망과 연관되었을 가능성도 높아졌다. 그는 서둘러 엘리베이터로 향했다.

때 이른 재회

이틀 뒤 현재

백동우는 휴대전화를 찾는다며 안방으로 건너간 조자인을 초조한 심정으로 기다렸다.

이 여자를 믿는 건 아니었지만, 사진이 있다는 말을 무시할 순 없었다. 목이 타고 입술이 바짝 말랐다. 조자인이 내놓은 홍삼차로 목을 축였다.

잔을 내려놓을 때 휴대전화가 울렸다. 모르는 번호였다. 막 전화를 받으려는데 갑자기 현기증이 일었다. 지진이 난 것처럼 머리가 흔들렸다. 금세 온몸이 납덩이를 단 것처럼 무거워졌다. 증세가 비슷했다. 집에서 우유를 마시고 났을 때. 눈앞의 홍삼차가 수상했다.

설마 이 여자가…….

백동우는 의식을 잃지 않기 위해 억지로 몸을 일으켰다. 그때 그의 뒤통수로 뭔가 날아들었다. 불에 데인 것처럼 뜨거운 통증이 일었다. 저항조차 못 하고 그대로 쓰러졌다.

가물거리는 시야에 조자인이 가로로 보였다. 의식을 잃지는 않았지만 몸이 움직이지 않았다.

"왜 그랬어?"

조자인이 골프채를 지팡이 삼아 짚고 서서 물었다.

몸을 일으키려 하자 이번에는 옆구리로 골프채 헤드가 날아들었다.

"우리 대한이한테 왜 그랬어!"

흐려지는 의식 속에서 둔해 보이던 지대한의 얼굴이 떠올랐다. 그런데 그건 지대한의 얼굴이 아니었다.

행복했다. 행복하다는 말은 불행한 순간보다는 행복한 때가 많다는 의미였다. 열 살 때는 그랬다. 인생의 저울은 행복하다 쪽으로 기울어 있었다.

단란한 중산층의 가정, 가장으로서 역할을 충실히 해내고 있는 아버지와 피아노교습소를 운영하는 어머니. 가난은 겪을 일이 없었고, 자잘한 가정불화는 일상이 위협받지 않는 수위였다. 최소한 그날 전까지는.

해가 바뀌는 사이 나는 키가 2센티미터 더 자랐고 대상을 보는 시선도 보다 깊어졌다. 형도 키는 더 자랐다. 하지만 여전히 미숙했다. 막 초등학교에 입학하는 아이 같았다.

내 부모의 관심은 온통 발달장애가 있는 형에게 쏠려 있었다. 피아노는 부모의 도움 없이도 나만의 세계를 구축하는 유일한 행위였다. 재밌었고 재능도 있었다.

처음으로 체르니 40번을 완벽하게 쳤을 때, 비슷한 시기에 피아노를 시작했던 또래들 대부분은 여전히 체르니 10번 언저리에 머물러 있었다. 그때 느꼈다. 난 평생 피아노를 치겠구나.

남들이 못하는 걸 해냈다는 성취감, 남들이 접하지 못한 세계에 들어서기 시작했다는 희열. 그 두 개의 열매는 초콜릿보다도 달콤했다.

지금도 잊을 수 없다. 형 앞에서 체르니 40번을 선보이던 순간을. 연주를 끝내고 옆에 있던 형을 돌아봤을 때 형은 나를 보고 있지 않았다. 그의 시선은 피아노 건반에, 더 정확히는 아직까지 건반 위에 올려진 내 손가락을 향했다.

형은 말없이 다가와 피아노 의자에 바짝 붙어 앉았다. 그리고 눈으로 보고도 믿을 수 없는 일이 일어났다. 형은 내가 이 년에 걸쳐 익힌 곡을 단 한 번 보는 것만으로 연주해냈다.

건반에 익숙하지 않아 속도가 느린 연주였지만 그런 건 문제가 아니었다. 경악했고 허탈했다. 형은 내가 그간 쌓아온 세계를 삽시간에 정복했다.

발달장애 그리고 서번트증후군. 피아노라면 한 번만 연주를 듣고도 고스란히 따라 칠 수 있는 천재, 그게 내 형이었다. 그런 형은 불가사의한 존재였다. 여전히 일곱 살 애 같은 사람이 피아노 앞에만 앉으면 피아니스트로 돌변했다. 나로서는 이제 막 꾸기 시작한 꿈을 형은 이미 달성한 사람처럼 보였다. 내 도움 없이는 양치질조차 제대로 못 하는 주제에.

머잖아 부모는 형의 탁월한 재능을 알게 됐다. 형에 대한 부모의 관심도 방향이 바뀌었다. 이제 그들은 형의 열등함이 아닌 우월함에 집중했다. 나는 형의 페이스메이커로 추락했다. 물론 페이스메이커는 내가 아니라 엄마가 해줄 수도 있는 일이었다. 그러나 나는 형의 들러리를 자청했다.

절반은 진심이었다. 엄마가 형에게 개인교습하는 걸 지켜보는 것보다 그게 덜 괴로웠으니까. 나는 부모를 대신해 형을 돌봐야 하는 희생적이고도 숭고한 동생에서, 형이 사라져버리길 바라는 비열하고 하찮은 마귀로 전락했다.

내가 먼저 연주를 선보이면 형은 순식간에 자기 곡으로 만들었다. 내색하지 않았지만 그때마다 허탈감에, 패배감에 할퀴어지는 것 같았다.

내가 틀린 음까지 알아서 교정해 연주를 마친 형이 나를 돌아보고 또 다른 곡을 치라고 졸랐다. 그럴 때면 정말 어디론가 사라지기를 간절히 바랐다.

그날의 사건은 우연찮게 시작됐다.

학교에서 돌아왔을 때 엄마는 주방에서 요리를 하느라 바빴다. 피아노 소리가 흐르고 있었고 도마 위의 칼질 소리가 박자라도 맞추듯 섞여 들었다.

내가 방에 들어선 줄도 모르고 형은 연주에만 열중했다.

나는 슬며시 피아노로 다가갔다. 형의 손가락들이 건반 위를 유려하게 미끄러져 다니고 있었다. 길고도 마디 구분이 선명한 손가락들. 나는 내 손과 영락없이 판박이인 형의 손을 꽉 움켜쥐었다.

"이게 아니라니까. 이렇게, 이렇게 계란을 쥐듯이 손틀을 잡아야 한다고."

나는 형의 손가락을 붙든 손에 힘을 주며 말했다.

"그냥 칠래요."

이제 형에게 지적해줄 수 있는 건 자세와 운지법 말고는 없었다.

"동우랑 동수, 밥 먹을 준비해라."

피아노 소리 사이로 엄마의 목소리가 들렸다. 나는 기다렸다는 듯 형이 연주 중이던 피아노의 건반 뚜껑을 닫았다. 그러자 형은 울먹이는 얼굴이 되어 나를 올려다봤다.

"동우야. 엄마가 쇼팽 악보 사뒀으니까 이따 형한테 들려줘."

엄마가 내게 내준 숙제였다. 나는 대답 대신 고개만 끄덕였다.

엄마는 설거지를 마치자마자 서둘러 출근했다. 집에 남은 건 나와 형뿐이었다. 타지 출장 중인 아빠는 하루 더 있다 돌아올 예정이었다.

서둘러 공부방으로 돌아왔을 때 피아노는 형이 선점하고 있었다. 한 대 더 있었으나 그건 전자피아노였다. 나는 어떻게 해야 피아노를 곧바로 빼앗는지 잘 알았다.

"이거 들려줄게."

엄마에게 받은 악보를 들어 보이며 말했다.

"술래잡기해서 형이 이기면 들려줄게."

어디다 가둬놓고 한 시간, 아니 삼십 분만이라도 형 없이, 피아노와 놀고 싶었다.

"네네."

그러나 형은 대답과는 달리 고민하는 표정이었다.

"왜?"

형이 왼손 주먹을 내 가슴팍 앞으로 내밀었다. 주먹은 새끼손가락만 펴진 상태였다.

손가락을 걸어주자 형은 후다닥 방에서 뛰쳐나갔다.

형의 발소리만 듣고도 그가 어디에 있는지 알 수 있었다.

형은 계단을 내려가는 중이었고 잠시 후 현관문이 열리는 소리가 났다.

창가로 머리를 내밀고 형이 어디에 숨는지를 살폈다. 형은 마당의 정원수 뒤에 숨었다가 만족스럽지 않은지 다른 장소를 찾아 움직이고 있었다. 형이 향하는 방향을 시선으로 앞지르자 아빠의 흰색 승용차가 보였다. 지방 출장을 가면서 두고 간 차였다.

아빠는 차를 마당에 주차해둘 때면 문을 잠가두지 않았다. 우리 형제가 종종 차에 올라타 운전놀이를 하기 때문이었다.

형은 숨을 장소로 평소와는 달리 운전석이 아닌 트렁크를 골랐다. 뚱뚱한 몸으로 트렁크에 오르느라 낑낑대던 그는 어렵사리 원하는 장소에 숨을 수 있었다. 형으로서는 완벽한 은폐인 셈이었다. 내가 창문 너머로 동선을 훔쳐보지만 않았다면.

형이 숨은 곳을 파악해두고 나는 느긋하게 피아노 앞에 앉았다. 두어 곡쯤은 마음껏 치다 찾으러 갈 생각이었다.

형을 떨쳐내고 쟁취한 피아노는 탐스러워 보였다. 나는 악보대에 엄마가 준 쇼팽의 악보를 펴고 연주를 시작했다. 기존 악보에는 없던 곡이었다. 얼른 보기에도 어려워 보였는데 막상 쳐보니 예상보다 더 난곡이었다.

나는 막히는 부분이 익숙해질 때까지 계속해 반복하느라 시간의 흐름에 둔해졌다. 적막한 집 안에 내가 치는 피아노 소리만이 가득

찼다. 간간이 창문으로 넘어온 새 지저귀는 소리가 듣기 좋았다. 오후의 햇살이 건반 일부에 걸쳐 드리웠기에 그 부분의 건반에서는 햇볕의 따스함이 느껴졌다. 그때까지만 해도 모든 게 완벽한 오후였다.

시간이 얼마나 흘러버린 걸까. 건반에 드리운 햇빛이 붉은빛으로 바뀌었을 때야 나는 형을 떠올렸다.

설마 아직도 트렁크 안에 있는 건 아니겠지?

창가로 다가가 내다봤다. 심장이 덜컥 내려앉았다. 분명 열려 있던 트렁크가 닫혀 있었다. 저 좁고 밀폐된 곳에 몇 시간씩 갇혀 있으면 어떻게 될지 몰랐다.

숨어있는 게 지겨워진 형이 트렁크에서 나와 소파에서 만화를 보다 잠이 드는 모습을 상상했다. 그게 아니면 냉장고에서 어제 먹다 남은 케이크를 꺼내 먹고 있을 거라고 생각하며 공부방을 나섰다.

종종 걸음으로 계단을 내려가던 나는 거실에 형의 흔적이 없는 걸 알고 달리기 시작했다.

"야, 백동수!"

마당을 나서자마자 외쳤다. 그러나 돌아오는 그 어떤 대답도 없었다. 트렁크 뒤에 서자 몸이 걷잡을 수 없이 떨렸다.

"형……."

번호판 위의 홈으로 손을 집어넣었다. 손에 잡힌 버튼을 힘주어 쥐자 덜컹 소리와 함께 트렁크가 열렸다. 불타듯 붉은 노을이 트렁크 안으로 쏟아졌다. 그 안에 붉은 형이 웅크리고 있었다. 형은 움직임이 없었다. 손이 피로 뒤덮여 있었다.

왼손으로 형의 얼굴을 건드려보았다. 얼음처럼 차가웠다.

나도 모르게 뒷걸음질 쳤다. 형의 모습이 보이지 않을 때까지 차에서 멀어졌다. 그렇게 하면 조금 전 본 풍경이 거짓이 되기라도 한다는 듯.

집으로 들어가 무선 전화기를 찾아들고 전화기 옆에 붙은 엄마의 직장 번호를 눌렀다. 두서없는 내 말에 사태의 심각성을 인지한 엄마는 바로 전화를 끊었다. 이제 곧 엄마가 올 거라는 사실이 위안이 되기보다는 두려웠다.

나는 어쩔 줄 모르고 방바닥에 웅크리고 앉은 채 손끝을 물어뜯었다. 계속해서 트렁크 안의 형이 어른거렸다. 형의 죽음이 나와는 무관하다는 생각과 전적으로 내 탓이란 생각 사이에서 괴로웠다. 한 가지 확실한 건 엄마가 오기 전에 어느 쪽이든 결정해야 한다는 것이었다.

손끝에서 피가 배어 나오도록, 현기증이 날 정도로 치열하게 갈등했다. 그러다 정신을 차렸을 땐 다시 트렁크 뒤였다. 그사이 노을은 옅어져 있었고 옅어진 붉은빛만큼 어둠이 대신 채워졌다. 그 안에 내가 본 최초의 죽음이 들어 있었다.

미안해. 형.

나는 왼손으로 트렁크를 닫았다.

부옇게 흐린 시야에 자신의 왼손이 보였다.

형이 미친 듯 차 트렁크를 두드렸을 때, 그도 미친 듯이 피아노 건반을 두드렸다. 그 피아노 소리가 형의 절박했을 마지막 소리를 지운 셈이다. 그제야 왼손의 경련을 알 것 같았다. 5개월 전 사고, 차

안에 있던 형 또래의 남자아이가 어떤 무의식을 자극했는지.

"영혼이 없는 연주라고? 어떻게 우리 애한테 그런 말을 할 수 있어!"

조자인의 목소리가 웅웅 울려서 들렸다.

"왜 그랬어! 왜!"

백동우는 부인할 수 없었다. 부당한 평가였다. 그 아이에게 잔인한 짓을 했다.

당시에 지대한에 대한 대중의 평가는 갈렸다. 장애로 동정표를 얻는다는 평가와 장애를 뛰어넘는 경탄스러운 연주란 평가가 공존했다.

뒤늦게 안 사실이지만 제작진은 지대한을 마케팅에 적극적으로 활용했다. 문제는 지대한을 결승 무대에 올리기 위해 억울한 탈락자를 만들어야 한다는 것이었다.

그보다 더 큰 문제가 있었다.

탈락한 참가자가 사실을 알아내 소송을 제기하겠다고 한 것이다. 어차피 몇 회 남지 않은 방송, 제작진은 구태여 지대한을 안고 가는 위험을 포기하기로 했다.

지대한을 탈락시키고 패자부활전을 통해 억울하게 탈락한 참가자를 다시 올리는 식으로 계획을 수정하면서 소송은 철회되었다.

남은 건 출연진 중 누가 악역을 맡을 것인가 하는 문제였다. 그 악역은 백동우에게 주어졌다. 갑작스런 상황을 납득할 수 없던 백동우는 담당작가와 피디를 닦달한 끝에 저간의 사정을 알게 됐다.

이기적인 생각도 있었다. 지대한을 보면 어릴 적 형의 모습이 어른거렸다. 그런 지대한이 준결승에 오른다면 심사위원인 그는 향후

일 년간 그 아이의 멘토가 되어주어야 했다. 아이를 볼 때마다 남몰래 식은땀을 흘리던 그로서는 결코 쉽지 않을 일이었다.

결국 백동우는 작가가 대본에 써준 심사평을 읽어나갔다.

"지대한 군은 연주 실력만 놓고 본다면 이 무대에 경쟁자가 없을 정도로 뛰어납니다. 다만 이 자리는 피아니스트를 선발하는 자리입니다. 그러기 위해서는 테크닉만이 아닌 곡에 대한 자신만의 해석이 반드시 필요합니다. 그런데 안타깝게도 지대한 군의 연주에는 영혼이 담겨 있지 않습…… 니다."

백동우는 차마 대본을 끝까지 읽을 수 없었다. 다른 심사위원이 적당한 위안의 말을 써가며 그의 심사평을 정리했다.

그는 힘겹게 무릎을 꿇었다.

인정했다. 어떤 이유에서건 조자인 모자에게는 상처를 주고 말았으니까.

그래도 의혹이 남았다. 어쨌든 그 어린 참가자가 8강까지 오르지 않았는가. 이미 그것만으로도 대단한 일이었다. 그런데 왜 이렇게까지…….

"영혼이 없는 건 너야. 넌 피아노를 칠 자격이 없어."

조자인이 골프채의 헤드로 백동우의 손등을 꾹 눌렀다.

손등을 찌르는 듯한 통증에 오른손이 반사적으로 골프채를 움켜쥐었다. 당황한 조자인이 채를 빼내려다가 균형을 잃고 뒤로 넘어졌다. 조자인은 쓰러진 채 골프채의 손잡이 부분으로 백동우의 옆구리를 찍어댔다.

백동우는 몸을 던져 조자인의 양 팔을 제압했다.

"누구야! 당신을 조종하는 사람이."

"죽여버릴 거야. 너도 가족을 잃은 고통 속에서 평생 살게……."

조자인은 말을 끝맺지 못했다. 그녀의 몸이 격렬하게 경련을 일으키기 시작했다. 발작이었다. 급기야 다문 입술 사이로 거품이 흘러나오기 시작했다.

백동우는 기도확보를 위해 팔로 조자인의 목을 받치고 손가락을 입안에 집어넣어 말려든 혀가 기도를 막지 않도록 조치했다. 서서히 경련이 잦아들면서 경직됐던 혀가 이완되는 게 느껴졌다. 호흡이 안정적으로 돌아왔지만 여전히 의식이 없었다.

백동우는 일어나 비틀거리며 주방으로 가 수돗물을 들이켰다. 바지춤에서 핸드폰이 울렸다.

아까 그 번호였다.

"지금 바로 이태원 클럽 h로 가세요."

통화종료 버튼을 누르려던 백동우는 상대의 목소리에서 기시감을 느꼈다. 다시 핸드폰을 귓가에 가져다 댔다.

"당신이 찾던 사람을 찾을 수 있을 겁니다."

그자였다!

"너, 너 맞지?"

"제 마지막 호의입니다. 좋은 선물이 되길."

상대는 제 할 말만 하고 전화를 끊었다. 짧은 통화만으로도 알 수 있었다. 놈이었다.

***

손발이 케이블 타이에 묶여 있었다. 의자에 이중으로 결박된 상태였다.

납치를 당하면서 정신을 잃었는데, 깨어나 보니 여기였다. 깨어나서 가장 먼저 본 사람은 자신을 납치한 자였다.

이자는 사주를 받았을 것이다. 그가 누군가와 통화를 하던 기억이 떠올랐다. 그리고 지금 그 당사자가 정체를 드러내고 있었다.

윤슬은 막 사무실에 들어선 자가 남자인지 여자인지 헷갈렸다. 짧은 머리와 옷매무새로 보아 얼핏 보면 사내 같았다. 호리호리한 몸이었지만 표정과 걸음걸이가 거칠었다.

처음 보는 사람이었다. 그러나 이 낯선 자 뒤로 나타난 사람은 너무나 잘 아는 사람이었다. 그래서 경악했다.

"언니!"

하지하는 윤슬을 보고도 반가운 기색이 없었다.

윤슬은 하지하 얼굴에 난 길쭉한 상처를 본 순간 이틀 전 일을 떠올렸다. 하지하와 약속 장소였던 호텔 라운지에 들렀을 때였다. 먼저 도착해 그녀를 기다리는데 한바탕 소란이 일었다. 화장실에서 실신한 여자가 발견된 것이다.

혹시 지하 언니가 그 일과도 관련이 있는 걸까.

고민에 잠긴 사이 하지하가 바짝 다가와 있었다. 다른 일행은 소파에 앉아 다리를 꼰 채 담배를 피웠다.

"이제 어쩔 거야?"

하지하는 여전히 윤슬만 응시했다.

"너랑 이렇게 마주할 줄은 몰랐네."

"언니, 이게 다 뭐야? 언니가 왜?"

윤슬은 하지하의 볼에 엉겨 붙은 길쭉한 피딱지를 보며 그녀가 잠적해 있는 동안 심상치 않은 일들이 있었을 거라 추측했다. 그러나 여전히 자신을 납치한 이유는 짐작조차 가지 않았다.

"최 원장 알지?"

윤슬은 그 질문을 고스란히 되돌려주고 싶었다. 지하 언니는 어떻게 최 원장을 알아?

"일단 이것 좀 풀어줘 봐."

"말해. 네가 어떻게 최 원장을 아는 거냐고?"

"그거야 동우 오빠 주치의니까…….."

"환자가 알지도 못하는 주치의도 있니?"

어떻게? 지하 언니가 무슨 수로 최 원장 그리고 최 원장과 내 관계를 알고 있는 걸까. 소파에 앉아 있는 수상한 여자와 김 실장이란 사람은 지하 언니와 무슨 관계고.

"언니, 뭔가 오해가 있는 것 같은데…….."

윤슬은 말을 이어갈 수 없었다. 배주호가 윤슬의 말을 자르고 끼어든 탓이었다. 그는 봉투를 하나 집어 들어 거기서 서류를 꺼내 읽었다.

"최홍신. 나이는 서른다섯. 초중고 그리고 대학까지 우수한 성적으로 졸업. 현재 참마음정신병원 원장. 여기까지는 특별할 게 없고 중요한 건 이 다음부터야."

배주호가 담배를 재떨이에 비벼 끄고 다시 읽어나갔다.

"어디 보자. 이 새끼 살인혐의가 있네. 무려 중학생 때 말야. 더 놀라운 건 피해자가 출소한 지 얼마 안 된 전과자 장익태란 거고."

장익태? 윤슬은 그 이름을 듣자마자 한때 세간을 떠들썩하게 했던 연쇄살인마를 단번에 떠올렸다.

"장익태가 죽던 날 그 새끼랑 최홍신의 동선이 겹쳐. 이게 우연일 까? 난 계획적인 살인이라고 봐. 그런데 결과적으로 무혐의 처분을 받았네? 하긴 고작 중학생이 자신과 아무런 관련도 없는 사람을 계 획적으로 살해했다고 보고 수사할 수 있는 경찰이 몇이나 됐겠어. 거기다 장익태는 혈혈단신에다 살인자였으니 딱히 그의 죽음에 딴 지를 거는 사람도 없었을 테고."

지금 나더러 저 말을 믿으라고?

윤슬은 여전히 최 원장이 살인자라고는 믿기지 않았다. 그 젠틀 하고 완벽한 사내가 살인을, 그것도 중학생 때 살인을 저지른 사람 이라고?

다만 지금에 와서 생각해보면 의아한 부분이 없진 않았다. 동우 오빠를 지금처럼 초조하게 날뛰도록 만든 장본인이 최 원장이었다. 최 원장은 동우 오빠가 과대망상 증세가 있다고 했다. 실제로 카네 기 공연 당시 그는 환청을 듣는 듯한 증상을 보이기도 했다.

최 원장의 말에 의하면 동우 오빠는 극심한 트라우마를 앓고 있 었다. 그러니 치료를 위해서는 다소 거친 방법이 필요할 수도 있다 고 했다. 윤슬은 그 트라우마의 원인이 5개월 전 교통사고일지도 모 른다고 생각했다. 일가족이 사망한 사고였으니 내색은 안 한다지만 그 충격은 이루 말할 수 없었을 것이다. 윤슬은 여전히 최 원장의 행동이 백동우를 치료하기 위한 것이라는 쪽에 무게를 뒀다.

"중학교 생활기록부에도 재밌는 게 적혀 있어. 성적은 올 수. 그 런데 품행평가가 흥미로워. 나쁜 행동과 그렇지 않은 행동을 구분 하는 데 어려움이 있다. 스스로를 사이코패스라고 말하고 다니는데 이는 친구들 사이에서 우월감을 과시하려는 경향으로 보인다."

하지하는 윤슬의 눈동자가 떨리는 걸 놓치지 않았다.

"그런데 말야, 사이코패스니 뭐니 떠들고 다닌 게 치기는 아니었나 봐. 이 자식 정신병원에서 진료받은 기록이 있더라고."

배주호가 서류를 흔들어 보이며 말했다.

하지하의 시선이 배주호를 돌아보았다가 윤슬에게로 돌아왔다.

"오해가 있다고 했지? 그럼 해명해봐."

"모…… 몰랐어. 진짜야."

"모르는 거 말고 네가 아는 걸 말해."

하지하가 나직이 윽박질렀다.

"최 원장을 처음 만난 건 카네기홀에서였어."

"카네기홀?"

뜻밖의 사실이었다. 설마 최 원장이 남편을 만나기 위해 뉴욕까지 갔었단 건가. 도대체 왜? 남편을 만나기 위해 미국까지 오간 것과 율미를 살해한 일 그리고 지금 하지하 자신을 쫓는 행위 사이에 어떤 관련이 있다는 건지 도무지 종잡을 수가 없었다.

"그 사람 말로는 동우 오빠의 왼손 문제가 정신적인 거라고 자기가 도움이 될 거라고 했어."

"그게 말이 된다고 생각해? 한국의 정신과 의사가, 그것도 동우 씨랑 알지도 못하는 의사가 치료를 해주겠다고 미국까지 따라갔다고?"

"그게……."

윤슬이 울먹이느라 잠시 말을 중단했다. 우물쭈물하던 그녀가 힘없이 말했다.

"오빠 팬이래."

"그래서 내 남편의 일거수일투족을 그 팬이란 작자에게 보고했다는 말이야?"

하지하가 냉랭한 눈빛으로 윤슬을 쏘아보았다.

윤슬은 되도록 자세한 이야기는 하고 싶지 않았다. 그러나 굵직한 사실만 말하다 보니 점점 곡해되는 것 같았다.

"카네기에서 최 원장이 오빠에게 무슨 말을 했는지는 나도 몰라. 확실한 건 그 뒤로 오빠가 불안해했어……. 그러게 애초에 언니랑 연락만 됐어도 이런 일은 없었잖아."

"그게 최 원장한테 동우 씨 사생활을 보고할 이유는 아니잖아."

윤슬이 하지하의 눈을 피했다. 아랫입술을 잘근잘근 깨물던 윤슬이 마침내 뭔가를 결심했다는 듯 입을 열었다.

"악보가 있었어."

"악보?"

"집으로 배송 온 것도 있었고 삼척에서 발견한 것도 있고……."

삼척이란 말에 하지하의 눈빛이 흔들렸다. 백동우가 율미의 사건 현장까지 찾아간 것이다. 남편이 자신을 찾아 동분서주했을 모습이 떠올랐다.

하지하가 또 다른 서류를 가져와 윤슬의 눈앞으로 내밀었다.

"네가 말한 악보란 게 이거야?"

하지하는 김 실장이 윤슬을 유괴한 직후 그녀의 집을 뒤졌다. 지금 손에 든 악보는 윤슬의 책상 위에 있던 것이었다. 윤슬이 직접 그린 듯 보였으나 순수 창작물은 아니었다.

책상 위에는 기존에 발표된 악보집들이 널브러져 있었다. 어떤 기준에 따른 것인지는 모르나 악보집 속의 악상기호들 중 일부가 붉은 펜으로 어지럽게 체크되어 있었다. 하지하는 그 악보들을 대조한 끝에 윤슬이 그리던 악보는 짜깁기 편곡 악보라고 결론을 내렸다.

"넌 동우 씨가 삼척에 갔을 때도 함께 따라갔을 거야. 이 악보를 숨긴 채 말이야."

윤슬에게는 하지하의 말이 들리지 않았다. 저게 왜 여기에 있는 걸까? 납치된 후로 가장 혼란스러운 순간이었다.

"그, 그게 왜……."

"그건 내가 묻고 싶은 말이야. 네 입으로 말했지. 동우 씨가 악보들을 발견한 뒤로 더 흥분했다고. 그런데 이게 왜 네 집에 있었던 거냐고?"

"설마 내 집을 뒤진 거야? 언니가 뭔데 남의 집을 맘대로 뒤져!"

격앙된 윤슬을 보고 김 실장이 나서려 했으나 배주호가 제지했다.

"잘 들어 채윤슬. 난 너와 자존심 싸움을 할 생각도 없고 네 개인적인 사생활을 캘 생각도 없어. 그러니 이 악보에 대해서만 솔직히 말해줘. 어쩌면 동우 씨가 위험한 상태인지도 몰라."

진심이었다. 지금껏 최 원장이 자신을 노린다고만 생각했지 남편이 대상이라는 생각은 해본 적이 없었다. 그러나 그자가 카네기홀에서 남편을 만난 게 사실이라면 더는 그의 목표가 그녀 자신이라고만 단정할 순 없었다.

"그 악보는……."

하지하는 뜸을 들이는 윤슬을 인내심을 갖고 기다렸다.

"내가 작곡 연습하던 거야."

윤슬은 거짓말을 하고 있었다. 하지하는 시선을 피하는 윤슬에게 말했다.

"일이 이 지경이 되고 보니까 나도 떳떳하지만은 않아. 마냥 네 탓을 하고 싶지는 않다는 말이야. 누구에게나 비밀은 있으니까."

하지하가 곁으로 다가왔다. 그러고는 책상 위로 손을 뻗었다. 그녀의 손에는 가위가 들려 있었다.

"지금 네 도움이 절실하게 필요해."

윤슬을 결박하고 있던 케이블타이가 잘려 나갔다. 손목을 만지작거리는 윤슬의 눈가가 촉촉해졌다.

"그게 실은 오빠 집으로 배송 온 악보를 흉내 낸 거야."

"그럼 첫 번째 악보는 네가 한 게 아니란 거잖아!"

"믿어줘. 진짜야."

"그럼 삼척에서 발견한 악보만 네가 남긴 거고?"

윤슬이 힘없이 고개를 끄덕였다.

"왜?"

하지하가 주저하는 윤슬의 어깨 위에 슬쩍 손을 얹었다. 윤슬이 참았던 눈물을 터트렸다.

"오빠가 언니를 찾지 못했으면 했어. 미안해 언니."

짧고 황당한 대답이었다. 하지하는 이 어이없는 대답에 수긍이 갔다. 윤슬의 감정은 오래전부터 짐작하고 있던 바였다. 이제 와 윤슬을 책망하고 싶지 않았다.

"최 원장한테 오빠 일을 보고한 건 회사지침이었어……."

한 번 입을 열기 시작한 윤슬은 거리낌이 없었다.

그간의 사정을 들은 하지하는 윤슬과 최 원장의 관계에 대해서는 일단락을 지었다고 생각했다. 새롭게 든 의문은 최 원장이 윤슬의 상사까지 이용해가며 남편을 감시한 이유였다. 점점 최 원장의 관심사가 자신이 아니라 남편이라는 생각이 짙어졌다.

"혹시 최근에 나와 관련된 거 말고라도 동우 씨에게 문제가 생긴 게 있니?"

"하나 있어."

윤슬이 제 왼손을 들어 보였다.

"왼손."

남편 왼손의 마비증상이라면 하지하도 대충은 알고 있었다. 내색은 안 했지만 남편이 그 문제로 꽤 고심하고 있다는 것도 알았다.

"카네기홀에서 갑자기 연주를 중단한 뒤로는 더 심각해. 그래서 나도 회사지침이 과하다 생각하면서도 따랐던 거고. 당장 오빠 치료가 시급해 보였으니까."

"연주를 중단했다고?"

"몰랐어?"

전혀 몰랐던 일이었다. 율미와 있는 내내 핸드폰을 꺼두기도 했고 남편 연주회를 신경 쓸 정신도 없었다. 연주회를 도중에 중단할 정도로 심각한 상태였다니.

"그런데 율미 언니 일은 어떻게 된 거야? 같이 있던 거 아니었어?"

"최 원장 짓이야."

"뭐?"

"이제 네가 어떤 인간을 만나고 있었는지 실감이 나니? 어제 호텔에서는 무슨 대화를 나눈 거야?"

"나는 그냥…….""

충격이 컸는지 윤슬은 불과 하루 전 대화가 잘 기억나지 않았다. 대체로 별 의미도 내용도 없기는 했다. 백동우에 대해 문자로 주고받던 것들을 보충 설명하기도 했고 그냥 취미 같은 걸 이야기하기도 했다. 물론 하지하와 만나기로 한 것도…… 설마!

"그런데 최 원장이 율미 언니를 죽인 걸 언니가 어떻게 알아?"

"내가 직접 봤으니까."

하지하는 윤슬의 놀란 얼굴을 보며 이제야 윤슬이 상황의 심각성을 제대로 인지하는 중이라고 판단했다. 그녀 역시 처음에는 최 원장의 실체를 보고도 믿지 못하지 않았던가. 그는 아름다운 목소리로 선원들의 마음을 홀린 뒤 잡아먹는 세이렌 같은 자였다.

"언니를 만난다니까 최 원장이 자기도 같이 가자고 했어. 동우 오빠 주치의라고만 알고 있었으니까 상관없겠다 싶었지."

윤슬은 기억을 떠올리느라 미간을 찌푸렸다.

"실은 주로 내가 말했어. 그 사람이 한 이야기라면 대부분 음악 얘기였고, 특이한 거라면 자기 어릴 때 이야기 정도. 맞다. 주로 자기 엄마 이야기를 했어. 자기가 피아노를 왜 좋아하게 됐는지. 그게 좋아하는 건지 싫어하는 건지 표현이 좀 헷갈리긴 했지만."

"엄마?"

"다른 가족 얘기는 안 하고 엄마 얘기만."

하지하가 배주호를 돌아보았다. 배주호가 앞서 살펴본 서류를 다시 뒤적거렸다.

"호적상으로는 엄마밖에 없어. 최홍신이 열여섯 살 때 이혼하고 그 뒤론 혼자서 키웠나 봐."

"엄마란 사람 집 주소는?"

"없어. 집 자체가 없으니까."

"뭐?"

"참마음정신과 폐쇄병동. 아들 병원에 있거든."

순간 사무실 내에 정적이 흘렀다. 하지하는 뭔가 알 듯 하면서도 못내 잡히지 않은 실마리에 집중했다. 지금 막 최홍신의 혈육, 유일한 혈육이 있는 장소를 알아냈다. 그러자 그녀로서는 해서는 안 될 생각이 떠올랐다.

"가능할까?"

하지하가 배주호를 보며 혼잣말처럼 물었다.

"뭘? 이번에는 노인네라도 납치하게?"

헛웃음을 짓던 배주호가 하지하의 진지한 표정에 서서히 웃음기를 거뒀다.

배주호의 맞은편에 앉은 김 실장이 배주호를 향해 슬쩍 고개를 저었다. 배주호는 손가락 사이에 긴 담배를 돌리며 잠시 고민에 빠졌다.

"이번 건 대가가 클 텐데."

"상관없어."

담담한 표정의 하지하와는 달리 윤슬은 제 입이 벌어진지도 모를 정도로 놀란 얼굴이었다. 도대체 왜 이렇게까지 하려는 걸까. 하지하의 동영상에 대해서도, 그 동영상을 최홍신이 갖고 있다는 사실도 모르는 윤슬로서는 이해할 수 없는 일이었다.

"윤슬이 네가 해줘야 할 일도 있어."

하지하는 윤슬의 손목을 잡아끌어 소파로 자리를 옮겼다. 네 사람은 마치 협상테이블에 둘러앉은 듯 마주앉았다. 하지하는 긴 숨을 내쉬고는 계획을 설명하기 시작했다.

***

"이봐요, 글쎄 안 되다니까."

바깥이 요란하다 싶더니 벌컥 문이 열렸다.

열린 문 너머로 가쁜 숨을 몰아쉬는 훤칠한 사내와 끝내 그를 저지하지 못한 마른 체형의 청년이 보였다.

"당신이 어떻게……."

아내를 본 백동우는 찢어진 머리에서 이는 통증조차 느끼기 힘들 정도로 놀랐다. 그토록 찾아 헤맨 아내가 이렇게 멀쩡하게 있다니.

너무나 당혹스러운 나머지 반가운 마음조차 들지 않았다. 오히려 서서히 엷어지는 당혹감을 대신하는 건 배신감이었다.

하지하와 함께 있는 윤슬도 보였다. 아내의 볼에서 전에는 없던 흉터가 보였으나 얼른 보기에 더 엉망인 쪽은 윤슬이었다.

막상 아내와 재회를 했음에도 막상 아무런 말도 할 수 없었다. 물어야 할 것들이 너무 많아서인지 눈앞의 상황이 납득되지 않아서인지 말들이 머릿속에서만 소용돌이쳤다.

"누구? 남편?"

배주호가 백동우와 하지하를 번갈아 보며 흥미진진하다는 투로 말했다.

"오빠."

윤슬 또한 반가움인지 놀람인지 알 수 없는 목소리로 외쳤다.

하지하가 다가와 다짜고짜 백동우의 손목을 잡아챘다. 복도로 나와 구석으로 갔다.

"얼굴이 안됐어."

백동우는 제 얼굴에 와 닿는 하지하의 손을 움켜쥐었다. 이해할 수 없는 상황이었다. 어떻게 아내가 멀쩡히, 그것도 윤슬과 함께 있는 걸까. 거기다 카네기의 사내는 어떻게 알고?

"설명하자면 길어. 설명하고 싶지도 않고."

백동우는 아내의 얼굴에 난 생채기와 푸석해진 피부를 알아채고도 걱정 어린 말이 나오지 않았다. 아무것도 모르는 사이 필라멘트가 끊겨버린 기분이었다. 다만 이해할 수 없는 상황 속에서도 한 가지 확실한 건 그토록 찾아 헤매던 아내가 지금 눈앞에 있다는 사실이었다.

결국 아내와의 재회는 이 모든 일의 시작과 같았던 의문의 사내로 인해 이뤄졌다. 시작도 끝도 시종 그자의 뜻대로 이뤄졌다. 그래서 여전히 찝찝하고 불안했다. 끝이라 생각한 지점이 끝이 아니라 되돌이표일지도 모른다는 두려움이었다.

그는 머릿속에 떠도는 무수한 말들 중 고르고 고른 한 문장을 꺼냈다.

"집에 가자."

하지하는 말없이 제 손을 붙든 남편의 손을 바라봤다.

무뚝뚝하지만 든든했던 남편, 그런 남편의 손이 걷잡을 수 없이 떨리고 있었다. 사실 남편은 섬세하고 여린 감정을 지닌 사람이었다. 그런 본모습을 보이기 싫어 냉철한 사람의 가면을 쓰고 사는 것뿐이란 걸 모르지 않았다. 이런 남편이 그 괴물을 감당하게 둘 수는 없었다.

"아직 해결해야 할 일이 남아있어."

간신히 들릴 듯한 아내의 목소리, 작지만 단호함이 느껴지는 어조였다. 지난 며칠간 아내의 잠적은 무언가를 해결하기 위해서였던 걸까? 아내의 입에서 해결이란 낱말이 흘러나올 때 가장 먼저 떠오른 건 별수 없이 그 동영상이었다. 그리고 정율미의 협박.

백동우는 정말 아내가 친구를 살해했을지도 모른다고 생각했다. 문제는 정율미가 죽었음에도 그녀에게 가해진 협박이 끝나지 않을 거란 사실이다. 정율미의 남편 또한 같은 동영상을 갖고 있었으니까. 하지만 그 문제라면 이미 그가 해결한 바였다.

"혹시……."

백동우는 막상 동영상에 대해 말하려니 입술이 떨어지지 않았다. 그래서 질문의 내용을 바꿨다.

"참마음정신병원이라고 알아?"

"그걸 당신이 어떻게……."

백동우는 아내의 반응에서 그동안 해결되지 않았던 의문 하나가 풀리는 걸 느꼈다.

"당신도 그 사람 환자였던 거야?"

"최홍신. 그 병원 원장이야."

이로써 백동우는 자신의 적이 누군지 알게 됐다. 만약 강우진이 암암리에 수사 중인 사건의 범인이 최홍신이 맞다면 그는 연쇄살인마였다.

최홍신과의 짧은 기억을 상기한 백동우는 아내가 해결해야 한다고 한 일이 곱슬머리가 아니라 최홍신과 관련됐을 수도 있다는 예감이 들었다.

"그 인간이 원하는 게 뭔데."

"당신과 나……."

하지하가 확신이 서지 않는 듯 말을 하다 말았다. 백동우는 초조한 심정으로 아내의 말을 기다렸다.

"우리 둘 중 한 사람 같아."

하지하는 그간의 일들 중 동영상과 관련한 몇 부분을 제외한 사실들을 털어놓기 시작했다.

백동우가 아내의 이야기 중 가장 충격적으로 들은 부분은 최홍신이 정율미를 살해했다는 내용이었다. 도대체 왜? 강우진의 말에 의하면 범인은 그의 연주회에 참석한 사람들 중 피해자를 골랐다. 하지만 정율미는 예외였다.

아내의 말을 다 믿을 순 없었다. 아직까지도 이 문제의 핵심인 동영상의 존재에 대해 감추고 있기 때문이었다. 그러나 백동우 역시 그 동영상에 대해서만은 차마 입이 떨어지지 않았다. 감당할 수 있을까? 우리 부부에게 그 정도 사실을 감당할 신뢰가 쌓여 있을까?

말하지 않는다고 있던 게 없던 일이 되는 것도, 알고 있는 사실이 지워지는 것도 아니었다. 그 동영상에 관해서라면 그도 아내도 내색하지 않을 뿐 피차 알고 있는 부분이었다. 그러나 입 밖으로는 낼 수가 없었다. 짧다면 짧고 길다면 긴 부부생활을 통해 알게 된 사실이 있다. 서로의 심중에 있더라도 입 밖으로 꺼낸 순간부터는 전혀 다른 문제가 된다는 사실을.

"그래서 이제 어떻게 하고 싶은데."

백동우가 기운 없는 목소리로 말했다.

"하루만 더 시간을 줘."

"그러니까 왜?"

그의 목소리가 다소 격앙됐다.

"당신 혼자서 뭘 어떻게 하겠다는 거냐고."

"그냥……."

하지하는 백동우의 시선을 회피했다.

"그냥 좀 쉬고 싶어. 마음 좀 정리하고 갈게."

생각이 아니라 마음을 정리한다고? 정리하려는 게 어지러운 생각이 아니라 마음이란 건가. 백동우는 아내의 단어 선택에 가슴이 차가운 파도에 쓸리는 기분이었다. 아내를 붙잡을 명분이 사라졌다.

"오늘 하루만이야. 대신 조건이 있어."

하지하가 차분히 그의 눈을 바라봤다.

"윤슬이랑 같이 있어."

"그건……."

"그게 싫으면 당장 나랑 같이 가고."

"알았어."

하지하가 별수 없다는 듯 대답했다.

"이제 저 사람들에 대해 말해봐. 누구야?"

"예전에 알던 사람들이야. 최 원장한테 쫓기는데 경찰이 율미 문제로 나부터 의심할 것 같아서 신고는 못하겠고 집으로 갈래도 그놈이 기다리고 있을 것 같아서. 그래서 숨겨달라고 부탁했어."

"믿을 만한 사람들 맞아?"

"최소한 나한테는."

백동우는 아내와 재회하며 들었던, 이제 다 끝났다는 생각에 자신이 없어졌다. 설사 그들 부부를 둘러싼 위협이 사라졌다 한들 연쇄살인의 행각이 끝났다는 보장은 없었다. 그가 연주를 재개하는 순간 또 다른 누군가가 살해당할지도 몰랐다.

그의 연주가 사람을 죽게 하는 걸 안 이상 가만히 있을 수는 없었다. 아내가 돌아왔으니 더는 혼자서 전전긍긍할 필요는 없어졌다. 이제 그가 아는 모든 걸 강우진에게 털어놓을 때였다.

"당신 핸드폰 하나 더 있지?"

그러자 하지하가 대포폰을 꺼내 백동우에게 전화를 걸었다. 아내의 번호를 저장한 백동우는 잠시 고민하던 끝에 아내를 안았다.

"다 이해한다고는 못 해. 그래도 당신과 나, 아직 남은 기회는 있다고 생각해."

백동우의 귓가에 있는 하지하의 입술이 뭔가를 말하려는 듯 벌어졌으나 결국 말없이 닫혔다.

4부

모비딕

　서울지방경찰청 휴게실. 강우진은 뿔테 안경을 쓴 오십대 사내와 마주 앉아 믹스커피를 마시고 있었다.

　"말년에 너 때문에 이 무슨 개고생이냐. 이러다 정년이나 제대로 할 수 있을지 모르겠다."

　"말년에 이렇게 찾아주는 후배가 있는 걸 감사해야죠."

　"내가 젤 부담스러운 후배가 너다. 생긴 거만 보면 네가 선배지."

　고순근 박사가 짓궂게 표정을 찡그리며 종이컵을 입에 가져갔다.

　"이렇게 불러내신 걸 보면 뭔가 소식이 있는 거죠?"

　"뭐 소식이랄 거 있나. 네가 지시한 거 보고하는 거지."

　"선배님도 참."

　강우진이 계면쩍다는 듯 옆통수를 긁었다.

　"마찬가지야. 강간 흔적은 없대."

　"예상대로네요."

강우진의 표정이 사뭇 진지해졌다. 고 박사의 말은 포틀랜드 한국인 유학생 피살자에 관한 것이었다. 이로써 강우진이 수사 중인 사건의 피해자들은 전부 이삼십대의 젊은 여성임에도 강간은 당하지 않은 것으로 드러났다.

보통 강간살인의 경우 강간을 하려다 살인까지 하게 됐다는 통념이 있지만 이는 실상과 다른 것이다. 오히려 살인을 하기 위해 강간을 하는 케이스가 많다. 대개는 피해자에게 모욕, 내지는 무력감을 주기 위한 과정으로 강간을 하는 것이다.

이로써 피해자들 사이에는 크게 세 가지의 공통점이 성립됐다. 피해자들은 모두 여성이다. 강간을 당하지는 않았다. 살해당하기 전에 피아니스트 백동우의 연주회를 다녀온 적이 있다.

포틀랜드 유학생의 피해자 사례는 앞서 세 가지 공통점에 추가할 새로운 특징을 보여주었다. 우선 범인은 놀라울 정도로 집요하며 계획적이다. 살인을 위해 미국까지 건너갈 정도로.

굳이 미국까지 가서 살인을 저지른 이유는 명확했다. 백동우의 연주회가 그곳에서 있었기 때문이다. 여기서 또 하나의 특징이 나타났다. 범인은 피아노 연주, 그중에서도 백동우의 연주에 광적으로 집착한다는 점이다. 그리고 단지 살인을 하기 위해 미국까지 오갈 정도로 경제적인 여유가 있는 사람이기도 하다.

"성도착증은 아닌 것 같고. 자살로 위장했다고 했지? 유서들이 발견됐다고 했던가?"

"네."

"달변가겠네. 협박에 능하고."

"그럴 겁니다."

죽음을 앞둔 상태에서 유서를 쓰게 한다? 강우진은 범인이 흔히 말하는 희망고문에 능한 자라 생각했다. 흔히 전쟁영화에서 나오는 총살 장면들을 보며 사람들은 생각한다. 총을 든 군인이 등 뒤에 있다지만 손발은 자유로운 포로들. 어차피 죽을 거라면 최후의 저항이라도 해볼 수 있지 않을까.

그러나 인간은 절대 권력 앞에서는 저항이 아닌 아량에 기대려는 심리가 더 강하다. 공포는 실체가 없음에 기인한 감정이다. 공포에 사로잡힌 인간은 본능적으로 그 공포를 자신이 이해할 수 있는 수준으로 낮추려고 한다. 이해하지 못하는, 상상할 수 없는 공포야말로 가장 두렵기 때문이다. 등 뒤의 총에 저항할 수 없는 것도 그런 이유다. 궁지에 몰린 쥐는 고양이를 물지만 인간은 생각이란 걸 한다. 칠흑 같은 어둠 속에서 어쩌면, 시키는 대로만 하면이란 한 줄기 희망을 쥐어짜내는 것이다.

이번 사건을 도착증과 관련된 것으로 볼 수도 있었다. 그 도착 대상이 피아노 연주인지 백동우인지, 아니면 젊은 여자들인지, 그것도 아니면 이 세 가지를 종합한 형태인지는 아직까지 확실치 않았다. 한 가지 확실한 건 범인은 자신의 행위에 과도한 의미부여를 하고 있다는 점이다. 정상적인 인간이 벌이는 짓이라고는 상상하기 어렵다. 사이코패스일 가능성이 높지만 무차별적 범행을 저지르는 사이코패스 범죄자들과는 차이가 있었다. 지능적인 사이코패스다.

사이코패스이면서 인간 심리에 능통한 자. 타인의 감정에 교감하지는 못하면서도 그 감정을 능숙하게 이용하는 존재. 사람의 영혼과 육체를 동시에 파괴하는 살인마. 생각만으로도 끔찍한 괴물이었다. 강우진의 머릿속에는 아직 만나보지 못한 세 명의 용의자가 어른거리고 있었다. 그 중 한 사람이 도드라지기 시작했다.

"공식 수사도 아닌데 이렇게까지 하는 건 역시 그 아이 때문인가."

고 박사가 한숨을 내쉬며 말했다. 강우진은 9년 전 소년원에서 만난 여학생이 떠올라 표정이 썼다.

그가 프로파일러가 되기로 한 건 범죄자를 잡아들이려는 목적보다 범죄를 예방하고 싶다는 생각 때문이었다. 원래대로면 범죄심리학자가 될 예정이었으나 공부를 하다 보니 보다 일선에서 일하고 싶다는 생각이 작동했다.

프로파일러는 놀라움과 절망감이 교차하는 직업이었다. 범인들의 잔악함에 경악하다가도 그들의 살아온 과정을 들여다보며 절망했다. 사회 전반적인 범죄율은 꾸준히 줄고 있었으나 이와 달리 극악범죄율은 늘어만 갔다. 범죄는 사회의 거울이기도 했다. 대개의 범죄자는 가정, 학교, 사회 순서의 단계를 거치는 동안 정주할 곳을 찾지 못해 발생했다. 강우진이 소년범들에 관심을 갖게 된 것도 그런 이유였다.

당시 강우진은 소년원의 교화교육에 지속적으로 참여해왔다. 이지애는 그러면서 알게 된 여고생이었다. 자기 세계에 갇혀 좀처럼 나오지 않던 아이였는데 일 년 가량 꾸준히 만난 끝에 조금씩 마음을 열기 시작했다. 이지애는 음악을 하고 싶어 했다. 그 중에서도 첼로에 매료되었다. 가난한 집 아이가 하필이면 음악을, 그것도 첼로를 배우고 싶어 하게 됐을까 하는 안타까운 마음이 들었으나 한편으로는 다행이다 싶었다. 뭔가를 배우고 싶다는 건 좋은 현상이니까.

강우진은 지인들 인맥을 뒤져 조금이나마 이지애를 도우려 했다.

이지애는 첼로는 포기했지만 음악은 포기하지 않았고 실용음악과로 진학했다. 강우진은 이지애가 버스킹을 한다며 초대장을 보내온 순간을 지금도 잊을 수 없었다.

"사실 내가 자네 비공식 수사를 지원하는 것도 그 아이 때문이야. 아무리 생각해도 그 애가 스스로 목숨을 끊었을 거란 생각은 들지 않거든."

강우진도 같은 생각이었다.

"아참. 이태원에 갔던 건 어떻게 됐나?"

강우진은 고 박사의 질문에 이틀 전 이태원의 호텔에 갔던 기억을 떠올렸다.

"백동우의 아내를 본 것 같아요."

"그 여자가 범인 같아?"

"가능성은 낮습니다."

"그렇겠지. 피해자들이 여자라고는 해도 작은 외상조차 없이 제압하긴 쉽지 않으니까. 아마 저항할 생각조차 못 할 정도의 상대였을 거야."

그렇다면 하지하는 왜 숨어 다니는 걸까. 백동우와 하지하와 연락이 닿지 않는다고 한 건 사실일 거다. 그게 아니라면 경찰인 그에게 통화 내역을 부탁하는 무리수를 던질 이유는 없었다.

"삼척 피해자가 변수일 수도 있습니다."

"백동우 아내의 친구?"

"네, 가정이긴 합니다만 범인이 살해하는 장면을 하지하에게 들켰을 수도 있어요."

"그럼 도망 다닐 게 아니라 신고하면 될 거 아냐?"

"그러게 말입니다."

강우진이 숨을 길게 내쉬었다.

"지금으로선 신고를 하지 않는 게 아니라 못 한다고 봐야겠죠. 어쨌든 삼척 건으로 인해 범인의 계획에 변수가 생긴 것만은 확실해 보입니다."

"치밀하고 계획적인 놈인데 계획에 차질이 생겼다?"

강우진이 빈 종이컵을 우그러트리며 고 박사의 말을 받아 이어받았다.

"이제부턴 둘 중 하나겠죠. 잠적하거나, 아니면 폭주하거나."

***

클럽을 나선 백동우는 그 길로 과천으로 향했다.

이대로 최홍신의 위협이 끝났다는 생각은 들지 않았다. 위협이 끝났다 하더라도 그가 연쇄살인마란 사실은 여전했다. 프로파일러인 강우진조차 증거를 찾지 못한 사건이었다. 그러니 공식수사로 전환도 이뤄지지 않은 상태다. 최홍신에게 가장 근접한 인물은 현재로선 자신이었다.

백동우의 세단이 막 한남대교를 건넜을 때 휴대전화가 울렸다. 강우진이었다.

전화를 받을지 말지 고민했다. 클럽을 나섰을 때만 해도 그에게 바로 연락을 할까 했다. 그러나 아내가 아직 말해주지 않은 뭔가가 걸렸다. 아내 역시 경찰을 떠올리지 못한 건 아닐 테니까. 어떤 말 못 할 사정이 그리할 수 없게 하고 있는 것이리라.

고민 끝에 백동우는 일단 강우진이 연락한 이유라도 듣기로 했다.

"지금 어디십니까?"

강우진은 걷는 중인지 달리는 중인지 목소리에 호흡이 과하게 섞여 있었다. 백동우는 무슨 일이 생겼음을 직감했다.

"무슨 일이죠?"

"혹시 사모님과는 연락이 됐습니까?"

백동우는 마른침을 삼키며 대답했다.

"아뇨."

차 문이 열렸다 닫히는 소리가 들린 뒤 강우진의 말이 이어졌다.

"좋은 소식은 아닙니다. 삼척 사건에 관한 거예요."

삼척이면 정율미에 관한 내용이었다.

"듣고 있습니다."

"이거 일이 좀 복잡하게 됐습니다. 실은 어제 피해자 남편이 부검에 동의를 했어요. 절대 안 할 것 같더니만 갑작스럽게 말입니다. 아무튼 오늘 부검결과 일부가 나왔는데 아무래도 자살이 아닌 것 같습니다. 폐에서 플랑크톤이 발견되지 않았어요."

다음 말은 들을 것도 없었다. 강우진은 정율미가 바다에 빠지기 전에 이미 사망했다는 말을 하고 있는 거다. 그리고 백동우는 이미 그 범인을 아는 바였다. 아내에게 들었으니까.

"그래서 단순실족사가 아니라 살인사건으로 전환이 됐습니다. 문제는……."

백동우는 저도 모르게 침을 꿀꺽 삼켰다. 불길한 예감이 엄습했다.

"정율미씨 남편이 용의자로 사모님을 지목했습니다."

보복이었다. 곱슬머리 그 인간이 앙심을 품은 게 분명했다. 돈을 뜯어낼 수 없다고 생각되자 이판사판으로 나서기로 한 거다.

범인이 아내가 아닌 건 자명한 사실이다. 그러나 그걸 해명하려면 결국 지하가 목격한 장면을 밝혀야만 한다. 문제는 증거가 없다는 점이다. 설령 천운으로 증거를 찾게 되더라도 수사 과정에서 아내가 그토록 감추고자 했던 동영상의 정체가 드러날 거다. 그렇게 된다면 아내의 남은 인생은 지옥뿐이었다.

"그래봐야 단순한 심증 아닙니까?"

강우진이 잠시 뜸을 들이다 말했다.

"모든 수사의 시작은 심증이죠."

백동우는 마음이 급해졌다. 어떻게든 최홍신을 만나야 했다. 놈의 계획을 알아내든 저지하든 그에게 주어진 시간은 또 다시 줄어들고 있었다.

내비게이션은 그를 더욱 깊은 숲속으로 안내했다. 내비게이션이 목적지 도착을 알리자 길가의 가로수들이 사라지고 시야가 탁 트였다. 천 평 남짓한 넓은 부지였다.

그 복판에 사오 층 정도로 보이는 직사각형 형태의 단순한 건물이 웅크리고 있었다. 외관상으로는 여느 병원들처럼 평범해 보였다.

백동우는 넓은 지상주차장에 차를 세우고 병원 출입문으로 다가갔다.

로비는 한산한 편이었다. 그의 이목을 끈 건 병원 로비 중앙에 놓인 그랜드피아노였다. 실내엔 잔잔하게 차이코프스키의 음악이 흘렀다.

접수대에는 두 명의 간호사가 있었다.

"처음 오셨나요?"

"최홍신 원장님을 만나러 왔습니다."

"원장님은 오늘 휴진이세요."

"안 나왔다고요?"

"네, 당분간 휴가시거든요."

"혹시 어디로 간다거나 하는 말은 없었습니까? 제가 꼭 좀 만나야 하는데요."

"정 급하시면 다른 선생님 진료를 잡아드릴게요."

"진료를 받으러 온 게 아닙니다."

사무적으로 백동우를 바라보던 간호사의 표정이 달라졌다.

"아, 혹시 백동우 선생님이세요?"

간호사의 태도에 백동우는 어리둥절했다.

"절 어떻게 아시죠?"

"조금 전에 원장님이 전화하셨거든요. 지금 오고 계신다고."

내가 오고 있는 걸 알고 있었다고?

"잠시만요."

간호사가 데스크에서 밀봉된 대봉투 하나와 팸플릿을 찾아 건넸다.

"죄송해요. 급하게 준비하다 보니 디자인이 좀 그렇죠? 원장님도 연주회 보러 오실 테니 인사는 그때 나누시면 될 거예요."

'피아니스트 백동우의 치유음악회'

팸플릿을 본 백동우는 어안이벙벙했다. 연주자가 알지도 못하는 음악회 일정이라니. 더군다나 장소는 지금 있는 참마음정신병원의 로비, 공연 시간은 불과 두 시간 뒤였다.

백동우는 간호사가 준 대봉투를 뜯었다.

악보였다. 집으로 배송 온 악보와 이어지는 것이었다.

설마…….

백동우는 코트 스타일의 점퍼 안주머니로 손을 집어넣었다. 점퍼에서 빠져나온 그의 손에는 삼척에서 발견했던 묵주가 들려 있었다. 묵주의 알들을 자세히 살펴보니 다른 알들과는 다른 알 하나가 있었다. 그 알만 유일하게 캡슐처럼 접합부가 있었다.

백동우는 묵주를 대리석 바닥에 내려놓고 워커의 뒷굽으로 힘껏 내리찍었다. 그러자 깨진 묵주알 파편 사이로 작은 칩 하나가 모습을 보였다.

빌어먹을.

지금껏 묵주를 범인과 관련한 단서라고만 생각했지 GPS일 거라고는 상상조차 하지 못했다. 묵주알을 지니고 있는 동안은 모든 동선을 간파당하고 있던 셈이었다. 그러자 그가 아내의 위치를 알려준 의도도 알 것 같았다.

이곳으로 불러들이기 위한 과정이었단 건가.

곧바로 새로운 의문이 따랐다. 굳이 왜 이런 번거로운 과정을 통한단 말인가.

백동우는 뒤따른 고민은 잠시 미루기로 했다. 어쨌든 그의 연주가 시작되면 누군가 또다시 살해될 것이다. 연주할 생각은 없지만 놈의 계획을 모르는 이상 안심할 수는 없었다. 뭔가 또 다른 협박

카드를 갖고 있을지 몰랐다.

　백동우는 최홍신이 가까운 곳에 있다고 직감했다. 연주가 열리는 이곳과 멀지 않은 곳에 있을 것이다.

　"혹시 최 원장님 집이 가깝습니까? 연주회 전에 만나기로 했는데 연락이 안 돼서요."

　"사택이라면 일이 키로 거리에 있긴 한데 계실지 모르겠네요. 그러실 게 아니라 다시 전화해보세요."

　"어차피 전해드릴 것도 있고 해서요. 위치가 어디죠?"

　잠깐 고민하던 간호사가 이내 눈웃음을 지어 보이며 말했다.

　"병원 뒤쪽으로 길이 하나 있어요. 가시다 보면 우측으로 수도원 하나가 보이는데 그 수도원 조금 못 가서 찾으실 수 있을 거예요."

　"고맙습니다."

　서둘러 병원을 빠져나왔다. 차에 올라타 주차장을 빠져나가며 윤슬에게 전화를 걸었다. 윤슬이 전화를 받지 않자 이번에는 아내의 대포폰 번호로 전화를 했다. 최홍신이 노릴 수 있는 카드로 가장 먼저 떠오르는 게 아내였기 때문이다.

　"나야."

　아내의 목소리에도 긴장은 풀리지 않았다.

　"당신 별일 없어?"

　"아무 일도 없어. 그러는 당신이야말로 무슨 일 있어? 목소리가 안 좋은데?"

　"윤슬이 바꿔봐."

　"윤슬이는 화장실 갔어."

　정말일까? 맘 같아선 사진이라도 찍어 보내라 하고 싶었지만 아내를 불신하는 것처럼 보이긴 꺼려졌다.

"윤슬이 오면 바로 전화 좀 달라고 해."

"알았어."

아내와의 통화를 마칠 때쯤 간호사가 말한 길이 보였다. 차 두 대가 겨우 나란히 설만큼 좁은 길이었다. 길은 산을 타고 이어지며 조금씩 가팔라졌다. 이 길의 끝이 다른 길로 연결되기는 어려워 보였다. 놈이 사택에 머물고 있다면 어떻게든 마주칠 수밖에 없다는 의미였다.

백동우는 생각보다 큰 규모의 사택을 보고 놀랐다. 주택 세 채 정도가 연결된 듯한, 일종의 타운하우스처럼 보이는 건물이었다. 출입문은 한 개가 아니었다. 규모에서도 짐작했듯 최홍신 혼자서 사용하는 건 아닌 것 같았다.

최홍신이 사용하는 집을 찾는 건 어렵지 않았다. 출입문 옆에 붙어있는 우편함 덕분이었다.

백동우는 문으로 가 인터폰을 눌렀다. 연거푸 눌러도 반응이 없었다. 그러는 사이 이십여 분이 소멸했다. 연주회까지 남은 시간은 이제 1시간 40여 분.

백동우는 현관문이 아닌 창문으로 다가갔다. 일반 아파트의 것과 같은 이중창문이었다. 그는 돌을 던져 창문을 부순 뒤 잠금고리를 젖혔다.

결벽증이 있어 보일 만큼 실내는 깔끔했다.

눈에 보이는 문들을 열고 다니다 복도 끝 방에서 걸음을 멈췄다.

안으로 발을 들였다.

먼저 눈에 뜨인 건 벽에 걸린 동판이었다. 자세히 보면 기하학적인 새김들이 있는 금속판. 골든레코드라 불리는 일종의 레코드판이었다.

골든레코드가 걸린 벽 맞은편에는 책장이 있었다. 제목만 보아도 어지러운 각종 심리학, 정신의학 관련 서적들이 즐비했다. 그리고 그 책들만큼 방대한 양의 음악 관련 서적들이 꽂혀 있었다.

그는 마호가니 특유의 붉은빛이 감도는 책상으로 다가갔다. 닥치는 대로 서랍들을 뒤져보았으나 단순한 사무용품들만 보였다. 그러는 중에도 시간은 줄고 있었고 알 수 없는 위협은 다가오는 중이었다.

백동우는 골든레코드 앞으로 다가갔다. 동판에 손을 대자 살짝 움직임이 느껴졌다. 그는 골든레코드를 이리저리 만지다 벽을 레코트 플레이어 삼아 시계방향으로 돌려보았다. 그러자 등 뒤에서 기계음이 들리기 시작했다. 책장이 양옆으로 밀려나가고 있었다. 기대와 달리 그 안에 있는 것 역시 책장일 뿐이었다.

백동우는 빠르게 책들을 훑어나갔다. 그러다 다른 책들과는 사뭇 다른 느낌의 책 한 권을 발견했다.

「Moby Dick」

책장에 있는 책들 중 유일한 소설책이었다. 백동우는 본능적으로 모비딕을 집어 들고 펼쳤다. 그러자 뭔가가 우수수 쏟아졌다. 쏟아진 종이쪼가리들 중 하나를 집어든 백동우의 손이 사시나무처럼 떨렸다. 젊은 여자들 사진이 글자들로 가득한 종이와 클립으로 끼워져 있었다.

사진 속 여자들 얼굴에는 하나같이 X표가 그려져 있었다. 백동우는 직감적으로 그 X표의 의미를 알았다. 그러자 사진 뒤에 달려 있는 문서의 정체도 어렵지 않게 알 수 있었다.

강우진의 추측이 맞았다. 지금 그가 보고 있는 건 자살로 위장된 연쇄살인의 피해자들, 그들의 살해당하기 직전 사진과 유서들이었다.

백동우는 무릎을 꿇고 앉아 흩어진 사진들을 겹치지 않게 넓게 펴기 시작했다. 그러다 특정 사진을 보고 얼어붙었다.

지하였다. 특이하게도 아내의 사진에는 △표시가 되어 있었다. 지하를 두고는 망설이고 있는 것으로 보였다. 그 이유를 어렵지 않게 알 것 같았다. 그건 다 그 자신 때문이었다. 최홍신에게 지하는 그에게 연주를 강제하기 위한 존재인 것이다.

그러나 이상했다. 이제 연주회까진 불과 한 시간밖에 남지 않았다. 아내는 클럽을 떠나 안전한 장소에 숨어 있었다. 레즈비언으로 보이는 여자는 차치하더라도 프로레슬러 같은 사내의 보호를 받고 있으니 최홍신도 어찌할 수 없을 것이다.

알 수 없는 불길한 예감이 뇌리를 스쳤다. 백동우는 그 불안의 실체를 떠올리기 위해 생각을 집중했다. 그러다 마침내 이유를 찾았다. 그 질문은 이미 이전에도 스스로에게 했던 바였다. 최홍신이 그에게 아내가 있는 장소를 알려주었을 때부터 들었던 의문.

놈은 어떻게 지하가 있는 곳을 알고 있던 걸까?

클럽 사무실에 있던 네 사람 중 아내와 윤슬을 배제하고 남은 건 두 사람뿐이었다. 그들이 밀고자였던 거다.

***

　하지하와 배주호는 김 실장이 모는 스타렉스를 타고 과천으로 가고 있었다. 애써 태연한 척하고 있었지만 하지하의 깍지 낀 손은 벌써부터 땀으로 축축했다.

　해낼 수 있을까.

　하지하의 계획은 스스로 생각하기에도 잔인했지만 어쩔 수 없었다. 최홍신의 병원에 잠입해 입원 중인 그의 모친을 빼돌릴 것이다. 그의 모친을 인질로 협상을 시도할 것이다. 혼자서는 불가능에 가까운 계획이었지만 이런 일에 능한 두 사람이 동행 중이었다.

　그럼에도 초조한 심정은 좀처럼 진정되질 않았다. 예민한 폭발물과 연결된 도화선을 바이올린 활로 켜는 심정이었다. 상대는 살인마였다. 조금만 삐끗해도 어떻게 될지 몰랐다.

　배주호가 생각에 잠긴 하지하의 어깨를 툭 건드렸다.

　"정말 괜찮겠어?"

　하지하는 대답하지 않았다. 말을 하게 되면 떨리는 목소리가 나올까 봐, 그러다 그만두겠다고 말하게 될까 봐. 그녀는 속으로 강하게 도리질을 쳤다. 어쩔 수 없다고.

　"이런 일, 우리야 익숙하지만 넌 아냐. 지금이라도 빠져도 돼."

　"아니. 내가 직접 해야 해."

　"딱히 말릴 생각은 아냐."

　배주호가 의미심장한 미소를 지어 보였다. 그는 하지하에게서 시선을 돌리다 문득 생각난 게 있다는 듯 물었다.

　"아 참, 전기충격기는 챙겼지?"

274

하지하가 고개를 끄덕였다.

"줘봐."

하지하는 왜, 하는 표정으로 배주호를 돌아봤다.

"어제 사용했다면서. 배터리 체크해야지. 순간적으로 고압전류를 쓰는 거라 방전이 빠르거든."

배주호가 대수롭지 않다는 듯 말했다. 가방에서 전기충격기를 찾아 배주호에게 건넸다.

파지직, 배주호가 시험 삼아 허공에서 전기충격기를 작동해봤다.

하지하는 강한 전류가 방출되면서 나는 소리에 움찔했다.

"이만하면 배터리는 충분하네."

하지하는 안심하고 창밖을 내다봤다. 그녀는 계속 계획을 시뮬레이션 했다. 그녀를 포함해 세 사람은 환자의 보호자 신분으로 위장할 것이다. 그녀와 김 실장이 팀을 이뤄 폐쇄병동에 잠입한 뒤 최홍신의 모친을 확보하고, 대기 중인 배주호는 소화전을 울려 병원 내에 소요를 일으킨다. 그 틈에 최홍신의 모친을 빼돌린다. 아무도 모르게 일을 처리할 시간은 없었다. 거칠지만 확실한 방법이 필요했다.

그녀의 가방 안에서 대포폰이 울리기 시작했다. 남편이었다. 하지하는 전화를 받지 않았다. 아니 받을 수 없었다. 더는 변명거리조차 없었다. 이제 조금만 더 참으면 된다. 오늘만 지나면 서로의 전화에 불안하지도 초조하지도 않는, 평범한 안부를 묻는 일상으로 돌아갈 수 있으리라.

남편의 전화에 생각이 어지럽게 얽히던 하지하는 그제야 뭔가 이상한 기운을 감지했다.

왜 한강을 끼고 달리는 거지?

그녀는 예상과 다른 창밖의 풍경에 의아했다. 이태원에서 출발한 차는 남하하기 시작했고 조금 전에 동작대교를 건넜다. 과천으로 가려면 다리를 건너고도 이수역 방면으로 계속 직진해야 맞았다.

스타렉스는 한강을 좌측에 둔 채 달리고 있었다. 직진해야 할 곳에서 좌회전을 한 것이다. 목적지가 과천인 이상 지금의 동선은 불필요하게 우회하는 경로였다.

그녀의 대포폰으로 메시지가 날아들었다. 남편이었다. 왜 윤슬의 전화가 없냐는 내용의 메시지를 예상했지만 아니었다. 메시지의 내용을 확인하는 그녀의 눈동자가 요동치기 시작했다.

'당장 거기서 나와. 그놈들 배신했어.'

하지하의 목덜미가 뻣뻣하게 굳어갔다. 그녀는 손을 가방 안에 넣고 전기충격기를 찾았다. 그러나 있을 리 없었다. 그녀가 찾는 호신용 도구라면 조금 전 배주호에게 넘겼으니까. 하지하는 제발 아니길, 남편의 추측이 틀린 것이길 바라며 배주호를 돌아봤다.

언제부터일까. 배주호는 그녀를 빤히 바라보고 있었다. 하지하의 시선은 자연스레 배주호의 손에 들린 전기충격기로 향했다.

"말했다시피 이번 건 대가가 커."

파지직, 이번에는 허공이 아닌 하지하의 옆구리에서 하얀 스파크가 튀었다.

하지하는 제대로 된 비명조차 지를 수 없었다. 배주호는 의식을 잃은 하지하의 몸을 자신에게 기대게 했다. 그는 하지하의 볼에 얹은 손바닥에서 정전기를 느끼며 말했다.

"취향이 같다고 다 친구가 되는 건 아니란다."

하지하를 향해 귓속말을 하듯 속삭인 배주호가 운전석을 향해 말했다.

"서두르자."

그의 말에 김 실장이 룸미러를 통해 뒤쪽을 살폈다.

"괜찮겠어? 그 의사 새끼 영 찝찝하던데."

"우리가 언제 사람 따져가며 일했어? 서두르기나 해."

별의별 작자들을 다 만나본 배주호조차 최홍신을 떠올리면 소름이 돋았다. 그의 뒷조사를 하며 든 인상은 인간이 아니라는 것이었다. 적으로 돌리기에는 부담스러운 인물이었다. 고객 정도가 적당했다.

윤슬은 백동우가 떠난 뒤 다시 의자에 결박됐다. 그나마 다행인 건 그녀를 감시하던 인간들이 조금 전에 모두 떠났다는 사실이었다.

그녀는 몸의 반동을 이용해 느릿하게나마 조금씩 책상으로 다가갔고 마침내 의자 뒤에 묶인 손으로 책상 서랍의 손잡이를 붙잡는데 성공했다.

힘겹게 서랍을 열었지만 커터는 없었다. 그나마 커터를 대신할 만한 거라고는 라이터뿐이었다. 그녀는 절박한 심정으로 라이터의 부싯돌바퀴를 돌려댔다.

힘겹게 라이터의 불을 켜는 데 성공한 윤슬은 양 손목을 최대한 벌리고 불의 심지를 케이블타이에 겨눴다. 손목 안쪽의 여린 살갗이 케이블타이와 함께 녹아내릴 것처럼 뜨거웠다.

케이블타이는 손목에 수포가 일기 시작했을 때 이르러서야 끊어졌다. 남은 결박을 풀어낸 그녀는 곧장 제 휴대전화가 있는 철제 캐비닛으로 향했다. 백동우에게 지금 상황을 알려야만 했다. 그러나 캐비닛은 굳게 잠겨 있었다.

캐비닛을 여는 건 능력 밖이라 판단한 윤슬은 곧장 사무실을 뛰쳐나갔다. 클럽을 벗어나 거리로 나선 그녀는 처음 마주친 젊은 커플에게 휴대전화를 빌렸다.

"오빠, 저예요. 윤슬이. 지하 언니가, 지하 언니가……."

"윤슬아, 잠깐. 일단 호흡부터 해."

진정시키긴 했지만 백동우의 목소리에서도 못내 초조함이 묻어났다.

"너 어디니?"

"지금 막 클럽에서 탈출했어요."

탈출?

백동우는 윤슬에게 더 들을 것도 없이 대강의 상황을 떠올릴 수 있었다. 그 배신자 새끼들한테 이미 당한 거다.

"미안한데 클럽 사무실에 다시 들어갈 수 있겠어?"

"네?"

윤슬은 당혹스러웠다. 어떻게 빠져나온 곳인데 다시 들어가라니. 그 인간들이 언제 다시 돌아올지도 모르는 상황이었다. 그녀가 머뭇거리는 사이 백동우의 질문이 이어졌다.

"그 사무실에 최홍신 관련한 서류들 있었지?"

"네, 그거라면 아직."

"거기서 최홍신 주소 좀 확인해줘. 사택 주소 말고 원래 살던 곳

주소가 있을 거야. 시간이 얼마 없어."

"최 원장 주소라면 없어요."

윤슬이 의기소침한 목소리로 말했다. 분명 배주호가 서류를 읽어 줬을 때 최홍신은 물론 그의 모친에 관한 주소도 없다고 했다.

"직접 본 거야?"

"아뇨. 그건 아니고 들었어요."

"누가 읽어줬는데?"

"읽기는 배주호라는 사람이……."

그제야 윤슬은 백동우가 의심하는 바가 뭔지 알 것 같았다.

"그놈들 지하를 배신한 것 같아. 분명 주소가 있을 거야. 부탁인데 당장 확인 좀 해줘."

"알겠어요."

윤슬은 클럽의 거대한 철제문이 악어의 아가리처럼 두려웠다. 하지만 하지하의 말처럼 일이 이 지경이 된 데는 자신의 잘못도 있었다. 이렇게라도 최책감을 덜 수 있다면 해야 했다. 윤슬은 조금 전에 탈출했던 장소로 달렸다.

각자의 싸움

의식이 서서히 돌아왔다. 눈을 떴지만 어둠 속이었다. 몸을 일으키려고 움직이니 쇳소리가 울렸다. 발목과 연결된 쇠사슬에서 난 소리였다. 걷잡을 수 없는 공포가 가슴을 때렸다.

실내의 조도가 한 단계 높아졌다. 주변의 윤곽이 희미하게나마 드러나기 시작했다.

'누구 없어요?'

하지하는 외치고 싶은 말을 간신히 속으로 삼켰다.

그때 또 다시 조도가 상향됐다. 이제 해거름 무렵의 어둑어둑한 정도의 밝기가 돼 주변을 보다 선명하게 볼 수 있었다. 먼지로 덮인 의자들, 뭔가로 채워진 포대들을 비롯해 잡동사니들이 쌓여 있었다. 창고 같았다.

밝기에 조금 더 익숙해지자 잡동사니들 너머까지 시야가 닿았다. 낡은 매트리스가 있었다. 그리고 거기 사람이 누워 있었다. 하지하는 터져 나오려는 비명을 간신히 삼켰다.

매트리스로 다가가는데 철컹, 매트리스를 2미터 쯤 앞두었을 때 발목에 채워진 쇠사슬이 팽팽해지며 차가운 소리를 냈다.

잠에 든 것처럼 누워 있는 여자였다. 얼핏 보기에도 노인으로 보였다. 노파는 창고와는 어울리지 않게 세미드레스를 입고 있었다. 하지하는 창고 안에 있는 사람이 노파와 자신뿐인 걸 다시 확인했다.

다시 노파를 향해 시선을 돌린 하지하는 눈이 커졌다. 노파의 머리맡에 있는 열쇠를 발견한 것이다.

"이봐요. 정신 좀 차려봐요."

하지하가 속삭이듯 노파를 향해 말했다. 그러자 노파가 슬쩍 몸을 꿈틀거렸다.

살아있다!

하지하는 다시 노파를 불렀다. 그러길 한참 마침내 노파가 눈을 떴다. 의식을 차린 그녀는 느린 몸놀림으로 상체를 일으켰다. 그런 뒤 주변을 둘러보더니 손등으로 눈을 비볐다.

하지하는 막상 그녀가 깨어나자 조심스러워졌다. 노파는 어디 한 곳도 묶인 데가 없었다. 정체를 모르는 이상 경계심을 늦출 수는 없었다.

"누구 없수?"

노파의 잠긴 목소리가 창고 안에서 웅웅 울렸다. 하지하는 두리번거리는 노파를 보며 일단은 그녀 또한 자신과 같은 피해자라 생각하기로 했다.

"저기요."

하지하의 목소리를 들은 노파가 고개를 돌렸다.

"간호사예요? 여기가 어디야?"

간호사? 황당한 대답이었다. 그러나 신경 쓸 바 아니었다. 지금 중요한 건 여기서 벗어나는 것뿐이었다.

"거기 침대 위에 열쇠 보이죠?"

그녀의 말에 노파가 손으로 침대 위를 더듬더니 열쇠를 쥐었다.

"그 열쇠 저한테 주세요. 제가 모시고 나갈게요."

노파가 하지하를 물끄러미 바라봤다.

어서 제발!

하지하의 절박한 속마음과 달리 노파의 행동은 한없이 굼떴다. 느리다 못해 방전된 인형처럼 행동이 멎었다. 노파의 입에서 뜻밖의 혼잣말이 흘러나왔다.

"여긴 우리 집인데……."

하지하는 귀를 의심했다.

노파는 침대에서 내려와 하지하 쪽으로 두어 걸음 다가왔다.

"댁은 누군데 우리 집에……."

노파는 또 다시 이곳이 제 집이라 말했다. 이상한 건 노파 스스로도 자기 집에 있는 사실을 의아하게 여기는 것 같다는 부분이었다.

"이름이 어떻게 되세요?"

"나요? 나는 강애순."

강애순? 하지하로서는 처음 들어보는 이름이었다.

"그러는 댁은 누군데…… 아, 혹시 우리 아들이랑 아는 사인가?"

등골을 타고 소름이 쫙 퍼졌다. 노파의 입에서 아들이란 말이 나온 순간 노파의 정체를 직감할 수 있었다.

저 여자가 최홍신의 엄마라고?

조도가 보다 높아졌다. 이제 노파의 얼굴에서 표정을 읽는 게 가능했다. 노파는 뭔가 깊은 생각에 잠긴 듯 보였다.

"홍신아! 홍신이 거기 있니?"

노파가 연신 아들의 이름을 부르며 계단 쪽으로 걸어갔다. 하지하는 노파의 입을 틀어막고 싶었다. 당장이라도 최홍신이 들어올 것 같아 오금이 당겼다.

그 사이 계단에 이른 노파는 계단을 오르기 시작했고 잠시 하지하의 시야에서 사라졌다. 이어 문에서 나는 듯한 철컹거리는 소리가 들리다 말았다. 잠시 후 다시 모습을 보인 노파는 실망한 기색이 역력했다.

문이 잠겨 있는 모양이었다. 그렇다면 노파 역시 이곳에 갇혀 있는 셈이었다.

"저한테 열쇠 주세요. 제가 열어볼게요."

노파가 열쇠를 들고 하지하에게 다가왔다.

"그러고 보니 아직 대답을 못 들었네요. 누군데 우리 집에 있는 거예요?"

노파가 걸음을 멈추며 말했다.

"지금 그게 중요해요? 이거 안 보이세요?"

"그러니까 하는 소리예요. 누군데 우리 집에서 이러고 있는 건지 참……."

노파의 의심이 커져가고 있었다. 하지하는 마음이 다급해져 갔다.

"설마 우리 홍신이가……."

노파의 목소리가 흔들렸다. 그녀는 갑자기 뭔가 떠오르기라도 한 듯 충격에 젖은 얼굴이었다. 노파는 놀란 나머지 손에서 열쇠를 떨어트렸다. 열쇠가 바닥에 부딪히며 하지하 쪽으로 튀었으나 그녀의 손에 닿기에는 멀었다.

"여기 있으면 안 돼요!"

노파는 혼잣말일지 자신에게 하는 말일지 모를 말을 중얼거리며 괴로워했다. 하지하는 어쩌면 노파가 아들의 정체에 대해, 제 아들이 벌이고 다니는 짓에 대해 알고 있는지도 모르겠다고 생각했다.

"그러니까 아들 살인자 만들기 싫으면 그 열쇠 좀 주라고요."

열쇠를 든 노파의 손이 덜덜덜 떨리고 있었다.

"우리 아들을 어떻게 알죠?"

"그거야……."

하지하로서도 딱히 설명할 길이 없었다.

"말하자면 길어요. 일단 열쇠부터 주세요."

하지하는 조금이라도 더 노파에게 접근하려다 발목을 잡아당기는 듯한 쇠사슬의 반발력에 쓰러졌다. 쇠사슬이 콘크리트 바닥에 쓸리는 소리가 기분 나쁘게 깔렸다.

노파가 뒷걸음을 쳤다.

"여기서 나가면 신고할 건가요?"

노파가 열쇠를 쥔 손을 가슴팍에 끌어안고 울먹거렸다.

"안 해요. 맹세할게요. 절대 안 해요."

그러자 노파는 손으로 귀를 막은 채 뒤돌아섰다. 하지하는 멀어지는 노파를 보며 소리쳤다.

"당신도 똑같아. 살인자 아들과 한통속이라고!"

달아나듯 계단 쪽으로 걷던 노파가 하지하의 절규에 멈춰 섰다.

한동안 제자리에 서있던 노파는 주위를 둘러보더니 우측 바닥에 시선을 고정했다. 노파의 시선을 따라가던 하지하의 시선이 각목을 발견했다. 뭔가 잘못됐음을 직감한 하지하가 주춤주춤 뒤로 물러났다.

각목을 든 채 다가오는 노파를 보며 뒷걸음치던 하지하는 곧 막다른 벽에 부딪혔다. 노파가 각목을 치켜들었다.

"미안해요. 그쪽도 자식이 있으면 이해할 거예요."

노파는 눈을 질끈 감고 각목을 휘둘렀다. 각목에 얻어맞은 하지하는 쇄골이 부러진 듯한 통증을 느꼈다.

"그만, 그만둬요……."

노파는 하지하의 어깨를 향해 다시 각목을 내리쳤다. 노파의 폭행은 하지하가 쓰러지고도 계속됐다. 하지하는 반격은 고사하고 몸을 만 채 버티는 수밖에 없었다.

노파의 폭행은 꿈틀대던 하지하가 더 이상 움직임을 보이지 않을 때까지 계속됐다. 그러다 갑자기 창고 안이 대낮처럼 밝아졌고 그제야 노파는 손에서 각목을 놓았다.

죽은 것 같던 하지하가 울컥 피를 토해냈다. 그녀는 악착같이 양 팔로 배를 감싸 안았다.

왜일까. 상황이 이렇게 되고 보니 더 뱃속의 아기가 소중하게 여겨지는 건. 그러나 하혈이 심한 상태였다. 간신히 의식의 끈을 잃지 않고 버티는 그녀의 귓가에 지금까지와는 다른 소리가 들려오기 시작했다. 구둣발 소리였다.

***

백동우가 모는 차가 다시 참마음정신병원에 도착해갈 때 지역번호로 시작되는 전화가 울렸다.

"저예요."

윤슬의 목소리였다.

"사무실 전화로 건 거예요."

"어떻게 됐어?"

"오빠 말이 맞았어요. 최 원장 집주소가 있어요. 그런데 주소가 두 곳이에요. 하나는 최 원장 어머니 집이었다가 최 원장 명의로 변경된 것 같고요."

"두 곳 다 불러봐."

"네. 그런데 설마 오빠 혼자 가려는 건 아니죠? 경찰에 신고부터 해요."

"어서 주소 부르라니까."

윤슬이 불러준 주소를 손바닥에 받아 적은 백동우는 표정이 어두웠다.

빌어먹을.

양천과 남양주. 두 주소지 간에 거리가 꽤 있었다. 슬슬 퇴근 시간대였다. 이제 연주회까지 남은 시간은 한 시간이 채 못 됐다. 상대적으로 가까운 양천까지 가기에도 아슬아슬했다. 다른 한 곳은 남양주. 두 곳을 모두 시간 안에 돌기란 불가능했다. 절박한 심정의 백동우는 한 사람을 떠올렸다. 일일이 상황을 설명하지 않고도 도움을 청할 수 있는 사람이라면 그뿐이었다.

"문자는 봤습니다만 이게 다 뭐죠?"

"지금 그 주소 중 어디랑 가깝습니까?"

강우진은 백동우가 보낸 문자를 흘깃거렸다. 하나는 양천구로 시작되는 주소였고, 다른 하나는 남양주였다. 삼척으로 가기 위해 양양고속도로를 타기 시작한 그로서는 남양주가 더 가까웠다.

"남양주가 더 가깝긴 한데, 무슨 일입니까?"

그의 말을 들은 백동우가 탄식일지 안도의 숨일지 모를 깊은 숨을 내쉬었다.

"그럼 남양주로 가주세요. 양천구는 제가 맡죠. 둘 중 한 곳에 최홍신이 있습니다."

최홍신? 강우진은 그 이름을 듣자마자 대강의 상황을 파악했다. 최홍신이라면 남은 용의자 세 사람 중 가장 유력한 인물이었다. 그보다 백동우가 먼저 그자의 정체를 알아낸 게 틀림없었다.

"제 아내가 잡혀있는 것 같은데 시간이 얼마 없어요."

강우진으로서는 황당한 소리였다. 분명 하지하는 자유롭게 활보하고 다녔다. 그런데 이제 와 갑자기 잡혀 있다니. 그 사이 또 무슨 일이 벌어졌단 말인가. 그로서는 반신반의할 수밖에 없는 상황이었으나 백동우의 목소리에서 절박함이 느껴졌다.

"얼마나 있죠?"

"길어야 한 시간."

"당장 이동하죠."

강우진이 가속페달을 꾹 밟으며 당부의 말을 남겼다.

막 병원 정문을 빠져나가려던 백동우는 급브레이크를 밟았다. 놈의 전화였다. 아마도 GPS 신호가 사라졌기 때문일 것이다.

"어디 보자. 이제 55분 남았네. 왼손은 좀 나아지셨나?"

"빌어먹을 새끼. 이럴 거면 정식으로 초청해도 됐잖아!"

"은퇴 어쩌고저쩌고 떠든 게 누군데. 그건 그렇고 내 허락도 없이 목줄을 풀었던데."

묵주를 두고 하는 소리일 것이다. 한시가 급했지만 지금은 맞장구를 쳐줘야했다.

"기껏 준비한 악보가 형편없던데?"

"왼손이 그 지경이 되더니 악보만 보고도 겁을 먹었나 봐. 그러게 형사 흉내 내고 다닐 시간에 피아노 연습 좀 하지."

"어차피 네가 내 연주를 듣는 일은 없을 거야."

"과연 그럴까?"

백동우는 최홍신의 다음 말을 예상하고 있었다. 그는 아내가 제 손아귀에 있음을 알려올 것이다. 그러니 꼼짝 말고 기다렸다 연주나 하라고. 그때였다. 통화 중이던 그의 폰으로 문자가 도착했다. 통화중인 최홍신이 보낸 것이었다.

"확인해봐."

문자에 첨부된 파일을 열어본 백동우의 목에 핏대가 섰다. 사진 속 아내는 미처 아내라 알아보기도 힘들 정도로 피를 뒤집어쓰고 있었다. 발목에는 개처럼 족쇄가 채워져 있었다.

"이 개새끼가!"

"숨은 붙어 있으니 염려 말고. 그건 그렇고 지금 어디야?"

위치를 파악하려고 전화를 건 것이다. 놈이 원하는 대답은 병원일 것이다.

"나 찾겠다고 바쁜 모양인데 그럴 필요 없어. 연주회 시작하면 직접 갈 테니까. 그러니 리허설이라도 하고 있으라고."

최홍신은 그 말을 끝으로 전화를 끊었다. 휴대전화를 움켜쥔 백동우의 손이 부르르 떨렸다. 백동우는 양손으로 머리를 내리치며 생각을 쥐어짰다.

강우진의 말에 의하면 최홍신의 연쇄살인에는 세 가지의 공통점이 있었다. 피해자가 모두 여자라는 점과 강간의 흔적은 없다는 사실. 그리고 그의 연주회에 참석했었다는 것까지가 두드러진 공통점이었다. 백동우는 이 세 가지 공통점에 하나를 더해봤다.

최소한 내 연주가 진행되는 동안에는 살인을 하지 않는다!

아무리 생각해도 서울로 몰려드는 퇴근행렬을 뚫고 시간 내에 양천구까지 가는 건 무리였다. 조금이라도 늦는다면 수상함을 느낀 최홍신이 한 발 앞서 일을 저지를지도 몰랐다. 당장 아내를 죽이지는 않더라도 경계심을 느끼고 장소를 바꿀 확률도 있었다.

백동우는 곧바로 강우진에게 연락했다.

"남양주까진 얼마나 남았습니까?"

"빠듯합니다."

"혹시 다른 경찰인력을 동원할 수는 없습니까?"

"그건 어렵습니다."

강우진의 사정도 무시할 수는 없었다. 지시도 없이 몰래 벌이는 수사라, 지원은커녕 그나마 암암리 진행하던 수사마저 제지당할 거다.

"계획을 수정해야겠습니다."

"왜요? 남양주가 아닙니까?"

백동우는 다시 한 번 네 번째 공통점, 살인은 연주가 끝난 뒤에 이뤄진다는 전제를 떠올렸다. 생각해보면 최홍신의 목적은 단순한 살인이 아니었다. 이유는 모르겠으나 메인요리 이전의 전채를 즐기듯 살인을 하기 전에 그의 연주를 즐겼다. 그리고 그 살인 전 의식에 대한 그의 집착은 무서울 정도였다.

"주소지는 같습니다. 대신 경위님이 양천구까지 맡아주셔야겠어요."

"뭐요? 그렇게는 안 됩니다. 시간이 없어요. 아시잖습니까?"

강 경위의 말대로 시간이 촉박했다. 그래서 더더욱 계획을 수정해야 했다. 그의 연주회는 대개 클래식연주회가 그렇듯 방송으로는 송출되지 않았다. 다시 말해 최홍신은 그의 연주회를 늘 직관해 왔다는 것이다. 뉴욕까지 직접 날아온 게 단적인 예였다.

"시간이라면 제가 최대한 벌어보겠습니다. 그러니 경위님도 서둘러 주세요."

"뭘 어떻게 하겠다는 겁니까?"

"피아노를 칠 겁니다."

"지금 제정신입니까? 이럴 때 피아노라뇨."

"간단히 설명하죠. 놈은 피아노 연주 이후에만 살인을 합니다. 그런 놈이 자기 병원에 제 연주회 일정을 잡아뒀어요. 이제 채 한 시간도 남지 않았습니다. 이게 무슨 뜻인지 아시겠습니까?"

생각에 빠진 듯 강우진의 대답이 잠시 동안 지연됐다.

"그러니까 그 연주회에서 최홍신을 붙들어두겠다는 말입니까?"

"맞습니다."

연주를 하면 그를 굳이 찾아가지 않고도 불러낼 수 있었다. 그리고 붙잡아둘 수 있을 거다. 그렇게 백동우 자신이 피아노연주로 최홍신을 상대하는 동안 강우진은 남양주에 이어 양천구까지 뒤져 지하를 구출하는 거다.

"지금으로서는 다른 수가 없겠네요."

백동우는 주먹이 하얘지도록 꽉 쥐었다. 약해져서는 안 된다. 당장이라도 아내를 향해 달려가고 싶은 마음이 굴뚝같았으나 참아야 했다. 초조하더라도 지금으로서는 자신의 판단을 믿어야만 했다. 최홍신이 기존의 살인패턴을 바꾸지 않기를 기도하는 수밖에 없었다.

윤슬의 손에 들린 서류는 앞서 배주호가 읽던 것이었다. 두 곳의 주소가 적혀 있었고 그 위로 가위표가 그어져 있었다.

백동우의 목소리는 무척 다급해 보였다. 그에게 뭔가 엄청난 일이 벌어지고 있는 것 같았다. 그리고 윤슬 또한 기분 나쁜 긴장감에 목이 졸리는 중이었다.

서류를 팽개치고 사무실을 나서기 위해 문으로 다가갔다. 빨리 이 끔찍한 장소를 벗어나고 싶었다. 그러나 열려 있는 문을 통해 들리는 발소리는 순식간에 그녀를 얼어붙게 했다. 아직 클럽은 오픈하지 않은 시간이었다. 윤슬의 눈에 김 실장이 사용하던 재떨이가 보였다. 사기로 된 큼직한 재떨이였다.

윤슬은 아쉬운 대로 재떨이를 집어 들고 문과 접한 벽에 등을 붙였다. 마른침을 삼키고 발소리에 맞춰 속으로 수를 세었다.

하나, 둘, 셋, 넷, 다섯…….

발소리는 숫자가 열이 되기 직전에 멈췄다. 마지막으로 소리가 들린 건 윤슬이 등지고 있는 벽, 바로 그 너머였다.

과연 이걸로 사람을 내리칠 수 있을까. 맘 같아서는 그저 바짓가랑이라도 붙잡고 사정하는 쪽을 택하고 싶었다. 그녀의 인생은 늘 사정하는 쪽이었고 이길 수 없으면 회피하는 쪽이었다. 그러다 보니 이제는 차라리 그 편이 편했다. 물론 그럴 때마다 가랑비에 옷 젖듯 패배감에 젖어갔지만 말이다.

퍽!

윤슬은 안으로 배주호가 걸음을 내딛자마자 머리를 향해 재떨이를 내리쳤다.

"이 새끼가."

배주호는 본능적으로 고개를 틀어 피했다. 재떨이는 그의 머리가 아닌 쇄골을 강타한 뒤 대리석 바닥에 떨어져 산산조각이 났다.

몸을 웅크렸던 배주호가 고개를 들었다. 일그러진 얼굴이 끔찍했다.

윤슬은 재떨이가 깨지면서 흩어진 파편들 중 가장 큰 걸 집어 들었다. 힘을 주자 날카로운 파편이 손바닥을 찌르고 들었다. 그녀는 사기 조각으로 배주호의 어깨를 찍었다.

"아악! 이 미친년이⋯⋯."

쓰러져 뒹구는 배주호를 보며 윤슬은 사무실을 빠져나왔다.

***

의식을 잃기 직전이던 하지하는 면전에서 사진을 찍는 소리에 겨우 정신을 붙들었다.

흐릿한 시야 속으로 핸드폰이 보였고, 그 너머로 미소 짓는 악마가 보였다.

이어 들리는 악마의 속삭임. 하지하는 보지 않고도 악마의 통화 상대가 누군지 알 수 있었다. 남편일 것이다.

최 원장의 통화가 끝났다. 하지하는 이대로 죽는 게 낫겠다는 생각이 들었다.

"엄마가 이런 거예요?"

"홍신아, 그게……."

"말 안 하셔도 알아요. 다 저를 위해 그러신 거."

최홍신의 말에 노파가 소리 내 울기 시작했다. 하지하는 두 사람의 대화를 들으며 경멸했다. 아들의 살인 행각을 덮어주기 위한 모성애라도 된다는 건가. 무고하게 희생된 사람들 생각은 하지도 않는 건가.

하지하는 역겨움을 느끼는 가운데도 최홍신이 원하는 게 무엇일지 고민했다. 정확히는 남편에게 원하는 게 무엇인지. 조금 전 통화에서 들었던 은퇴와 왼손, 피아노 연습 따위의 낱말조합만으로는 의도를 파악하기가 어려웠다. 다만 간호사와의 통화내용은 이해가 쉬웠다.

최홍신은 간호사에게 연주회 시작 전까지 남편을 잘 지켜보라고 지시했다. 하지하는 최홍신과 간호사의 통화에서 두 가지를 파악했다. 곧 연주회가 있을 예정이라는 것과 그 연주회의 장소가 참마음 정신병원일지도 모른다는 사실이었다. 그리고 그 지점에서 다시 의문이 싹 텄다.

최홍신이 어린애를 어르듯 제 엄마의 손을 감싸 쥐었다.

"엄마, 어제 제가 했던 말 기억하세요?"

그의 말에 노파의 울음이 잦아들어 갔다.

"피아니스트 친구가 오늘 제 곡을 연주하기로 했다고 한 거요."

"그래, 기억하지."

최홍신이 제 엄마 손을 놓고 하지하 쪽으로 다가왔다. 그는 하지하 앞에 쪼그려 앉았다.

"그런데 그 새끼가 그냥은 못 해주겠다는 거예요. 나는 오늘 꼭 들어야겠는데."

제 아들의 말을 듣는 노파가 가늘게 떨리는 목소리로 물었다.

"그럼 이 여자가……."

"다행히 겁 좀 줬더니 다시 하겠다네요. 다 엄마 덕분이에요."

그는 하지하의 피 묻은 얼굴에 붙은 머리카락을 떼어주며 말했다.

"전 그냥 이 여자 남편이 연주하는 제 곡을 듣고 싶은 것뿐이에요."

최홍신이 바닥에 떨어진 열쇠를 주워 들었다. 실은 그도 고민이었다. 백동우에 이어 하지하까지. 이 부부가 이렇게까지 판을 키울 줄은 미처 몰랐다. 그냥 곱게 시키는 대로만 했으면 이전처럼 백동우는 연주회를 하고 자신은 그 연주회로 목을 축인 뒤 맘에 드는 여자애를 고르면 될 일이었다.

원래대로면 진짜로 백동우의 왼손을 치료할 생각이었다. 그의 왼손이 그렇게 된 건 트라우마의 영향일 가능성이 컸다. 그 왼손이 정상이 되어야 그가 만족할 만한 연주를 다시 할 수 있었다. 그러니 치료를 해주고 싶었으나 당장 그 트라우마의 원인이 된 사고에 대해 알 길이 없었다.

결국 서서히 백동우를 압박해 스스로 깨닫게 하기로 했다. 어느 정도 시간이 필요할 테고 그걸 알기에 최홍신 스스로도 인내심을 갖고 기다리려 했다. 그런데 돌연 은퇴를 하겠다니.

하지하의 경우도 비슷했다. 애초에 하지하를 죽일 계획은 없었다. 그녀는 백동우를 컨트롤하기 위해 반드시 필요한 존재였다. 그런데 정율미란 변수가 생겼다. 하지하의 마음이 정율미에게로 넘어가고 있는 것처럼 보였다.

그렇게 된다면 백동우를 조종하는 핸들로서의 기능이 상실될 수 있었다. 때문에 귀찮지만 손수 정율미를 죽여주기까지 했다. 그런데 정율미에게 협박이나 당하던 처지에 고마운 줄도 모르고 이 사단을 내다니.

부부가 쌍으로 활개를 쳤다. 그러니 이제 계획을 수정해야만 했다. 차라리 수정된 계획이 더 나을지도 몰랐다.

"원래는 엄마랑 연주회에 같이 가려고 했어요. 그런데 일이 좀 어그러졌어요. 엄마는 이 여자를 책임지셔야겠어요."

"홍신아, 그것만은 제발……."

최홍신은 간청하는 모친을 무표정한 얼굴로 바라봤다.

"아시겠죠? 엄마가 책임을 지지 않으면 제가 죽어요. 엄마가 저지른 일 때문에 제가 죽는다고요. 그걸 원해요?"

최홍신이 앞서 주운 열쇠를 제 엄마의 손에 쥐어주며 말했다.

"아니죠?"

최홍신은 가볍게 제 엄마와 포옹을 마치고는 등을 돌렸다. 계단 쪽으로 걸어가는 그의 허리춤을 노파가 끌어안았다.

"홍신아, 그러지 말고 우리 어디 멀리 도망가 살자? 그러자, 응?"

최홍신은 모친의 손을 가볍게 풀어내며 말했다.

"그게 무슨 소리예요. 도망은 죄지은 사람들이나 치는 거죠. 안 그래요?"

노파가 느릿하게 고개를 끄덕였다. 최홍신은 노파를 안아준 뒤 계단을 올랐다.

노파는 아들이 사라진 계단을 하염없이 바라봤다. 주인을 기다리는 반려견처럼.

한동안 계단에서 눈을 떼지 못하던 노파가 몸을 돌렸다. 하지하는 다가오는 노파를 보며 저도 모르게 끈적한 침을 삼켰다. 혀뿌리를 타고 피 비린내가 진동했다. 노파도 최홍신과 마찬가지로 정상이 아니었다. 아니 어떤 의미에서는 더 심각했다.

앞서 모자가 나눈 대화에서 상황을 유추하려던 하지하는 마음이 다급해졌다. 이제 그녀와 노파 둘뿐이었다. 기회는 지금뿐이었다. 최홍신이 다시 돌아올 때는 영영 기회가 없을 테니까.

곧장 그녀를 향해 다가온다 생각했던 노파는 기운이 없는지 방향을 틀어 매트리스에 가 앉았다. 하지하는 여전히 노파를 주시하며 슬쩍 팔을 움직여보았다. 오른팔은 내리치는 각목으로부터 복부를 보호하려다 부러졌지만 왼팔은 무사했다. 그녀는 왼팔로 바닥을 짚고 힘겹게 허리를 세웠다.

"아들 사랑이 지극하네요."

노파는 아들이란 말에 조건반사처럼 고개를 들었다.

"대단한 아들이네요. 젊은 나이에 병원장까지 되고."

아들이 떠나고 초점을 잃었던 노파의 눈이 되살아나기 시작했다.

"우리 아들을 잘 알아요?"

"엄마만큼이야 알겠어요? 그래서 말인데 아들 얘기 좀 들려주겠어요?"

"우리 아들 얘기를?"

"전 최 원장님 환자예요. 죽고 싶은 순간도 있었는데 아드님 치료를 받고 살아있어요. 저한테는 생명의 은인이죠. 그래서 어떤 분인지 궁금해요."

전혀 거짓말은 아니었다. 분명 한때 최 원장과의 상담치료는 도움이 되기도 했다. 그러나 지금은 그에 관한 이야기를 입에 담는 것조차 역겨웠다.

"우리 아들은 착해요. 그래서 나쁜 사람을 보면 참지 못해요."

"나쁜 사람이요?"

노파는 제 눈앞에만 보이는 게 있다는 듯 허공을 응시하며 이야기를 시작했다.

"장익태라고 사람을 여럿 죽인 나쁜 놈이 있었는데 어떻게 판사를 속였는지 감옥에 몇 년 안 살고 나왔어요. 그놈이 또 사람들을 죽일 계획을 꾸미고 있었는데 우리 홍신이가 벌줬어요. 열네 살 밖에 되지 않은 우리 홍신이가……."

하지하는 노파의 이야기에서 배주호에게서 들은 말을 떠올렸다. 배주호는 추측성으로 말했었는데 그 추측들이 다 사실이었던 거다. 벌이란 표현을 썼지만 결국은 살인을 의미했다.

"세상에는 나쁜 사람들이 너무 많아요. 그래서 우리 홍신이 같은 아이도 필요한 거죠. 당신도 나쁜 사람일 거예요. 이렇게 묶여 있는 걸 보면. 그러니까 우리 아들이……."

노파의 목소리에 서서히 분노가 담기기 시작했다. 노파의 정신세계는 기이했지만 단순했다. 그래서 더 예측이 불가능했다. 아들에 대한 무서울 정도의 신념에서 오는 단순함. 노파와의 라포 형성이 탈출에 도움이 될 거란 생각에 이어가는 대화였지만 판단착오였을까.

하지하는 어느 정도 통증에 익숙해지고 있었다. 여전히 조금만 움직여도 비명이 터져 나올 만큼 고통스러웠지만 그보다 문제는 발목을 구속하고 있는 쇠고랑이었다.

노파는 아들이 손수 쥐어준 열쇠를 보물이라도 되는 양 꼭 쥐고 있었다. 순순히 열쇠를 넘겨주는 일은 없을 거다. 결국 뺏는 수밖에 없었다. 그러려면 위험을 감수하더라도 다가오게 해야만 했다.

"아들이 좋아하는 건 없나요?"

"좋아하는 거?"

"네. 좋아하는 거요."

언제 그랬냐는 듯 노파의 얼굴이 밝아지기 시작했다. 대답할 게 너무나 많다는 듯 노파의 대답이 다소 늦어졌다.

"흰 고래."

흰 고래? 피아노나 클래식 정도를 예상했던 하지하는 뜻밖의 대답에 의아했다. 어차피 뭐가 됐든 상관없지만.

"모비딕에 나오는 흰 고래를 가장 좋아해요. 어찌나 좋아하는지 다른 사람들에게도 그 흰 고래를 보여주고 싶다고 할 정도라니까요."

"틀렸어!"

"……."

"당신 아들이 가장 좋아하는 건 빌어먹을 고래 따위가 아냐."

노파가 매트리스에서 몸을 일으켰다.

"당신 아들이 가장 좋아하는 건……."

방아쇠를 당길 순간이었다.

"살인이니까."

연주기계

　백동우는 참마음정신병원 로비 화장실로 들어가 세면대에 온수
를 채우고 왼손을 담갔다. 어떻게든 왼손의 경련을 막아야만 했다.

　'자잘한 실수는 이해하도록 하지요. 하지만 마지막 곡만은 완벽
해야 합니다.'

　최홍신이 보내온 문자에는 인터넷 링크 하나가 첨부되어 있었다.
아내와 정율미의 동영상이었다. 다만 아내의 얼굴에는 모자이크 처
리가 되어 있었다.

　백동우는 세면대 안의 손을 쥐었다 펴보았다. 한두 곡 정도라면
어떻게든 버틸 수 있을 것이다. 그러나 최홍신은 자신이 작곡한 마
지막 곡을 완벽하게 연주하길 원했다. 지금 상태로는 불가능에 가
까운 미션이었다. 문자를 받고 세 차례에 걸쳐 연습해봤으나 모두
실패였다. 지금으로서는 연주가 다 끝나기 전에 강우진이 지하를
구해내기를 바랄 수밖에 없었다.

손목시계의 마지막 숫자가 바뀌었다. 6시 55분. 연주회 5분 전이었다. 백동우는 세면대의 배출구 마개를 열었다. 세면대 안의 물이 작은 소용돌이를 일으키며 사라져갔다. 백동우의 손은 다시 서늘한 공기에 노출됐다.

로비 좌석은 가득 차 있었다. 좌석 수보다 사람이 많았기에 서 있는 사람들도 적지 않았다. 얼른 보기에 환자복과 일반인 복장의 비율은 반반이었다. 그간 무수히 많은 연주회를 치렀지만 정신병원에서 하는 연주는 처음이었다.

백동우는 마이크를 통해 울려 퍼지는 낯익은 목소리를 들었다.

"여러분 믿어지십니까? 4일 전 카네기홀에서 연주를 마친 세계적인 피아니스트 백동우 씨가 저희 참마음정신병원을 찾아주셨습니다. 뜨거운 박수로 환영해주십시오."

백동우는 피아노 옆에 서 있는 훤칠한 사회자를 보고 경악했다. 최홍신이었다. 어떤 식으로든 모습을 보일 거라고는 예상했지만 사회자로 등장할 줄은 몰랐다. 무서우리만치 대담한 행동은 카네기홀의 대기실에서 봤을 때와 다를 게 없었다.

터져 나오는 박수 소리에 백동우는 잠시 굳었던 다리를 교차하기 시작했다. 그토록 찾아다녔던 자의 대면이 이런 식이라니. 환하게 웃으며 박수로 반기는 그의 모습은 섬뜩했다.

슈트 차림의 최홍신이 곁으로 다가온 백동우에게 손을 내밀었다.

"무슨 생각이지?"

백동우가 나직만한 목소리로 물었다. 그러자 최홍신이 마이크를 내리고 작게 말했다.

"병원에 왔으니 치료를 받아야지."

백동우의 어깨를 가볍게 두드린 최홍신은 다시 관객 쪽으로 몸을 돌리며 마이크를 입에 가져다 댔다.

"주인공이 등장했으니 저는 이만 마이크를 넘기고 물러나겠습니다."

백동우는 최홍신이 내민 마이크를 받아들었다. 최악의 기분이었으나 호응을 해야만 했다. 백동우는 건조한 목소리로 입을 열었다.

"제가 연주해드릴 곡은 총 다섯 곡입니다. 곡명과 순서는 팸플릿을 참고하시면 됩니다. 우선 바흐의 아리아부터 세 곡을 이어서 들려드리도록 하겠습니다."

마이크를 최홍신에게 되돌려준 백동우는 천천히 피아노로 다가갔다. 피아노 의자의 끝에 걸터앉은 그의 눈에 악보대가 보였다. 악보대에 올려진 악보는 최홍신의 곡이 유일했다. 나머지 네 곡의 악보라면 머릿속에 있으니 따로 필요 없었다.

1. 바흐 골든베르그 변주곡—아리아
2. 브람스 헝가리 무곡 5번
3. 모차르트 피아노 협주곡 20번
4. 쇼팽 장송 행진곡
5. 최홍신 로사리움

이제 정말로 연주를 해야 했지만 백동우는 좀처럼 손을 뻗지 못했다. 왼손의 문제와 별개로 연주해야 할 곡들의 분위기도 장애였

302

다. 1번부터 3번까지의 곡들은 대체로 밝은 분위기의 곡이었다. 아내의 목숨이 경각에 달린 상황에 이런 곡들을 연주하게 하다니. 악취미를 넘어 잔인했다.

더 큰 난관은 4번곡이었다. 쇼팽의 장송 행진곡은 말 그대로 죽음에 관한 곡이다. 17살의 쇼팽은 그해 4월 잊기 힘든 슬픈 감정을 겪는다. 사랑하던 여동생이 폐결핵으로 숨을 거둔 것이다. 이후 작곡한 이 곡은 떠나간 이에 대한 애도곡인 셈이다.

무엇을 의도하는지 알 것 같았다. 그의 정신을 극한으로 몰아가겠다는 의도. 그리고 아마도 그 이유는 마지막에 배치된 최홍신 본인의 곡을 위해서일 것이다.

눈을 감고 연주할 곡들을 떠올려보던 백동우는 주변의 소음들이 사라지자 천천히 눈을 떴다. 눈을 뜬 백동우가 바라본 건 건반이 아니었다. 그는 젖혀 올려진 건반 뚜껑을 보고 있었다. 광택이 흐르는 건반 뚜껑 안쪽 면에 관객석의 일부가 비쳤다. 그리고 그들 사이로 최홍신이 보였다. 백동우에게는 사각지대이지만 본인은 감시하기 좋은 대각선 뒤편이었다.

백동우는 최홍신의 위치를 파악해둔 뒤 마침내 연주할 자세를 취했다. 그는 왼발을 세 개의 페달 중 왼쪽에 위치한 소프트페달 위에 슬쩍 올려보았다. 페달의 감을 테스트해보려 한 것이다.

왼손을 가볍게 쥐었다 편 백동우는 마침내 연주를 시작했다.

길고 흰 손가락들이 가볍게 건반을 눌러갔다. 수면장애에 시달리던 사람이 즐겨듣는 곡답게 잔잔하고 느린 곡이다. 다섯 곡 중에서는 그나마 가장 부담이 적은 곡이었다. 결국 문제는 마지막 곡이 될 것이다. 수차례 반복해 쳐봤지만 한 번도 완벽하게 소화할 수 없었다. 음이탈은 기본이고 왼손 파트는 아예 박자를 놓치기까지 했다.

이번에도 연주에 실패하면 정면 돌파까지 염두하고 있었다. 최홍신이 이곳에 있다고 아내가 안전한 상태라 보기는 힘들었다. 아내를 배신한 클럽 사람들의 소재도 오리무중이었다. 그러니 여차하면 최홍신이 손을 쓸 타이밍을 주지 않고 제압하는 수밖에 없었다. 때문에 백동우의 신경은 온통 건반 뚜껑에 비치는 최홍신에게 쏠려 있었다.

연주 중간에 환자 몇이 괴성을 질렀지만 백동우는 동요 없이 2번 곡까지 마쳤다. 그러나 시간이 흐를수록 초조해졌다. 강우진의 연락이 늦어지고 있었다.

남양주는 아닌 건가.

그는 3번곡을 앞두고 초조한 심정으로 호흡을 정리했다. 막 3번 곡을 이어가려던 순간 악보대에 올려둔 핸드폰이 울렸다.

백동우가 보낸 남양주의 주소지는 덕혜옹주묘로 가는 길가에 있었다. 옥상이 달린 평범한 1층짜리 양옥. 집 옆에는 한때 텃밭용으로 쓰인 듯한 비닐하우스가 있었다. 오래도록 관리가 되지 않은 듯 대부분의 비닐이 찢겨 넝마처럼 나부꼈다.

오후 7시 15분. 강우진으로서는 최대한 서둘렀으나 차가 막혔다. 지금 시간대라면 F1 레이서라도 시간 안에 양천구까지 가기는 불가능했다. 그러니 눈앞의 주택에 하지하가 있어야만 했다.

강우진이 굳은 얼굴로 현관문을 두드렸다. 인기척이 없었다. 혹시나 싶어 문고리를 돌려보곤 당황했다. 현관문이 맥없이 열렸기 때문이었다.

여기가 아닌가. 강우진의 얼굴에 실망한 기색이 드리웠다. 그는 총집에서 리볼버를 빼들고 현관에 들어섰다. 리볼버에 장전된 탄환은 공포탄뿐이었지만 위협용으로는 충분했다.

강우진은 거실을 훑어보았다. 오래도록 사람의 손길이 닿지 않은 듯 방바닥과 가구들 위로 먼지가 자욱했다. 사람이 다녔다면 발자국이 남았을 것이다. 남은 방들을 살폈으나 별다른 수상한 점은 보이지 않았다. 딱 한 곳 주방에 달린 창고용 입구로 보이는 문 너머를 제외하고는.

주방 옆의 문은 잠겨 있었다. 의심스러운 문이었으나 현관에서 눈앞의 문에 이르기까지 난 발자국은 강우진 본인의 것뿐이었다. 찜찜함이 남았으나 지금으로서는 서둘러 양천구로 이동하는 편이 낫겠다고 판단했다.

현관을 나와 백동우에게 전화를 하려다 연주 중이란 사실을 떠올렸다. 그는 전화 대신 문자를 남겼다.

대문을 나서려던 강우진은 왠지 뒤통수가 가려웠다. 못내 미련이 남았다. 그는 마지막으로 한 번 더 마당을 둘러보았다. 집을 제외하고 수색하지 않은 공간은 비닐하우스뿐이었다. 찢긴 부분이 많아 속이 훤히 들여다보이는 비닐하우스였다. 강우진은 비닐하우스 안한 쪽에 쌓인 짚단을 바라보며 생각에 잠겼다. 그러다 혹시 하는 생각이 들자마자 비닐하우스를 향해 달렸다.

얼핏 드러난 비닐하우스 내부는 특이할 게 없었다. 강우진이 수상하게 여긴 건 짚단이 쌓인 형태였다. 짚단들은 겨우 삼사단의 높이로 넓게 펼쳐진 형태로 쌓여 있었다. 일반적으로 농가에서 보곤

했던 높이 쌓아둔 형태와는 달랐다. 축사도 없는 집에 여물용 짚단이 이 정도나 있다는 것도 수상했다.

강우진은 쌓인 짚단들을 치우기 시작했다. 기계가 상자 모양으로 압축한 것들이라 무게가 상당했다. 어느새 등이 땀으로 축축해졌다. 주방은 하우스 방향 쪽에 붙어 있었다. 여기 어딘가 지하로 통하는 통로가 있다고 하면 주방의 잠긴 문과 연결될지도 모른다.

있다! 강우진이 치운 짚단 밑으로 철판의 모서리가 보였다.

***

'여긴 없습니다. 바로 양천구로 이동하죠.'

내심 기대했던 백동우는 문자의 내용을 보고는 실망을 감출 수 없었다. 초조함이 걷잡을 수 없이 몸집을 키우면서 남은 양천구 역시 헛짚은 걸지도 모른다는 불안이 엄습했다. 그러나 달리 방법이 없었다. 지금 그가 할 수 있는 건 어떻게든 시간을 끄는 것뿐이었다.

왼손의 경련이 시작된 건 3번곡을 절반쯤 소화했을 때였다. 페이스가 흐트러지기 시작했다. 건반 뚜껑에 비친 최홍신이 고개를 갸우뚱거리고 있었다.

빌어먹을.

백동우는 식은땀을 흘리며 간신히 3번곡을 끝냈다. 클래식에 문외한이라면 알아차리기 힘들 정도의 사소한 실수들이었지만 최홍신이라면 눈치를 채고도 남았을 것이다. 이제 문제의 곡인 쇼팽의 장송 행진곡을 앞두고 있었다.

사랑하는 이를 떠나보낸 애통함을 낮은 옥타브의 선율에 담아내고 있는 곡. 상실에 대한 비애와 슬픔이 격정적이지 않지만 뭉근하게 흐르는 곡이었다. 때문에 이 곡을 연주하다 보면 의도치 않아도 죽음과 상실의 감정에 젖고는 했다.

최홍신은 왜 장송 행진곡을 본인의 곡 직전에 배치한 것일까. 문득 그가 연주 직전에 했던 말이 떠올랐다.

'병원에 오셨으니 치료를 받아야죠.'

백동우는 손을 건반에서 거두었다. 그런 뒤 피아노 의자에서마저 엉덩이를 뗐다. 그는 수심에 가득 찬 얼굴로 관객과 피아노 사이로 걸어 나갔다. 그는 숙이고 있던 고개를 들며 관객들을 향해 입을 열었다.

"슬픔이란 감정은 많은 작곡가들에게 영감을 불러일으켰죠. 제가 다음으로 연주할 곡인 쇼팽의 장송 행진곡은 쇼팽이 죽은 여동생을 애도하며 쓴 곡입니다……."

백동우는 시간을 벌기 위해 곡에 대한 설명을 다소 장황하게 늘어놓았다. 최홍신은 다리를 꼬고 앉은 채 백동우의 설명을 유심히 들었다. 살인을 꾸미고 있는 자라고는 볼 수 없는 느긋함이었다.

제법 시간을 끌었다 판단한 백동우는 다시금 건반 앞으로 돌아왔다. 그가 막 피아노 의자에 앉았을 때 최홍신의 목소리가 마이크를 타고 퍼졌다.

"환상적인 연주 잘 들으셨나요? 백동우 피아니스트의 설명을 듣고 나니 남은 곡이 더욱 기대가 됩니다. 그래서 말인데 이렇게 딱딱한 분위기로 들을 게 아니라 분위기를 조금 바꿔보면 어떨까요?"

백동우는 최홍신의 들뜬 목소리가 불길했다. 결코 반갑지 않은 일이 시작될 것이다.

"자 다들 자리에서 일어나시죠. 제가 장담하건데 두 번 다시 이렇게 가까운 거리에서 백동우 씨의 연주를 들을 기회는 없을 겁니다. 다들 나오셔서 들으세요. 백동우 씨, 괜찮으시죠?"

이미 관객들 일부가 피아노를 둘러싸고 있었다. 백동우는 최홍신을 노려볼 뿐 긍정도 부정도 할 수 없었다.

"특별한 경험을 허락해주신 백동우 씨께 박수로 다음 곡을 청해볼까요?"

우레와 같은 박수가 터져 나왔다. 백동우는 곧 울타리에 둘러싸이듯 사람들에 의해 둘러싸였다. 최홍신은 이번에도 백동우의 대각선 뒤쪽에 위치했다. 건반 뚜껑에 그의 모습이 비치긴 했으나 여러 사람이 겹쳐 보여 이전처럼 구분하기가 쉽지 않았다. 그사이 빈자리를 찾아 이동하던 사람들의 발길이 멈췄고 주변이 고요해졌다. 이제 연주를 시작해야만 했다.

장송 행진곡이 장내에 깔리기 시작했다. 곡이 중반에 이르자 감성이 예민한 몇몇은 눈물을 훔치기도 했다.

4번곡을 끝낸 백동우는 그대로 마지막 곡을 이어갔다. 느린 템포의 4번곡과는 비교할 수 없이 빠른 속도에 음역대가 넓은 곡. 무엇보다 감정을 이입하기 힘든 곡이었다. 그리고 왼손의 문제가 본격화되고 있었다.

알레그레토 파트에 진입하면서는 건반 뚜껑을 살피는 것조차 여의치 않았다. 그런 와중에 백동우의 연주를 방해한 건 다름 아닌 강우진이었다. 이번엔 문자가 아닌 전화였다. 최홍신이 지켜보는 상황, 전화를 받을 수는 없었다. 강우진이 벌써 양천구에 도착하지는 않았을 것이다. 어중간한 시간대의 연락이었다.

제길!

곡이 끝나기까지는 아직 두 쪽의 악보가 남은 상황. 지금 전화를 받는다면 연주는 중단될 수밖에 없었다. 그러자 카네기홀에서 최홍신과 처음 대면했던 순간이 떠올랐다. 지금 연주회를 중단한다는 게 어떤 끔찍한 파국을 초래할지 예측할 수 없었다. 연주를 멈춰서는 안 된다.

다시금 악보에 집중하려던 백동우는 뭔가 놓친 기분을 느꼈다. 목덜미가 서늘했다.

언제부턴가 건반 뚜껑을 살필 여유조차 없이 악보에 쏠려 있던 그의 시선이 슬쩍 우측 하단으로 내려갔다. 사라졌다!

관객석을 살폈지만 어디서도 놈의 모습은 보이지 않았다. 연주를 중단할 수밖에 없었다. 백동우는 영문을 모르고 서로를 바라보는 관객들 사이를 헤집고 병원 정문으로 나아갔다. 주차장을 빠져나가는 중인 차량의 후미등이 보였다.

빌어먹을.

백동우는 다급히 주차장으로 달렸다. 뒤늦게 핸드폰을 두고 왔다는 사실을 깨달았지만 돌아갈 여유조차 없었다. 그는 곧장 차에 올라타 시동을 걸었다.

쾅쾅, 머리만 한 돌로 내려치기를 수차례 마침내 자물쇠가 열렸다. 강우진은 문을 젖혀 열고 경계하며 어둑어둑한 지하실에 들어섰다.

예상보다 넓은 지하실이었다. 그는 잡동사니들 사이로 걸어 나가

다 쓰러진 사람을 발견했다. 파란색 세미드레스를 입은 여자는 예상과 달리 하지하가 아니었다. 나이가 지긋한 여자였다. 노파의 발목에는 쇠사슬과 연결된 족쇄가 채워져 있었다.

이게 무슨…….

강우진은 예상치 못한 상황에 당황했다. 그는 곧장 노파의 턱 밑 대동맥에 손을 대어보았다. 맥은 뛰고 있었다. 그 순간 뭔가가 강우진의 머리를 강하게 내리쳤다.

"으윽."

몸을 숨기고 있다 불청객을 기습한 하지하는 재차 각목을 치켜들었다. 강우진이 머리를 감싼 체 다급히 외쳤다.

"백동우 씨가 보내서 왔습니다!"

하지하의 거친 숨소리만이 지하실에 울렸다. 이삼 초의 시간이 흐른 뒤에야 정신을 차린 하지하가 물었다.

"하지하 씨죠? 저 모르겠습니까?"

그제야 하지하는 강우진의 얼굴을 자세히 살폈다.

"다, 당신은?"

뒤늦게 강우진을 알아본 하지하의 눈이 커지며 눈물이 차올랐다.

"동우 씨는요?"

하지하가 남편의 안부부터 물었다.

"지금 최홍신과 있습니다. 백동우 씨가 시간을 끌어주었어요."

"당장 연락해요. 이제 다 끝났다고 당장 그자한테서 멀어지라고요. 어서요."

하지하가 부들부들 떨며 말했다. 그런 하지하를 보며 강우진이 고개를 저었다.

"연락이 되지 않습니다."

***

헤드라이트 불빛 속으로 눈이 날리기 시작했다. 손톱만 한 눈송이들이 불나방처럼 차 유리에 날아들었다.

미친 듯이 질주하던 백동우는 병원으로 들어오는 길 초입에서야 SUV의 꼬리를 물 수 있었다. 대로에 진입하기 직전 추월에 성공한 그는 SUV를 막아섰다.

백동우는 글러브박스에서 피아노 조율용 렌치를 꺼내들고 차에서 내렸다. 급정차한 SUV는 움직임이 없었다.

"차 문 열어, 최홍신!"

백동우가 운전석 창문을 두드렸지만 창문은 내려가지 않았다. 백동우는 피아노 조율용 렌치를 어깨 너머로 치켜들었다. 그러자 창문이 손가락 하나가 들어갈 정도로 빼꼼히 열렸다.

"아저씨, 왜 이러세요?"

놀란 표정의 여자가 백동우를 보며 떨고 있었다. 운전자가 최홍신이 아니라는 걸 확인한 백동우는 가슴이 철렁 내려앉았다.

젠장. 백동우는 곧장 제 차로 돌아와 길을 터주었다. SUV는 조심조심 옆을 지나더니 달아나듯 멀어져 갔다.

뭘 놓친 걸까? 그가 시야에서 최홍신을 놓친 건 일 분도 채 되지 않은 시간이었을 거다. 시간을 계산하면 최홍신이 조금 전 SUV보다 앞서 빠져나갔다고는 보기 어려웠다. 그렇다는 건…….

아직 빠져나가지 않은 거다.

그럼 어디로 사라진 걸까. 그의 사택이라면 이미 살펴본 후였다. 아내는 그곳에 없었다. 최홍신이 인질도 없는 곳으로 갈 이유는 없었다. 남은 장소는 하나뿐이었다. 이 개자식, 아직 병원에 있는 건가.

병원 주차장으로 돌아왔을 땐 이미 많은 이들이 병원을 빠져나오고 있었다. 마음 같아서는 정문을 막고 일일이 검문하고 싶었으나 그럴 권한은 없었다.

백동우는 곧장 병원 로비로 뛰어 들어갔다. 그를 알아본 몇몇의 사람들이 사인을 요청했지만 무시하고 피아노로 다가갔다. 악보대에 올려두었던 핸드폰은 사라지고 없었다. 당황한 그의 어깨를 누군가 슬쩍 건드렸다.

"무슨 일 있으세요?"

백동우의 서슬에 놀란 간호사가 눈을 동그랗게 뜨고 있었다.

"최 원장 어딨습니까?"

"아, 그렇잖아도 선생님 어디 가셨냐고 물어서 난감하던 차였어요."

"그러니까 지금 어딨냐고요?"

"폐쇄병동으로 가시는 것 같던데."

백동우는 곧장 고개를 들고 주위를 두리번거렸다. 천장에 달린 안내판 중에서 폐쇄병동 방향을 가리킨 안내판을 찾았다. 뛰기 시작했다. 등 뒤에서 간호사의 다급한 목소리가 따라붙었다.

"선생님, 폐쇄병동은 출입하실 수 없어요."

백동우는 간호사가 지껄이건 말건 계속 달렸다. 그러나 얼마 가지 않아 멈춰 설 수밖에 없었다. 교도소에서나 볼 법한 거대한 창살이 그의 앞을 막아서고 있었다.

"저 사람입니까?"

등 뒤에서 낯선 사내의 목소리가 들렸다. 몸을 돌리자 앞서 간호사와 함께 유니폼 차림의 사내 한 명이 보였다. 일반병원에서는 보기 힘든 건장한 체구의 보호사였다.

"최 원장 어딨습니까?"

보호사가 두어 발 다가왔다.

"무슨 용건인지는 모르겠는데, 그 너머로는 못 가요."

보호사의 낮은 목소리에서 위압감이 느껴졌다. 그는 이런 일에 익숙한지 조금도 긴장한 기색이 없었다.

"최 원장과 보기로 했다고요."

"원장님이 보자고 하셨다고요? 이 안에서?"

보호사가 슬쩍 간호사를 돌아보며 물었다.

"이 사람 환자예요?"

간호사가 느릿하게 고개를 저었다. 이대로는 진입이 어렵다고 판단한 백동우는 바지춤에 꽂아둔 조율렌치로 손을 가져갔다. 이 창살 너머에서 무슨 일이 벌어지고 있을지 몰랐다. 아내가 잡혀있는 곳이 남양주와 양천구가 아닌 바로 여기일지도 몰랐다.

보호사의 고개가 다시 정면으로 돌아오기 직전 백동우는 있는 힘껏 렌치를 휘둘렀다. 불시에 두부를 가격당한 보호사가 비틀거렸다. 백동우는 보호사가 정신을 없는 틈을 타 잽싸게 그의 뒤로 돌아갔다. 그런 뒤 렌치를 보호사의 턱 밑에 집어넣고 양손으로 바짝 당겼다.

"컥."

목이 졸린 보호사가 목에서 렌치를 떼어내고자 손을 놀렸으나 그의 손가락은 목에 밀착된 렌치를 붙잡기 어려웠다.

"움직이지 마."

백동우는 뒷걸음치는 간호사를 보며 윽박질렀다. 그리고는 차분한 톤으로 명령했다.

"문 열어요."

"저한텐 열쇠가 없어요."

백동우는 렌치를 쥔 손에 보다 힘을 주었다. 그러자 보호사가 고통스러워하며 신음을 토했다. 그는 제 바지주머니에 손을 집어넣더니 열쇠를 바닥으로 떨어트렸다.

"열어."

백동우가 턱으로 열쇠를 가리키며 말했다. 간호사가 주춤거리며 열쇠를 집어 들었다. 백동우가 재차 손에 힘을 가하자 보호사가 다시 한 번 고통스러워했고 간호사의 행동은 한결 민첩해졌다.

문이 열리자 백동우는 렌치의 손잡이 부분으로 보호사의 머리를 내리쳤다. 단발마의 신음과 함께 보호사가 무너져 내렸다.

백동우는 폐쇄병동 안으로 달렸고 눈에 보이는 대로 병실 문을 열었다. 그러나 어디서도 최홍신은 보이지 않았다. 그러는 사이 남은 병실이 많지 않았다.

집중치료실?

미닫이문이긴 했으나 다른 문들과는 달리 유난히 튼튼해 보였다. 저 안에 최홍신이 있을 거란 강한 예감이 들었다. 백동우는 한 차례 호흡을 고른 뒤 문을 밀었다. 집중치료실이란 문패와는 달리 정작 내부공간은 썰렁했다. 별다른 의료기기 하나 없어 치료실이라기보다는 입원실에 가까워 보였지만 TV나 냉장고 따위조차 없었다.

최홍신은 단층 병상 옆에 서 있었다. 병상에는 한 사람이 누워 있었고 손목에 링거주사가 꽂혀 있었다. 의식이 없는 여자는 예상과 달리 하지하가 아니었다. 그러나 그가 누구 못지않게 잘 아는 사람이었다.

"윤슬아!"

"멈춰."

병상으로 다가서려는 그를 최홍신이 저지시켰다. 최홍신의 손은 링거액 주입량을 조절하는 수액조절유량기를 쥐고 있었다.

"이걸 돌리게 되면 기껏 여기까지 온 보람이 사라질 거야. 그러니 얌전히 문이나 닫아."

백동우는 최홍신이 시키는 대로 했다. 문이 닫히는 것과 동시에 최홍신의 핸드폰이 울렸다. 최홍신이 전화를 받았다.

"만나기로 한 거 맞습니다. 제가 먼저 연락할 때까지 신경 쓰지 마세요."

백동우는 병상 위의 윤슬을 살폈다. 외상은 보이지 않았고 가슴팍이 안정적으로 오르내리고 있었다. 깊은 잠에 빠진 듯했다.

최홍신이 전화를 끊고 말했다.

"연주는 감명 깊게 들었어. 마무리가 아쉬웠지만."

"그 빌어먹을 곡을 듣는 게 목적 아니었나?"

"그럴 리가."

"내 아내는 어떻게 했어?"

"모르지."

조율렌치를 쥔 백동우의 주먹이 힘을 너무 준 나머지 하얗게 질려갔다.

"카네기에서는 거울 조각이었고, 만날 때마다 안 어울리는 걸 들고 있네."

"대화라면 저 애는 풀어준 뒤에도 가능해."

"원래대로라면 그럴 생각이었지만."

최홍신이 바지 주머니에서 뭔가를 꺼내 침대 위에 내려놓았다. 정확히는 침대 위에 개어놓은 구속복 위에 백동우의 핸드폰이 놓였다.

"그쪽이 내 지시를 먼저 어겨서 말이야."

"시킨 대로 연주도 마쳤잖아."

"그 프로파일러 말야."

백동우는 아찔했다. 최홍신은 강 경위가 움직이고 있는 것도 알고 있었다.

"이해가 안 돼. 하라는 대로만 하면 다 무사할 텐데, 왜 이렇게까지 발악을 하는지."

최홍신은 대꾸 대신 피식 웃어 보였다.

"왜 하필 나지? 피아니스트라면 나 아니고도 많을 텐데."

최홍신의 미간이 살짝 찌푸려졌다. 백동우의 질문은 최홍신으로서도 오랫동안 의문인 부분이었다. 왜 다른 피아니스트의 연주가 아닌 백동우의 연주에만 뉴런이 반응하는지 말이다.

분명 백동우의 실력이 출중하다고 하나 그렇다고 그를 대체할 실력자들이 전혀 없진 않았다. 그러나 이상하게 다른 피아니스트들의 연주로는 감흥이 일지 않았다.

아니, 엄밀히 말하면 딱 한 사람이 더 있었다. 아직 피아니스트도 아닌 아마추어 연주자.

장익태를 죽이고 꽤 긴 세월이 흐르도록 모비딕은 출현하지 않았다. 그러다 우연히 피아노의 신에 출연한 지대한을 보았다. 지체장애가 있다는 아이의 연주는 경이로웠다. 주관을 반영하지 않은 순수한 연주의 결정체. 깨달음은 그렇게 우연히 찾아들었다. 그제야 최홍신은 기다리던 모비딕이 출현하지 않았던 이유를 알았다. 모비딕을 외부에서 찾던 게 잘못이었다. 절대적 진실이라 할 모비딕은 최홍신 본인이었으니 말이다.

그러므로 그가 찾아야 하는 건 모비딕이 아닌 에이햅이었다. 감정과 죄의식의 노예로 고통 받으며 살아가는 사람들을 자신에게로 인도해줄 광인 말이다. 그게 바로 지대한이었다. 그런데 그런 지대한에게 백동우는 해서는 안 될 말을 하고 말았다.

"영혼이 없는 연주."

뭐? 백동우는 최홍신이 앞뒤 없이 내뱉은 말을 알아들을 수 없었다.

"어디서 들어본 말 같지 않아?"

"……."

"사실 꽤 놀랐어. 그 말을 그렇게 다시 듣게 될 줄은 몰랐거든."

최홍신은 백동우의 당황스러운 표정을 즐겼다. 사이코패스는 다른 사람들의 표정을 읽지 못한다? 그건 틀린 소리다. 외국어를 배우듯 표정도, 감정도 결국 학습의 결과니 배우지 못할 이유가 없었다.

넋 빠진 엄마조차 그의 말을 믿지 않았지만 사실 그는 사이코패스가 아니었다. 그가 학습한 쪽은 표정과 감정이 아니라 오히려 그

반대였다. 그는 사이코패스의 인격을 학습해왔다.

물론 검증도 되지 않은 테스트를 시행한 돌팔이 의사 탓에 꽤 오랜 기간 진짜로 사이코패스인 줄 알고 살아오기도 했다. 결과적으로 그 경험은 그가 인격을 선택하는 데 영감을 주었다. 이 빌어먹을 세상을 살아가는 데는 사이코패스만큼 탁월한 인격도 없었다. 살아가는 데 유용한 걸, 더군다나 이미 본의 아니게 충분히 학습해 온 가치를 버릴 이유는 없었다. 이토록 즐거운 걸 왜 포기한단 말인가.

"다시 듣다니?"

"영혼이 없는 연주라는 말, 실은 엄마가 내게 자주 했던 말이거든. 내게 감정을 가르치겠답시고 꽤 오래 피아노 교육을 했지. 지루한 시간이었어."

수액유량조절기를 쥔 그의 손가락이 움직였다.

"무슨 짓이야!"

백동우가 격앙된 목소리로 외쳤다. 수액팩 아래 달린 투명한 캡슐 안에 수액방울이 맺혀가고 있었다.

"체구가 작긴 해도 일단은 성인이고 한 십 분 정도는 버틸 거야."

"멈춰!"

음, 최홍신은 톱니바퀴를 쥔 채 고민하는 척했다. 백동우의 초조함은 극에 달했다.

"그럼 지대한을 살려내."

침묵을 깨고 이어진 최홍신의 요구는 황당하기 그지없었다.

"역시 어렵겠지?"

최홍신이 입술을 씰룩거렸다. 그는 침대 옆의 사이드 서랍장에서 서류철 하나를 꺼내 백동우에게 던졌다.

바닥에서 서류철을 집어든 백동우의 눈동자가 흔들렸다.

입원치료동의서?

"당신이 지대한의 유산이 되어주어야겠어. 거기 동의란에 서명하면 이 여잔 풀어주지."

입원치료동의서. 엄밀히 말하면 폐쇄병동 입원 동의서였다. 백동우가 놀란 건 단순히 그 때문만은 아니었다.

이, 이게 어떻게…….

보호자 서명란에는 이미 아내의 서명이 들어가 있었다. 백동우의 머릿속에 번개가 쳤다. 아무리 뜯어봐도 아내의 서명이 맞았다. 지하가 왜? 왜 나를 격리시키려 했다는 말인가.

"그게 네가 구하고자 하는 여자의 실체야."

"얼마든지 위조할 수 있는 걸 가지고!"

반박한 것과 달리 백동우는 혼란스러웠다.

"네 생각 같은 건 필요 없어. 이건 법적으로 완벽하게 진짜니까."

최홍신이 또 다시 톱니바퀴를 돌렸다.

"그만! 무슨 짓이야!"

"방금 오 분이 사라졌어. 시간이란 게 원래 이런 거야. 네가 망설이는 동안에도 흘러간다고. 봐! 네가 그동안 망설이면서 주저하느라 다들 이 모양이 됐잖아. 네 마누라도, 매니저도. 이제 그만하고 서명하자고. 동의서 서명하는 건 오른손으로도 가능할 것 같은데."

링거팩 아래 달린 캡슐에서 약물이 떨어지는 속도가 눈에 띄게 빨라지고 있었다.

"이 미친 새끼!"

이젠 정말 막다른 길이었다. 달리 선택의 여지가 없었다. 백동우는 입원동의서에 서명을 휘갈긴 후 최홍신에게 던졌다.

"그것도 거슬린단 말야."

백동우는 조율렌치마저 최홍신의 발치에 던졌다.

"한결 낫네."

최홍신은 서류철을 스윽 보고는 서랍장에 넣었다. 서랍장에서 빠져나온 그의 손에는 주사기가 들려 있었다. 주사기에는 이미 알 수 없는 용액이 채워져 있었다. 그는 허리를 숙이더니 주사기를 백동우의 발밑으로 미끄러트렸다.

"주사해."

"넌 미친놈이야. 그 이상도 이하도 아니야."

최홍신의 손바닥이 윤슬의 볼을 감쌌다.

"서두르는 게 좋을 거야. 생각해보니 이 작은 체구로는 오 분도 힘들지 몰라."

처음부터 느낀 거지만 최홍신의 행동은 군더더기 없이 매끈했다. 무얼 하든 손짓 하나, 몸짓 하나 물 흐르듯 자연스러웠다. 그제야 백동우는 현실을 받아들였다. 이자 앞에서는 어떤 생각도 할 필요가 없다는 걸. 수 싸움 따위로는 절대 이길 수 없는 상대란 걸.

이제 백동우가 할 수 있는 건 딱 하나뿐이었다. 자신이 윤슬 대신 인질이 되는 것뿐이었다. 이후 벌어질 일에 대해선 그 무엇도 예상할 수 없었다. 모든 건 최홍신의 판단에 의해 결정될 것이었다.

백동우의 오른손에 들린 주사기기가 왼손의 손목으로 향했다.

"아니. 여기에."

최홍신이 제 목덜미를 가리켰다.

카네기홀

산속의 봄은 도심보다 빨랐다. 최홍신은 그의 사택 창가에 있었다. 녹아가는 대지로부터 한껏 수분을 끌어 올리고 있는 나무들을 보자 피돌기가 빨라졌다.

좋은 날이야.

최홍신은 드레스룸으로 가 검정색 슈트를 차려 입었다. 지난 12월에 카네기홀에서 입었던 것이었다. 전신 거울 앞에 선 그는 마지막으로 와이셔츠의 목깃을 당겨 옷매무새를 점검한 뒤 만족스런 표정을 지었다.

외출 준비를 마친 최홍신은 다시금 서재로 건너와 책상 앞에 앉았다.

첫 번째 책상서랍을 열고 알약 세 알을 꺼냈다. 주로 불면증 치료에 사용되는 스틸녹스였다. 그는 오래도록 백동우의 판단력과 자존감을 무너트리기 위해 이른바 가스라이팅을 사용해왔다. 서두르다가는 일을 그르치기에 인내심을 갖고 길들여왔다.

　백동우를 가스라이팅하는 데 주로 사용하는 건 시간개념을 어지럽히는 방식이었다. 그는 원래는 밤낮의 주기에 따라 점등과 소등이 이뤄지는 집중치료실의 조명 온오프 간격을 차츰 앞당겼다. 그와 동시에 식사시간의 간격도 조금씩 단축했다. 그렇게 일주일의 시간이 흘렀을 때부터 실제로는 이틀의 시간이 흘러도 백동우에게는 삼 일의 시간이 흐르게 됐다.

　상대적으로 빨리 흐르는 시간, 그럼에도 기미가 없는 구원에 백동우의 절망에는 가속도가 붙었다.

　거기에 향정신성약물을 추가했다. 꾸준히 스틸녹스를 투여했다. 본래는 정제된 알약으로 복용해야 할 약이지만 백동우에게는 다른 형태로 투약이 이뤄졌다. 의사의 처방대로만 사용하면 스틸녹스는 중독성이 미미한 약이었다. 정신과에서 처방하는 약물이 일반 마약과 달리 중독성이 강하지 않는 이유는 간단했다. 약효가 뇌까지 전달되는 시간의 차이 때문이었다. 수 초면 곧바로 도파민을 폭발적으로 분비시키는 마약과 달리 향정신성약물은 약효가 뇌까지 전달되는데 한 시간 가까운 시간이 걸린다. 다시 말해 이 약효가 전달되는 시간차만 좁히면 스틸녹스도 수십 배 강력해질 수 있었다.

　그는 책상 위에 종이를 깐 뒤 스틸녹스 정을 놓고 나무망치로 으깨기 시작했다. 그런 뒤 가루가 된 스틸녹스를 정제수에 녹였다. 이로써 평범한 수면장애치료제는 마약이 됐다.

　백동우는 예상보다 오래 버텼다. 그는 구토와 환상, 우울과 초조 등 스틸녹스의 부작용 증상 대부분을 보였다. 그러면서도 무려 한 달이 넘도록 버텨냈다. 그러나 이제 슬슬 한계였다. 백동우는 더 이상 자신의 판단과 감정을 신뢰할 수 없었다. 약물의 부작용 중에서도 그를 가장 괴롭게 하는 건 특히 환청 같았다. 그 환청이 백동우의 영혼을 파괴하기 직전이었다.

시간이 얼마나 흘렀을까. 아니 며칠이나 지났을까. 그가 있는 병실은 햇빛 한 줄기 들지 않는 곳이었다. 오로지 켜졌다 꺼지는 실내등에 의해서만 밤낮을 구분할 수 있었다. 그렇게 그가 센 날짜는 한 달. 이후로는 포기했다. 이제 날짜는 더 이상 의미가 없었다.

흐릿한 시야 속으로 실루엣이 비쳤다.

백동우는 머리를 흔들며 눈을 비볐다. 조금씩 선명해지는 실루엣은 사람의 형태를 갖춰갔다. 머리로는 진짜가 아니라고 생각했지만 여전히 눈앞의 실루엣은 사라지지 않았다. 아니 오히려 선명해져 갔다.

"정율미……."

전신이 물에 젖은 정율미가 그를 노려보고 있었다. 그러나 그녀의 얼굴은 흐릿해졌고 이내 다른 사람으로 바뀌어 갔다. 짧은 머리카락이 길어지면서 우아하고 도도한 C컬의 단발머리로 자랐고 키도 한 뼘 정도 커져갔다. 붉고 얇은 입술이 달싹였다.

"위선자."

"위선자라니. 그게 무슨 소리야."

"모른 척 해주면 내가 고마워할 줄 알았어?"

"지하야!"

"날 이렇게 만든 건 당신이야."

"아냐……."

백동우가 아내를 향해 손을 뻗었다. 그러자 아내는 증기처럼 사라졌다.

백동우는 걷잡을 수 없는 초조와 우울감에 빠져들었다. 그나마 남아 있던 기운도 빠져나가며 무기력해졌다. 그때 피아노 건반의 중저음이 고막을 진동시켰다.

고작 한 음에 불과했지만 백동우는 몸서리쳤다. 그의 고개가 느릿하게 돌아가며 병실을 둘러보았다. 언제부턴가 병실의 중앙에 피아노가 놓여 있었다. 그리고 피아노 앞에는 한 소년이 앉아 있었다.

소년…….

그럴 리가 없었다. 백동우는 그럴 리가 없다며 고개를 저었다.

이윽고 소년의 손이 다시 움직이기 시작했다. 연쇄적으로 흐르는 피아노 음들이 백동우의 뇌를 두드리기 시작했다.

"하지 마!"

소년은 아랑곳하지 않았다. 쇼팽의 환상즉흥곡이 물 흐르듯 유려하게 연주됐다. 백동우는 뒷모습만 보고도 연주 중인 소년이 누군지 알 수 있었다. 이건 현실이 아냐. 백동우는 격렬하게 고개를 저었으나 소년도 흐르는 연주도 사라지지 않았다.

"제발 그만하라니까, 백동우!"

백동우가 제 머리를 쥐어뜯으며 절규했다. 형을 죽게 만들었던 연주. 그리하여 두 번 다시 연주하지 않았던 곡. 왜 그때의 그가 다시 이 곡을 연주하고 있는 것인지 이해할 수 없었다.

"그만하라고? 왜? 너도 그만두지 않았잖아?"

여전히 연주를 이어가던 소년이 180도라는 불가능한 각도로 고개를 돌려 백동우를 바라봤다.

"형?"

소년의 얼굴을 본 백동우는 결국 욕지기를 참지 못하고 허리를 수그렸다. 의식을 잃었다.

얼마나 지났을까. 백동우는 침상에 누운 채 의식을 회복했다.

그런 그를 형이 내려 보고 있었다.

"형⋯⋯."

형이 손을 위로 치켜들고 뭔가를 붙잡았다. 그제야 백동우는 자신이 누워 있는 장소가 트렁크 안임을 알았다.

"안 돼! 안 돼, 형!"

백동우의 절박한 외침에도 백동수의 표정은 건조하기만 했다. 그는 거침없이 트렁크를 닫았고 백동우는 순식간에 어둠에 둘러싸였다. 이내 극심한 불안과 호흡곤란이 엄습했다. 백동우는 제 목을 부여잡고 고통스러워하다 다시금 의식을 잃었다.

백동우는 손목에서 이질감을 느끼며 서서히 눈을 떴다.

그는 손목에서 느껴지던 손길이 사라지고 병실 문이 닫히는 소리를 들을 때서야 완전히 눈을 떴다.

그의 양손에는 수갑이 채워져 있었다. 상체를 일으킨 그는 흐릿한 눈으로 피아노를 바라봤다. 그의 눈동자에 잠시 원망이 스쳤다. 피아노의 노예가 된 그에게 피아노는 더 이상 악기가 아니었다. 가장 잔인한 고문 도구였다.

흐려지는 기억과 더불어 삶에 대한 의욕도 희미해져 갔다. 기억과 판단이 흐려지고 있다는 두려움 속에서 그가 기다리는 유일한 시간은 주사기가 정맥에 꽂히는 순간뿐이었다. 이제 그는 족쇄가 채워지는 순간만을 기다렸다. 아니, 고대했다. 피아노의 망령이 약을 들고 찾아오는 시간이 그가 고대하는 유일한 시간이 됐다. 그리고 지금 막 그 망령이 들어오고 있었다.

집중치료실에 들어선 최홍신은 산발이 된 백동우를 물끄러미 쳐다보았다. 백동우는 기척을 느끼지 못했는지 미동도 없었다.

최홍신은 치료실 가운데 놓인 피아노로 저벅저벅 다가갔다.

그는 피아노 의자를 집어 들어 치료실 구석으로 옮겼다. 그런 뒤 피아노 의자를 밟고 올라서 CCTV의 앵글을 벽 쪽으로 돌렸다. 평소에는 백동우를 감시하는 데 쓰이는 감시카메라였으나 백동우와 단둘이 있는 동안만은 그 누구의 방해도 받고 싶지 않았다.

그의 행동을 살피던 백동우는 돌아간 카메라에 시선이 닿은 뒤론 움직이지 않았다. 그러다 내려다보는 최홍신과 눈이 마주치자 눈을 깔았다. 그는 다리를 끌어모은 채 애꿎은 손톱만 질근질근 씹었다.

"컨디션은 어때?"

최홍신이 피아노 의자에서 내려오며 물었다.

"……."

백동우는 대답하지 않았다. 그는 팔을 가슴 위에 X자로 교차하고 양손을 제 어깨 위에 두었다. 정확히는 양손이 묶인 탓에 어깨가 아닌 쇄골 위에 얹어진 형태였지만 자세만 놓고 본다면 나비 포옹법에 가까웠다.

이 포옹법은 트라우마 환자들을 진정시킬 때 반강제로 실시하는 호흡법이었다. 그러나 최홍신이 백동우에게 알려준 적은 없었다. 백동우는 일상에서 내내 위축되어 있었고 그런 나머지 본능적으로 웅크린 자세를 취하고 있을 뿐이었다.

"괜한 걸 물었나? 그럼 질문을 바꿀게."

"……."

"왼손은 어때?"

"오늘, 며칠이야?"

백동우가 머리를 떨며 혼잣말처럼 물었다.

"얼마나 지난 거야?"

"뭐가? 네가 새로 태어난 거?"

맥락 없는 백동우의 질문에 최홍신은 능청스럽게 시치미를 뗐다.

"내가…… 여기 들어온 지…….."

"글쎄, 세보지 않아서."

자극할수록 좋았다. 자극할수록 실험이 완성되는 순간도 앞당겨질 테니까.

"말해!"

"계절이 네 번 지나갔어."

최홍신은 거짓말을 하며 백동우의 표정을 유심히 살폈다. 백동우의 눈빛이 심하게 흔들렸다. 그는 어제도 같은 질문을 했고 같은 대답을 들었다. 그리고 지금처럼 놀란 반응을 보였다. 그는 이제 불과 하루 전의 일조차 잘 기억하지 못한 듯했다.

백동우는 남아나지 않은 손톱 대신 손가락 끝을 물어뜯기 시작했다.

"거짓말인 거야. 그렇지? 다 거짓말인 거지?"

지금의 반응 역시 어제 그리고 그제와 같았다. 최홍신은 느릿하게 고개를 저었다.

"일 년이나 지났는데 날 찾아온 사람이 없었다고? 지하가 날 찾지 않았다고?"

최홍신이 백동우 곁으로 다가갔다. 그의 쇄골 위에 손을 얹고는 툭툭 가볍게 두드렸다.

"나비 포옹법은 이렇게 양쪽 어깨를 번갈아 가면서 두드려주는 거야."

백동우가 그의 손을 쳐냈다. 간단한 동작이었지만 손과 어깨가 떨려왔다. 그가 진짜로 쳐내고 싶은 건 아무도 자신을 찾지 않았다는 배신감과 쓸쓸함일 것이다. 이제 그에 대한 최종 확인을 해줄 차례였다.

"찾지 않은 게 아니야. 찾을 수 없게 된 거지."

백동우가 고개를 들어 최홍신을 쳐다보았다. 그의 입이 저절로 벌어졌다.

"그게 무슨 말이야?"

"네가 지지부진하게 시간을 끄는 바람에……."

"그만!"

백동우는 뒤에 나올 말이 뭔지 예감하기라도 하는 듯 말을 끊었다. 그러나 최홍신은 뒷말을 멈출 생각이 없었다. 백동우의 실낱같은 희망을 마저 끊어버려야 했다.

최홍신은 눈을 가늘게 뜨고 말했다.

"내가 죽였거든."

백동우에게 구원환상의 존재는 오로지 최홍신 자신뿐이어야만 했다. 그래야 절대적인 복종으로 이어질 수 있을 테니까.

"그 말을 믿으라고?"

최홍신은 백동우의 일그러진 얼굴을 마주 보다 피식 웃었다.

핸드폰을 꺼내 들고 화면을 열었다. 폴더를 열어 찾는 시늉을 했다. 그는 백동우가 자신의 행동을 초조하게 지켜보는 걸 알고 있었다. 지금쯤이면 백동우의 머릿속에 기시감이 스쳤을지도 모른다. 결코 달갑지 않을 어제의 기억이.

최홍신은 부러 시간을 끌며 느린 동작으로 파일을 찾기 시작했다. 저장 폴더를 뒤지던 그의 손가락이 영상 하나를 찾아 눌렀다. 캡처해둔 뉴스 하나가 흘러나왔다.

'지난 새벽 논현동 주택에서 사망자가 발견됐습니다. 사망자는 삼십 대 여성으로 경찰은……'

최홍신은 다음 장면부터는 백동우가 직접 볼 수 있도록 화면을 돌려주었다. 핸드폰을 보는 백동우의 동공이 불안하게 떨렸다.

'사인을 자살로 추정하고 있습니다. 피해자 하모 씨는 평소 우울증 치료를 받아온 것으로 밝혀졌으며 경찰은 구체적인 사망 원인을 밝히기 위해……'

백동우가 손을 뻗은 것과 최홍신이 핸드폰을 거둔 것은 동시였다. 최홍신은 영상의 재생을 멈추고 슈트 안주머니에 핸드폰을 집어넣었다.

"아니지? 아니야!"

백동우가 머리를 쥐어뜯기 시작했다. 최홍신은 그가 내뱉는 부정어와는 반대로 눈앞의 현실을 고스란히 받아들이고 있음을 느낄 수 있었다.

"이제 그만 인정하자. 죽은 아내가 널 찾아올 순 없어."

"으아아아!"

백동우가 울부짖었다. 마지막 남은 희망의 끈이 끊어지는 과정이었다. 저 격노의 감정 이후에는 아직도 더 있을까 싶었던 지독한 절망감이 휘몰아칠 것이다. 마침내 백동우는 다른 존재가 되기 직전이었다.

시간은 많았다. 얼마가 흘러도 상관없었다. 최홍신은 백동우의 절규가 멎기를 차분히 기다렸다.

"이제 우울한 대화는 그만하자고. 진취적인 대화를 해보자고."

백동우의 입이 힘없이 달싹였다.

알아듣지 못할 만큼 목소리가 작아서 최홍신이 물었다.

"뭐라고?"

백동우의 시선이 어딘지 모를 허공을 응시했다. 거기 누가 있는 것처럼 읊조렸다.

"죽여줘. 이제 그만……."

"그게 네 선택이야?"

최홍신이 백동우를 보며 획획 고개를 저었다.

"아니지. 그게 아냐."

최홍신이 신경질적으로 몸을 일으켰다.

그는 병실 안을 일정한 보폭으로 돌기 시작했다. 발소리가 그에 따라 규칙적으로 울렸다. 마치 백동우에게 다시 생각해볼 시간을 주겠다는 지연행위처럼 보였다. 그러나 백동우는 더는 어떤 반응도 보이지 않았다.

"다시 생각해봐. 아프면 약을 먹으면 돼. 그게 낫지 않아?"

최홍신이 스틸녹스가 용해된 약병을 백동우 앞에 들어 보였다. 조금 전까지 죽여 달라던 백동우는 약병을 보자마자 무작정 손을 뻗었다. 백동우는 제 의지를 불과 이삼 분도 관철시키지 못했다. 그의 손이 닿기 전에 약병은 최홍신의 재킷 안으로 사라졌다. 백동우의 눈이 그의 가슴팍에서 떨어지질 않았다.

"그래, 그거야. 하지만 아직 준비가 덜 됐잖아. 연주를 마쳐야지. 약은 그때 줄 거야."

최홍신은 다시 한번 백동우의 어깨 위에 손을 올려놓았다.

"그 전에 다시 묻지. 왼손은 어때?"

백동우가 제 왼손을 내려다보았다. 앙상해진 손등 위로 핏줄이 불거진 왼손. 숟가락이나 들 수 있을까 싶을 정도로 야윈 손.

"할 수 있어. 약만 준다면."

최홍신을 올려다보는 백동우의 눈에서 눈물이 떨어졌다. 아마 백동우는 자신이 울고 있다는 사실조차 모를 것이다. 어떤 좌절감이, 치욕이 그를 울게 하는 게 아니었다. 그저 약물을 원하는 간절함이 절대적인 탓에 눈물을 흘릴 뿐이라고, 최홍신은 생각했다.

"그런데 말이야, 기쁠 땐 웃는 거야. 우는 게 아니라. 하지하는 널 배신한 여자잖아. 널 여기 가둔 빌어먹을 년이라고. 내가 그런 년을 죽여줬는데 웃어야지. 안 그래?"

최홍신이 손바닥으로 약병이 있는 가슴팍을 쓰다듬으며 말했다.

"아, 하나 더. 이제부터 넌 백동우가 아냐."

백동우가 웃는 것도 우는 것도 아닌 얼굴로 그를 바라봤다. 일그러지던 표정조차 사라지기 시작했다.

"지대한. 지금부터 넌 지대한이야."

"지대한……."

끊겨버린 기억 회로 저 어딘가에 있던 이름이 의미를 부여받지 못한 채 떠올랐다 가라앉았다.

"좋아. 오늘은 다시 태어난 기분으로 조금 특별한 장소에서 연주해보자고."

최홍신은 어느 때보다도 들떠 있었다. 굳이 기억 속에서 지금과 같은 기분을 찾아보라면 사이코패스란 존재에 대해 처음 알았던 순간 같다고나 할까. 그가 지금 맞이하고 있는 순간은 어떤 최초의 순간이자, 하나의 막이 닫히고 새로운 막이 열리는 기점이었다.

"내려와."

최홍신의 명령에 백동우는 군소리 없이 침상에서 내려왔다. 맨발로 바닥을 디딘 백동우에게 최홍신이 슬리퍼를 밀어주었다.

"이건 신어야지."

백동우가 느릿하게 슬리퍼를 꿰찼다. 최홍신은 병실 한쪽 벽으로 그의 등을 툭 떠밀었다.

두 사람의 걸음이 멈춘 곳은 출입문이 아닌 벽이었으나 실은 문이 하나 더 있었다. 입원 초기에는 백동우가 이 문을 통해 탈출을 시도하기도 했다. 그러나 비록 아기 주먹만 한 자물쇠일지라도 맨손으로 여는 건 불가능했다. 백동우가 임의로 열 수 없는 건 출입문도 마찬가지였다. 그러니 그에게 있어 이곳은 독방 수감소나 다름없었다.

최홍신은 벽 앞에서 꼼짝 못 하는 백동우 앞으로 나섰다. 그는 문고리에 채워진 자물쇠에 열쇠를 꽂아 넣으며 중얼거렸다.

"원래 여긴 치료실이 아니라 대기실이야. 대기실 알지? 우리가 처음 만난 장소 같은 데 말야. 그럼 이 너머는 어딜까?"

최홍신도 알고 있었다. 지금 자신이 얼마나 흥분한 상태인지. 그래서 평소라면 굳이 하지 않을 말조차 쏟아지듯 튀어나왔다. 그러나 이제 와서는 무슨 말을 하든 상관없었다. 백동우의 뇌는 그가 한 말을 둘로만 분류할 수 있을 뿐이다. 명령인가, 잡소리들인가.

찰칵, 자물쇠가 열리는 소리에 최홍신은 절정의 한순간을 맞았다.

"우리가 처음 만났을 때 했던 약속 기억나? 잘 보라고."

최홍신이 육중한 문을 잡아당겼고, 아직은 어둠에 잠긴 상태인 넓은 공간이 모습을 드러냈다.

그가 문 바깥쪽 벽에서 전등 스위치를 찾아 켰다.

어둑한 공간의 곳곳이 순식간에 빛으로 채워졌다. 소공연장이었다. 환자들을 위한 공연이 열리는 공간이었으나 평소에는 거의 사용할 일이 없는 공간이었다.

"맞아, 카네기홀이야."

문 너머의 공간을 본 백동우가 잠시 몸을 떨었다. 그러나 그게 끝이었다.

"물론 진짜는 아니지. 하지만 오늘부터 우리한테는 여기가 카네기홀이야."

백동우는 무대를 응시하는 중이었다. 어떤 환호도 박수도 없는 무대. 그러나 백동우의 환상 속에서 객석은 가득 채워져 있었다. 이곳은 카네기홀이니까.

"어때? 전용 연주회장이 생긴 기분이."

"……."

"내가 했던 말 기억나? 두 달 안에 이곳에서 다시 연주하라고 했잖아. 약속한 시간은 지키지 못했지만, 괜찮아. 그 대가라면 이미 치렀으니 더 묻지 않을게."

백동우에게는 일 년이 지났다고 했지만 실제로 흐른 시간은 두 달이 채 못 됐다.

최홍신은 다시금 조명 스위치 하나를 눌렀다. 그러자 무대를 향해 강렬한 핀 조명이 쏟아졌다.

어둠에 잠겨 있던 그랜드피아노가 핀 조명을 받아 우아한 자태를 드러냈다.

백동우가 원하는 동시에 혐오해온 무대. 그리고 앞으론 두 번 다시 설 수 없을 거라고 생각했던 무대가 마법처럼 펼쳐져 있었다.

백동우는 피아노의 부름이라도 받은 듯 무대를 향해 발을 떼었다.

최홍신은 피아노를 향해 스스로 다가가는 그를 내버려두었다. 이제 그의 머릿속에 박혀 있는 유일한 공식은 '피아노를 치면 약이 주어진다'일 테니까.

"오빠?"

백동우의 발이 낯선 목소리에 더 나가지 못하고 멈춰 섰다. 공연장 어디선가 다른 목소리가 울려 퍼졌다.

"동우 오빠?"

백동우와 최홍신의 고개가 목소리가 들린 쪽으로 돌아갔다.

"진짜 오빠야?"

윤슬이었다. 객석 맨 앞자리에서 대기 중이던 원피스 차림의 윤슬이 백동우를 보고 일어섰다. 그녀는 이미 두 사람이 들어오기 전부터 이 자리에 앉아 있었다. 영문도 모른 채 끌려와 명령대로 앉아 있기만 했다.

놀라운 걸 보게 되리라는 말이 무슨 뜻인지 몰랐는데, 백동우가 나타나고서야 알았다. 너무도 놀랍고, 너무도 슬펐다. 저렇게 늙고 초췌한 몰골을 한 백동우를 보게 될 줄은 꿈에도 몰랐다. 한껏 굽은 등이 뒤태만 보면 영락없는 병든 노인이었다. 탄식 같은 한숨이 터져 나오며 윤슬의 눈에서 눈물이 떨어져 내렸다.

백동우가 그런 윤슬을 잠시 바라보았다. 보기만 할 뿐 반응은 없었다. 주저했던 그의 발이 다시 피아노로 움직였다.

윤슬이 놀라며 의자에 주저앉은 건 그 뒤에 그림자처럼 나타난 최홍신을 보았기 때문이다. 최홍신이 그녀를 보고 환하게 웃었다. 무슨 일이 벌어질지 몰랐지만, 끔찍한 일이 벌어질 거라는 예감이 가슴을 짓눌렀다.

"또 모르는 일이니까."

최홍신은 백동우의 손에 채워진 족쇄를 풀었다. 대신 피아노 다리에 연결된 족쇄를 백동우의 발목에 채웠다. 몸을 일으킨 최홍신은 객석에 무너지듯 파묻힌 윤슬을 돌아보았다. 자신이 만든 작품을 과시하는 듯한 만족감이 그의 입가에 고스란히 드러났다.

그는 앞으로 맞이할 희열에 설레고 있었다. 무대를 점검하듯 한 번 더 훑어보고는 단상에서 내려왔다. 그리고 자연스럽게 윤슬의 옆자리에 앉았다.

"오빠를 어떻게 한 거야!"

윤슬이 간신히 내뱉은 말은 정적만 가득한 텅 빈 공간에서도 잘 들리지 않았다. 그런데도 최홍신은 검지를 세워 제 입술에 가져다 댔다. 그러고는 마치 비밀을 들려주려는 것처럼 윤슬의 귓가에다 속삭였다.

"저건 백동우가 아냐."

귓전에 떨리는 그의 목소리에 윤슬은 전율했다. 그녀의 시선은 고집스럽게 무대에만 고정되어 있었다. 피아노에서 눈을 떼고 자신을 향해 비스듬히 고개를 돌리는 백동우가 보였다. 그 어떤 감정도 깃들지 않은 창백한 눈빛이 가슴을 철렁 내려앉게 했다.

"잘 봐둬. 부활한 지대한이야."

윤슬의 몸이 다시금 부르르 떨렸다. 이해할 수 없는 말이었고 그래서 두려운 말이었다.

백동우는 쩌렁쩌렁 울리는 함성을 듣고 있었다.

카네기에서 보았던 수많은 관객들의 환영이 눈앞을 가득 메웠다. 공연을 망쳤던 그때와는 달랐다. 긴장감도 두려움도 들지 않았다. 이제 왼손은 완벽하니까. 연주를 실패할 일은 없으니까.

유독 눈에 띄는 남자, 최홍신을 보았을 때도 두려운 마음은 들지 않았다. 다만 그의 옆자리에 앉은 동양인 여자. 파란 드레스를 입은 여자를 보는 순간 그의 입가가 움찔했다. 왜일까. 그 여자가 두려웠다. 옅은 기시감이 들었다. 기대감에 가득 찬 최홍신과 달리 두려움에 지배당한 여자의 표정. 저 여자를 본 적이 있는 것 같다.

"지대한!"

여자의 옆에 앉은 사내가 그에게 소리쳤다.

"첫 곡은 쇼팽의 환상즉흥곡이야. 시작해."

지대한? 기억회로 어딘가에 걸쳐 있던 그 이름이 마침내 완전히 떠오르자 화려한 카네기홀이 순식간에 방송국 스튜디오로 바뀌었다.

앳된 얼굴에 통통한 체형. 둔해 보이기만 한 그는 피아노 의자에 얌전히 앉아 있었고, 패널석에 앉은 한 사내와 마주보고 있었다.

한때 자신이라 생각했던 사내가 그를 보며 말했다.

"영혼이 없는 연주입니다."

백동우는 맥없이 고개를 숙였다. 지대한이 그랬던 것처럼. 귀를 틀어막았다. 계속해서 지독한 악평이 이어졌지만 그의 귓가엔 웅얼거리는 소리만 들려왔다. 땀이 이마에 차오르고 열이 올랐다. 가슴이 답답해 더 이상 버틸 수 없다고 느꼈을 때 백동우는 자신이 지대한이라는 걸 받아들였다. 영혼이 없는 존재. 지대한을 받아들임으로써 그때의 백동우를 잊어버리고 싶었다, 지대한에게 숨고 싶었다.

백동우의 손이 서서히 건반 위로 향했다.

건반에 손가락이 닿은 건 백동우였지만 최홍신 또한 그 서늘한 건반의 감촉을 느낄 수 있었다.

최홍신은 열기구에서 뛰어내리기 직전 같은 아찔한 기분에 사로잡혔다. 이제 시작이었다.

그가 진짜 듣고 싶은 곡은 자신이 작곡한 로사리움이었다. 그러나 그 전에 확인할 게 있었다. 이 실험이 최종적으로 완성되었는지를 확인할 수 있는 곡. 오래도록 백동우를 관찰해 온 그는 쇼팽의 환상즉흥곡이 백동우의 심연의 우물에서 쉬지 않고 울리고 있는 걸 발견했다. 그를 괴롭히는 환청이 쇼팽의 환상즉흥곡임을 알아낸 것이다.

어떤 지독한 트라우마가 똬리를 틀고 있는지는 알 수 없으나 백동우는 그 곡이 나오면 견디지 못했다. 정신적으로 그를 무너트리는 데 쇼팽의 환상즉흥곡은 큰 역할을 했다. 완전히 무너트린 뒤엔 약물치료와 음악치료를 병행했고, 그는 밑바닥에서 다시 기어 올라오며 점차 자신의 트라우마를 극복해내고 있었다. 점점 그 음악에 무뎌지더니, 아무 때나 들려줘도 더 이상 발작이 일어나지 않게 된 게 불과 며칠 전이었다.

그러니 그가 직접 제 손으로 환상즉흥곡을 완벽하게 연주해낸다면 의식이 완전히 날아갔다는 게 증명되는 것이다. 계산이 맞다면 이미 백동우에게 있던 예술가의 경련 증상은 사라졌다. 트라우마가 뿌리를 내릴 토양 자체를 제거해버렸으니까. 아이러니하게도 그의 왼손은 자아를 잃자 스스로 나았다.

마침내 백동우가 환상즉흥곡을 연주하기 시작했다.

최홍신은 눈을 감고 연주를 감상했다. 중저음의 첫 음이 길게 이어지더니 작은 음들이 빠르게 따라붙었다. 지금 듣는 곡이 쇼팽의 사후 그의 뮤즈, 델피나에 의해 세상에 알려진 유작이란 사실이 생각나자 감정이입이 보다 빨라졌다.

흐읍, 그는 작은 음 하나 놓치지 않기 위해 깊이 숨을 들이쉰 뒤 참았다. 갈댓잎을 스치는 바람 소리. 왼손이 받쳐주는 희미한 멜로디 사이로 오른손이 이야기를 쌓아갔다. 그렇게 연주는 절정으로 향해갔다. 절제와 격정의 완벽한 조화에 최홍신의 뇌에서는 아드레날린이 폭주하기 시작했다.

이거야. 내가 원하던 게.

터질 듯 차오르는 쾌감에 최홍신의 몸이 부르르 떨렸다. 미친 듯이 악상이 떠오르기 시작했다. 원래대로라면 작곡은 연주가 끝난 뒤에 해야 했지만 참을 수 없었다. 아니, 견딜 수 없었다. 지금 당장 그려내지 않으면 미칠 것만 같았다.

최홍신은 옆자리에 둔 악보 노트를 집어 들고 행거치프 포켓에서 만년필을 꺼냈다. 그러나 만년필을 곧장 오선지 위로 가져가지는 않았다. 돌아보니 우느라 제정신이 아닌 여자가 보였다. 기껏 컨디션을 이만큼 끌어올려 앉혀놨더니만, 숨을 죽인 채소처럼 변해가고 있었다. 그는 윤슬의 왼손을 확 잡아채 붙잡았다.

깜짝 놀란 윤슬이 손목에 힘을 주었다. 그는 팽팽하게 당겨진 그녀의 손목에 드러난 핏줄을 보고 침을 삼켰다. 덜덜 떠는 그녀의 왼손에 만년필을 쥐게 한 뒤 그 위에 제 손을 포갰다.

"힘 빼. 주사 맞을 때처럼."

최홍신은 움켜쥔 윤슬의 손에 천천히 힘을 주었다. 부드러우면서도 강한 악력이 서서히 조여들었다. 그 자세로 악상 기호들을 그려나가기 시작했다.

기호가 그려질 때마다 움켜쥔 윤슬의 손에서 자신이 느끼는 것과는 다른 떨림이 전해졌다. 그는 그 떨림에서 느껴지는 감각에 촛불 심지처럼 집중했다. 어떤 한 세상을 온전히 손에 넣은 기분이었다. 그러나 환상즉흥곡 단곡으로는 연주 시간이 길지 않았다. 연주가 끝나버리면 이 감흥이 끊어질 것이다. 생각만 해도 불쾌해서 견딜 수가 없었다. 그는 서둘러 외쳤다.

"로사리움. 내 곡을 바로 이어서 연주해!"

만년필을 쥔 윤슬의 손은 금세 땀으로 축축했다. 그녀는 제 손등 위로 느껴지는 뜨거운 완력에 숨을 쉬기 힘들 지경이었다. 그 와중에도 깨달은 게 하나 있었다.

어떻게 된 걸까?

어떻게 했는지 모르지만 백동우의 왼손은 완전히 나은 것 같았다. 분명히 왼손의 장애가 사라진 걸 느낄 수 있었다. 간절히 고대했던 치유가 최악의 상황에서 확인되었다는 게 절망스러울 뿐이었다.

그녀는 최홍신에 대해 백동우나 하지하만큼은 몰랐다. 그러나 한 가지만은 분명히 알 수 있었다. 그건 지금 최홍신이 그리고 있는 악보의 결말이었다. 죽음의 악보. 반드시 피로 물들여야 완성되는 악마의 악보였다. 그러니 이 악보가 완성된다면 누군가 죽게 될 것이다.

그리고 지금 이 무대가 하나의 의식 같은 거라면 이 의식이 끝났을 때 희생되는 제물은 그녀 자신이 될 것이다. 죽음의 끝자락에서 한때 열렬히 사랑했던 사람의 비참한 말로를 목도하는 제 처지가 너무도 저주스러웠다.

갑자기 최홍신이 손놀림을 멈추었다. 이제 포개진 손을 통해 떨리는 파동을 느끼는 건 윤슬이었다. 최홍신의 손이 주체할 수 없이 떨리고 있었다.

"어서 연주해!"

그러고 보니 언제부터인가 피아노 소리가 들리지 않았다. 연주가 더 이상 이어지지 않고 있는 것이다.

"지대한!"

윤슬은 최홍신이 백동우를 다그쳐 부르는 소리에 깜짝 놀랐다.

정적 속에 최홍신의 고함만 쩌렁쩌렁 울렸다. 시간이 멎은 것만 같았다. 백동우의 손이 건반에 얹힌 채로 꼼짝도 하지 않았다.

백동우의 다음 행동은 자신의 의지인지 아닌지 분간이 되지 않을 만큼 어색했다. 구부정하게 숙인 채 피아노 건반을 쳐다보기만 할 뿐 손을 움직이지 못했다.

그는 구부정한 어깨를 세워 피아노 의자에서 일어섰다. 그의 오금에 밀린 피아노 의자가 끼이익, 소리를 냈다.

"계속하라는 말 못 들었어!"

윽박지르듯 터지는 고성이 기묘하게 울려 퍼졌다.

백동우는 십자가를 진 예수처럼 힘겹게 몸을 돌려 객석을 바라봤다. 얼굴이 핀 조명을 정면으로 받았지만, 그는 눈을 찡그리지도 감지도 않았다. 잠깐 동안의 정적이 텅 빈 공간을 메웠다.

실험이 뜻대로 풀리지 않는 연구원 특유의 고민스런 표정이 최홍신의 얼굴에 비쳤다. 그는 고개를 몇 번 저을 뿐 더 이상 과도하게 동요하지는 않았다. 대신 윤슬의 손에서 천천히 만년필을 빼냈다.

"이 여자 잘 봐! 누군지 알지?"

"아악!"

최홍신은 윤슬의 허리를 감싸 잡아채며 펜촉으로 눈을 겨눴다. 윤슬은 식칼보다 커 보이는 펜촉에 놀라 눈을 질끈 감았다. 그래서 바로 직후 생긴 일을 볼 수 없었다.

백동우는 눈부신 광원을 정면으로 바라보았다. 눈이 타버릴 것처럼 따가울 텐데, 그런 감각을 잃은 것처럼 개의치 않았다. 지독하리만큼 밝은 빛, 그 빛이 백동우의 머릿속을 공백의 상태로 만들어갔다. 리셋이 된 머릿속으로 오로지 단 하나의 사실만이 떠올랐다.

아내가 죽었다. 지하가 죽었다.

백동우의 시선이 줄을 타고 내려오는 거미를 쫓는 것처럼 천천히 밑으로 내려갔다. 그의 시선은 최홍신과 윤슬을 지나쳐 아래로, 더 아래로 내려갔다. 시선이 멈춘 곳은 자신의 왼손이었다.

최홍신의 시선도 같은 곳에 머물렀다. 왼손이 왜? 백동우를 위협하는 동시에 최홍신은 그의 이상행동을 관찰하듯 지켜보았다. 좀 더 긍정적으로 생각해보기로 했다. 그저 약물의 후유증일 거라고, 어쩌면 환영이 보이고 있는 걸 거라고. 아직은 충분히 통제할 수 있었다.

"지대한, 이게 필요해서 그렇지? 그런 거지?"

최홍신이 만년필을 거두고 약병을 꺼냈다. 눈높이로 들어 보이며 조금 기울여 흔들었다. 그러나 백동우의 관심은 여전히 왼손에만 머물러 있었다.

백동우는 말아 쥐고 있던 왼손을 서서히 펴기 시작했다. 그런 뒤 최홍신의 행동을 그대로 따라하듯 눈높이로 왼손을 들어 올렸다. 그러자 그와 광원 사이를 왼손이 갈라놓았다. 핀 조명이 만든 음영에 손은 검게 보였다. 왼손은 더 이상 살아있는 것처럼 보이지 않았다. 차라리 사람들의 목에 파고드는 수라의 발톱에 가까워 보였다.

존재해서는 안 되는 손. 그때 이미 사라졌어야 하는 손.

윤슬은 무대 위에서 나는 꽝, 하는 소리에 저도 모르게 번쩍, 눈을 떴다.

그녀의 눈앞에 있던 펜촉은 보이지 않았다. 그것보다 훨씬 더 끔찍한 장면이 무대에 있었다. 백동우가 왼손을 움켜쥔 채 고통에 찬 신음을 터트렸다.

백동우의 왼손에서 피가 뿜어져 나오고 있었다. 동시에 그녀의 허리에 가해지던 힘이 풀려나갔다.

뒤늦게 눈앞의 장면을 이해하게 된 윤슬이 날카로운 비명을 질렀다.

"아악!"

그녀의 비명이 신호탄이라도 된 것처럼 최홍신이 벌떡 일어났다. 그는 무대로 걸어 나가며 무기를 꺼내듯 주사기를 꺼내 약병에 꽂았다.

윤슬은 다시 눈을 감고 싶었다. 무대 위의 백동우와 무대로 달려드는 최홍신의 충돌은 그 자체로 끔찍할 것만 같았다. 무슨 일이 벌어지든 자신이 감당할 수 있는 건 없어 보였다. 그럼에도 가만있을 수만은 없었다. 일어나려고 몸을 일으키자 휘청, 세상이 그대로 뒤집혔다. 어깨부터 전해진 충격과 함께 차가운 바닥의 감촉이 전신으로 퍼져나갔다. 한심한 몸이었다. 윤슬은 다시금 몸을 일으키고자 두 손을 바닥에 짚었다. 그때 손끝에 무언가가 닿았다.

백동우의 왼손은 피범벅이었다. 엄지를 제외한 나머지 손가락들은 손바닥으로부터 이미 분리되어 있었다. 윤슬이 들었던 쾅, 하는 소리는 백동우가 손가락을 건반 위에 올려둔 채 있는 힘껏 건반 뚜껑을 닫으면서 난 소리였다.

무거운 건반 뚜껑이 단두대처럼 떨어져 내리누른 힘에 그의 손가락들은 단번에 끊어졌다. 접합수술을 기대할 수 없는 끔찍한 절단이었다.

"백동우, 이 새끼!"

무대에 올라선 최홍신이 백동우의 멱살을 움켜쥐었다.

"어떻게, 어떻게 치료한 손인데!"

들끓는 분노와 원망, 안타까움이 뒤섞인 음성은 괴기스럽고 소름 끼쳤다.

백동우는 최홍신에게 멱살이 잡힌 채로 흔들렸다. 여전히 눈동자는 눈부신 광원에서 떨어지질 않았다. 의식이 아직 붙어 있는지도 알 수 없었다. 무엇보다 고통의 감각이 온몸을 헤집고 있을 텐데도 전혀 느끼지 못하는 것처럼 보였다. 심지어 벌어진 입가가 꼭 웃고 있는 것처럼 보이기까지 했다.

"너는 못 벗어나! 넌 이미 끝났어. 절대 벗어날 수 없어!"

최홍신은 고함을 질러댈수록 오히려 답답해지는 걸 느꼈다. 백동우를 이렇게 협박하는 게 무의미하다는 깨달음이 일었다. 현실적으로 생각해야 했다. 외과의가 아니라 잘은 모르나 스틸녹스의 투약은 손가락 접합수술에 방해가 될 수도 있었다.

그는 주사기를 피아노 위에 올려두고 건반 위의 손가락들을 줍기 시작했다. 조심해서 수습하려고 했지만 손이 떨려서 마음대로 되지 않았다. 그러다 바로 뒤에서 느껴진 기척에 화들짝 놀라 재빨리 주사기로 손을 뺐다. 그러나 그의 손은 주사기를 집어들 수 없었다.

최홍신은 목에서 시작된 날카로운 통증에 본능적으로 손을 목에 가져갔다. 쥐고 있던 백동우의 손가락들이 후드득 바닥으로 떨어졌다. 최홍신은 제 목에서 부드러운 손길과 함께 막대 같은 뭔가를 만질 수 있었다.

이 새끼가.

몸을 돌렸을 때 그가 본 사람은 백동우가 아닌 윤슬이었다. 핏발 선 최홍신의 눈과 마주한 윤슬은 그 서슬에 놀라 만년필을 놓쳤다.

"컥!"

최홍신이 윤슬을 보고 무슨 말을 하려는 것처럼 입을 벌렸다. 무슨 말을 했는지도 모르지만 윤슬에겐 쇠를 긁어대는 신음 같은 소리로만 들렸다. 최홍신이 뒷걸음질 치던 윤슬의 팔을 붙잡았다.

"이거 놔! 아악!"

그의 다른 손이 가녀린 목을 움켜쥐었다. 부서뜨릴 듯 조르는 힘에 커억, 하는 비명이 목을 뚫고 나왔다.

"오빠……."

윤슬의 입에서 나온 마지막 말이었다. 이 지경에 그를 부른다는 게 얼마나 절망적인지 느껴지자 지탱하고 있던 모든 것이 무너지는 것만 같았다. 눈물이 솟구쳐 나오는데 백동우의 굽은 등이 흐릿하게 보였다.

스스로를 파괴할 수 있는 힘이라면 자신을 구하는 데 쓸 수도 있지 않아? 그렇지 않아? 오빠.

가물거리는 의식 속에서 윤슬은 이제 모든 미련을 놓아버려야 할 때임을 알았다. 그래야 이 마지막 고통에서 온전히 벗어날 수 있을 것이라고.

윤슬의 저항이 거의 사라지자 최홍신은 남은 손을 뻗어 주사기를 집어 들었다. 이대로 죽이기에는 아까웠다. 백동우를 다시 길들이려면 살려둘 필요가 있었다.

손을 뻗어 주사기를 손에 넣은 그는 깜짝 놀랐다. 백동우가 코앞에 다가와 있었다.

"지대한……."

펑, 백동우에게 지시를 내리려던 순간 백동우의 이마가 그의 안면을 힘껏 들이박았다. 그 충격으로 최홍신의 손이 윤슬에게서 떨어져 나갔다. 그는 코를 움켜쥔 채 비틀거렸다.

허억!

숨을 토해내며 깨어난 윤슬은 목부터 더듬었다. 그녀는 일어날 생각도 못 한 채 간신히 고개만 돌렸다. 바닥에 흩어진 백동우의 손가락들이 보였다. 꼭 살아서 꿈틀거리는 것만 같았다. 피를 잔뜩 빨아먹은 거머리처럼 보이기도 했다.

시선을 들자 엄지만 남은 백동우의 손이 보였다. 여전히 피가 떨어지고 있었다. 윤슬이 백동우의 왼손을 향해 팔을 뻗었다. 그렇게 하면 출혈이 멎기라도 할 것처럼 백동우의 왼손을 감싸 쥐었다. 그의 고통이 전해지는 것 같아 윤슬은 서럽게 울음을 터트렸다.

"괜찮아."

윤슬은 고개를 들었다. 귓가를 건드린 말이 백동우의 입에서 나온 거라는 걸 알았다. 백동우의 목소리는 노인의 그것처럼 늙고 병들어 있었다.

쓰러진 최홍신은 제 목을 부여잡고 고통스러워하고 있었다. 호흡 곤란을 느끼는지 연신 꺽꺽거렸다. 백동우가 다가오는 걸 본 그는 몸을 뒤집어 무대 밖으로 기려고 했다. 그런 그의 발목을 백동우가 잡아당겼다.

"커, 커억!"

최홍신이 소리치려는 것 같았지만 식도에 고인 피에 가래가 끓는 소리만 튀어 나을 뿐이었다.

백동우는 최홍신의 등에 올라타 목에 꽂힌 만년필을 붙잡았다. 그러자 최홍신이 얼른 백동우의 손을 붙잡았다. 만년필을 빼지 못하도록 힘을 주었다. 만년필이 제거되면 분수처럼 피가 뿜어져 나올 것이다.

백동우는 만년필에서 손을 떼고 최홍신의 머리채를 잡았다. 그런 뒤 있는 체중을 이용해 있는 힘껏 바닥에 내리찍기 시작했다. 텅텅, 목재 재질의 바닥에서 북소리만큼이나 큰 소리가 울렸다. 그러나 같은 이유로 어느 정도 충격을 흡수했다.

백동우는 계속해서 최홍신의 머리를 바닥에 짓이겼다. 결국 최홍신의 머리에서 흐른 피가 바닥에 흐르기 시작했다. 마침내 최홍신의 손이 축 늘어졌고 그가 의식을 잃기 직전까지 쥐고 있던 주사기가 손에서 굴러 떨어졌다.

백동우의 시선이 그 주사기로 향했다. 그리고 자석에 이끌리듯 손을 뻗었다.

"오빠……."

윤슬의 목소리에 막 주사기를 집어든 백동우의 움직임이 멎었다.

그는 떨리는 손을 말아 쥐며 고개를 흔들었다. 부들부들 떨리는 손에서 극심한 갈등이 느껴졌다. 그는 결국 주사기를 내려놓고 이번에는 최홍신의 재킷 안으로 손을 집어넣었다. 재킷에서 빠져나온 손에는 최홍신의 핸드폰이 들려 있었다.

그가 핸드폰을 윤슬에게 건네며 말했다.

"니은……."

"……."

"패턴."

"아."

윤슬이 핸드폰의 패턴을 풀고 112에 전화를 거는 동안 백동우는 최홍신을 내려다봤다. 질긴 목숨이었다. 아직까지도 가슴팍이 오르락내리락거렸다.

백동우는 다시 최홍신 곁으로 다가가 힘겹게 무릎을 꿇었다. 그런 뒤 최홍신의 목에 박힌 만년필을 잡아 뽑았다. 그의 목에서 솟구친 피가 백동우의 얼굴을 적셨다. 백동우는 꿈틀거리는 그를 보며 무심하게 말했다.

"또 모르는 일이니까."

에필로그

하나의 사건이 끝난다는 건 새로운 사건의 시작을 의미했다.

최홍신의 죽음으로 세상에 알려지지 않았던 연쇄살인사건은 끝이 났다.

동시에 강우진의 비공식 수사도 종료됐다.

발효된 적 없던 공소권 또한 피의자 최홍신의 죽음으로 인해 채 발동되기도 전에 소멸했다. 그러나 이 끝맺음들은 새로운 전환점의 국면을 뜻하기도 했다.

최홍신의 연쇄살인은 그 끝을 통해 비로소 세상에 알려졌다.

강우진 단독의 비공식 수사는 최홍신을 살해한 백동우가 피의자인 공식 수사로 전환됐다. 이후 강우진은 백동우의 정당방위성을 입증하는 한편 최홍신의 살인 행각을 파헤쳤다. 그리하여 최홍신의 가택 수사가 이뤄졌고, 경악스러운 실상이 세상에 모습을 드러냈다.

강우진이 공식 기자회견장에 모습을 드러낸 순간 수많은 카메라의 플래시들이 터져 나오기 시작했다. 단상 위에 선 강우진은 허리를 숙였다가 편 뒤 마이크를 적당한 높이로 고정했다.

"지금부터 피아노 연쇄살인사건에 대한 수사경과를 발표하겠습니다."

회견장에 모인 기자들은 의외로 조용하게 기다렸다. 카메라 셔터 소리 말고는 어떤 목소리도 들리지 않았다. 그만큼 불가해한 연쇄살인사건의 내막이 궁금했기 때문이다.

"본격적인 발표에 앞서 피의자 백동우 씨의 정당방위가 인정됨에 따라 그의 신분은 더 이상 피의자가 아닌 피해자임을 알려드리는 바입니다. 따라서 지금부터 발표사항은 피의자 최홍신의 피아노 연쇄살인에 관한 것입니다."

1998년. 최초의 피해자 장익태부터 총 12건의 사망 피해자가 발생한 연쇄살인사건의 전말이 발표되었다. 사망을 피한 피해자까지 합하면 그 수는 더 늘어났다.

대략적인 수사경과가 발표되고 난 뒤 기자들의 질문을 받는 시간이 이어졌다.

"범인이 정신병원 원장이란 게 사실입니까?"

강우진이 질문한 방송사 기자와 눈을 맞추고 나서 입을 열었다.

"사실입니다."

그러자 곧장 다음 질문이 이어졌다.

"범인이 사이코패스란 말이 있습니다."

"아닙니다. 범인은 사이코패스의 가면을 쓰고 있던 것으로 보고 있습니다."

"왜죠?"

"범인의 기록 자료에 의하면 그는 사이코패스의 인격을 추구한 것으로 보입니다. 어떤 의미로는 후천적 인격장애로 볼 수도 있겠지만, 이에 대해서는 더 조사해봐야 하는 사안입니다."

강우진은 이후 다른 기자의 질문을 받았다.

"범인이 열두 건이나 되는 살인을 저지르고 다니는 동안 경찰은 도대체 뭘 했던 겁니까?"

다분히 질책성 질문이었다. 이 비수에 가까운 질문은 회견 전 경찰청장이 가장 우려했던 내용이기도 했다.

"몰랐습니다."

강우진은 경찰청장의 지시를 따르지 않고 제 의지대로 대답했다.

회견장 내 경찰 수뇌부의 따가운 시선이 느껴졌으나 그는 아랑곳하지 않았다. 몰랐다는 말 말고는 달리 표현할 바가 없었다.

"범인은 모든 범행을 철저하게 자살로 위장했으며, 실제로 피해자들을 고를 때도 자살 가망성이 높아 보이는 정신병력을 갖고 있는 사람들을 대상으로 삼았습니다. 또한 피해자들이 자필로 된 유서를 남긴 상황이었기에 연쇄살인으로 파악하기는 어려운 부분이 있었습니다."

이번에는 일간지 기자의 질문이 이어졌다. 강우진이 슬쩍 고개를 끄덕였다.

"강 경위님은 오래전부터 피아노 연쇄살인사건을 조사하고 있었다고 알고 있습니다. 앞서 범인이 아무런 단서도 남기지 않았다고 하셨는데 어떻게 본 사건을 수사하게 됐습니까?"

일간지 기자의 질문에 강우진이 깊은 숨을 들이쉬었다. 서서히 그의 눈시울이 붉어졌다.

"피해자들 중에 소년원 출신 피해자가 있었습니다. 해당 피해자의 자살미수 이력이 범인의 주의를 끌었을 가능성이 큽니다. 하지만 개인적으로 해당 피해자와 알고 있던 저는 그 피해자가 절대 스스로 목숨을 끊지 않았을 거라는 확신이 있었습니다."

다소 모호한 답변에 손을 든 기자들이 오히려 많아졌다. 강우진은 잠시 호흡을 고른 뒤 다음 질문을 받았다.

"피아니스트 백동우 씨가 피의자의 병원에 강제입원해 있는 동안 뭘 하고 계셨습니까? 왜 바로 구하지 않았던 거죠?"

강우진으로서는 가장 난감한 질문이었다. 강우진은 백동우가 잠적하고 3일째 되던 날 모르는 번호로 걸려온 전화를 받았었다. 백동우였다. 그는 참마음정신병원에 강제입원된 상태라고 했다. 그러나 그가 요청한 사안은 자신을 꺼내 달라는 게 아니었다.

짧고 다급한 통화에서 그는 강우진이 하던 단독수사를 공식수사로 전환할 방법이 있다고 했다. 다만 얼마가 걸리든 기다려달라고 요청했다. 당시만 해도 백동우가 말한 방법이 본인이 피의자가 되는 식일 거라고는 미처 예상 못 했다. 알았다면 어떻게든 말렸을 것이다.

그는 아내를 지켜달라고도 했다. 그 지켜달라는 말에는 아내가 그를 찾지 못하게 해달라는 요구가 포함되어 있었다. 어차피 부상이 심각한 하지로서도 움직이기는 힘든 상태였다. 백동우가 폐쇄병동에 입원해 있는 동안 하지도 병원 신세를 져야 했으니까.

그러나 이러한 내용을 언론에 밝힐 수는 없었다. 솔직히 털어놓았다가는 백동우의 살인이 정당방위가 아니라 계획살인으로 비춰질 가능성이 있는 탓이었다.

강우진은 단상에서 한 발 비켜나 거의 직각으로 허리를 숙이고
말했다.

"죄송합니다."

***

끝이라고, 이제 다 끝났다고 생각했다. 순진하게도 이제부터는 시
간이 모든 걸 해결해줄 거라는 얄팍한 믿음이 있었다.

그날 이후 동우 오빠의 매니저였던 내 신분은 증인이 되었다 피
해자가 되기도 했다. 더는 동우 오빠의 매니저가 아니었지만 매니
저라고 불리기도 했다.

피아노 연쇄살인사건을 두고 어디에 배치되느냐에 따라 내 신분
은 달라졌다. 나는 증인이자 피해자인 동시에 한편으로는 삼자이기
도 했다. 원래대로라면 피의자로 진술을 해야 하는 건 동우 오빠가
아닌 나였을지도 모른다. 그러나 동우 오빠는 최홍신의 사망 경위
에 대해 나를 거론하지 않았다.

그렇게 동우 오빠는 이번 사건에 관해서까지 주연을 도맡았다.
혼자 모든 짐을 지려고 애써 노력하는 그는 내게 여느 때처럼 말했
다.

"미안하다. 넌 그만 쉬어."

그의 말대로 했을 수도 있었을 것이다. 그러나 나는 알고 있었다.
덤덤한 척하는 그도 이제 이전의 일상으로는 돌아갈 수 없다는 걸
말이다.

우리는 언제 무너질지 모르는, 아니 이미 무너졌을지도 모르는

나날을 건너고 있었다. 더는 순수한 호의를 믿을 수 없었다. 굳건하다고 생각했던 어제도, 당연하다고만 여겨졌던 오늘도 의심스럽기만 했다. 눈에 보이는 그대로도, 사람들의 표정 속에 숨겨진 또 다른 얼굴도 믿을 수 없었다.

정기적으로 들르는 정신건강의원에서는 그걸 중증대인기피증이라고 표현했다. 그렇게 나를 둘러싼 세상은 흑백으로 바뀌어 있었다. 정신건강의원의 의사를 만나는 일조차 예약일 며칠 전부터 마음을 다잡고야 겨우 가능했다.

주치의는 내 어지러운 생각에 대해 글을 쓰거나, 그날의 일을 떠올리는 걸 권장하지는 않았다. 그러나 나는 그때의 일들과 정제되지 않은 감정들이 떠오를 때면 두서없이 적어나가고는 했다. 뭐라도 하지 않고는 견딜 수 없었으니까.

나는 나에 대해 어디까지 드러내고 살아야 하는 걸까. 아니 나 자신을 어디까지 신뢰할 수 있을까, 나를 둘러싼 세상은 믿을 만한 곳일까. 의문이 매일 조소처럼 따라다녔다. 물론 그러는 사이에도 시간은 비정하리만치 일정하게 흘러갔다. 그 흐르는 시간이 나를 저만치 내버려 둔 채 혼자서 앞서가고 있다고 느낄 때가 많았다. 그럴 때면 나도 모르게 울고 있었다.

그러다가도 동우 오빠나 지하 언니를 만나러 갈 때면 활달한 얼굴을 하고는 했다. 애써 본래의 내 것이라 생각했던 표정을 지으려고 노력했다. 전과 다름없어 보이는 동우 오빠의 덤덤한 얼굴과 지하 언니의 냉소적인 표정도 그런 결과라고 짐작했다.

어쩌면 우린 살며 감당하기 어려운 시련을 겪더라도, 기존에 알던 방식으로 극복해나갈 수밖에 없는 존재일지도 모르겠다.

그런 점에서 동우 오빠는 불행했다. 그가 알던 기존의 세계는 철저하게 무너졌으니까. 그는 여전히 피아노를 마주할 수 없었다.

강 경위님은 피아노 연쇄살인의 공식회견과는 별도로 수사의 경과를 알려주고는 했다. 최홍신의 노모는 기억이 오락가락하는 상황에서도 악착같이 아들을 변호했다고 한다.

그녀는 모든 범행을 자신이 저지른 것이라고 주장했고, 그에 대한 증거로 범행에 대한 세세한 과정을 털어놓기도 했다. 어쩌면 그녀는 최홍신이 만약을 대비해 만들어둔 최후의 방벽일지도 몰랐다.

심지어 그녀는 아들의 사망 소식조차 믿지 않았다. 나는 그녀에 관한 이야기를 전해 들으며 별수 없이 한 사람을 떠올릴 수밖에 없었다. 조자인, 지대한의 엄마였다. 아들이 죽고 4년이 지나도록 제 아들을 살아있다 믿으며 살아온 비운의 여자. 그러나 아마 그녀도 알고 있었을 것이다. 이미 아들은 이 세상에 없음을.

격렬하게 현실을 부정하던 최홍신의 노모는 아들의 시신을 마주하고서야 급격히 무너져갔다. 그녀의 무너짐이 제삼자들에게는 바로 세움이 됐다. 동우 오빠와 지하 언니 그리고 강 경위님조차도 몰랐던 진실이 드러나는 순간이었다.

최홍신은 초등학생 시절 상해치사의 의혹이 있었다. 피해자는 동급여학생. 대개 그 나이 때의 아이들이 그렇듯 최홍신도 좋아하는 감정표현이 서툴렀다. 그는 제 마음을 모욕한 친구에게 더 큰 모멸감으로 되갚았다. 그러니까 나는 이런 일들이 일어난 배후에 대해 상상으로 채울 수밖에 없는 부분들을 적어 나갔다. 여전히 왜 잊고 싶은 그 끔찍한 일들에 대해, 악마의 내면에 대해 쓰는지는 모르지만 말이다.

어쩌면 그 이유를 알기 위해 계속해서 쓰고 있는 건 아닐까. 내가 왜 이런 일에 휘말렸는지, 그리고 최홍신이란 괴물은 어떻게 해서 탄생했는지. 그 이유를 알면 조금은 나아질 수도 있지 않을까 하는 막연한 기대가 나로 하여금 쓰게 하는 게 아닐까.

이를테면 어린 최홍신이 동급생을 죽음으로 내몬 행동은 그의 부모에게 큰 충격을 줬을 것이다. 그들은 어린 아들을 변호했을 것이고, 지키려고 했을 거다. 그러면서 자연스레 처벌도, 피해자에 대한 사과도 생략됐을 것이다. 대신 그들은 이후 아들의 행동에서 눈을 떼기가 힘들었을 테고 사소한 돌발행동에도 과민하게 반응할 수밖에 없었을 것이다. 잘못에 대한 그릇된 관용과 맹목적인 집착이 뒤엉켜 아들을 서서히 괴물로 만들어온 셈이다.

평범한 사람인 나는 어린 최홍신이 자기가 저지른 짓의 끔찍한 의미를 차차, 그러나 너무 늦게 알게 됐을 거라고 생각할 수밖에 없다. 그러는 사이 자신이 저지른 짓에 대한 해석은 변질됐을 수도 있다. 최홍신도 그의 노모처럼, 조자인처럼, 자신을 둘러싸고 벌어진 감당하기 힘든 사실을 제 경험 내에서 수용하기 위해 괴물이 되어 갔을 거라고 말이다.

이전의 나로는 절대 돌아갈 수 없다는 걸 안다. 매니저란 직업 탓일까. 늘 내 삶이 조연처럼 느껴졌었다. 내 대개의 감정은 동우 오빠가 느끼는 감정의 연장선이었다. 그가 잘되면 내가 잘되는 것 같았고, 그가 힘들어 하면 나도 힘들었다.

심지어 일 년 전 악몽의 순간들에서조차 나는 조연이라고 생각했다. 최홍신에게 난 동우 오빠를 조종하기 위한 일종의 핸들이었으니까. 아니 엄밀히 말하면 핸들은 지하 언니였고 나는 그 핸들의 대신일 뿐이었다.

분명 며칠 전까지만 해도 그렇게 생각했었다. 모든 게 그대로라고. 그저 사는 게 더 극적으로 힘들어졌을 뿐이라고.

"대인기피는 좀 어때요?"

상담실 창밖으로 내리는 눈을 보던 나는 천천히 고개를 돌렸다. 얼른 보기에 내 나이 정도밖에 안 되어 보이는 여의사가 지그시 날 바라보고 있었다. 새삼 그녀가 대단해 보였다.

"괜찮아지고 있어요. 전에 비하면요."

"그런 일을 겪었으니 쉽진 않을 거예요. 그래도 이 정도면 잘 해내고 계세요."

"선생님 덕분이죠."

여자 원장은 정신과원장이라는 공통점을 제외하고는 최홍신과의 유사성이 없었다. 그럼에도 그녀를 볼 때마다 나도 모르게 최홍신을 떠올리고는 했다.

지나치게 잘생겼다는 것만 제외한다면 평범하기도 했던 사람. 오히려 자상하다고까지 느꼈던 사람에게 그런 일을 당하고 나니 세상의 모든 사람이 두려워졌다.

처음에는 몰랐다. 교통사고처럼, 후유증은 예상치 못한 순간 불쑥 튀어나왔다. 일상생활이 곤란할 정도로 대인기피증을 겪어야 했고 밤이 두려웠다. 물론 낮도 두려웠지만······.

가위눌림이 무서워 잠들기가 겁났고, 오히려 살갑게 접근하는 사람들을 더 경계하게 됐다. 이런 식이니 이젠 일상생활도, 사회생활도 일 년 전 그 일련의 사건들이 있기 전으로 돌아가기는 힘들 것이다.

"굳이 무리해서 사람들을 만나려고 하진 않아도 돼요. 조금 느려도 괜찮습니다."

원장이 부드러운 미소를 지으며 말했다.

알고 있었다. 지금의 대인기피증은 트라우마에 의한 정상적인 반응이었다. 완화될 순 있지만 완전히 낫긴 어려울 것이다. 그러니 너무 애써 노력하지 않아도 된다는 것 역시 알았다.

다만 동우 오빠를 떠올릴 때면 내심 마음이 급해지고는 했다. 같은 시간, 비슷한 순간들을 겪어 왔다지만 나와는 비교할 수 없이 깊은 심해에 갇혔던 사람이니까. 그는 완전히 삶의 의욕을 상실한 사람 같았다.

그런 우리에게 다시 온 겨울. 이 겨울은 우리에게 어떤 계절이 될까. 작년의 악몽을 떠올리는 순간이 잦아진다는 걸 의미하는 것일까. 아니면 이런 우리에게도 작은 희망 같은 게 생기는 하루가 찾아올까.

"동우 오빠는 좀 어떤가요?"

내 질문에 여의사는 제 손을 내 손등 위로 얹었다. 그녀의 차가운 손이 왠지 따뜻하게 느껴졌다. 나는 그녀의 눈빛이 하는 말을 알아들을 수 있었다.

'지금은 윤슬 씨 본인만 생각해도 돼요. 그래도 됩니다.'

그리고 그 말에 숨은 뜻이 있다는 것도 안다. 최소한 지금은 내가 주연에 가까웠다. 주연은 단순히 비중을 의미하는 말이 아니다. 그보다는 영향력을 의미한다고 보는 편이 맞을 것이다. 최소한 지금부터는 내가 동우 오빠에게 좋은 영향을 미쳐야 한다. 그러기 위해서는 오로지 나에게만 집중하는 시간이 필요할 것이다.

이제 동우 오빠와 내게 피아노는 없고 앞으로도 없을지도 모른다. 피아노가 우리를 연결하는 유일한 끈이었다면 우리는 서서히 멀어지는 중이다. 그러나 더는 피아노가 없기에 우리를 연결하는 진짜 끈이 무언지 알아갈 수 있지도 않을까.

상담치료를 마친 나는 로비에 있던 동우 오빠를 볼 수 있었다. 두터운 목도리를 두른 그의 옆자리에는 지하 언니가 있었다. 그녀가 나를 보고 알은체를 했다.

"윤슬아."

그녀의 손이 동우 오빠의 왼손을 감싸 쥐고 있었다. 나와 눈이 마주친 순간 지하 언니의 그 손이 움찔하는 걸 보았다. 그러나 그녀는 동우 오빠의 손을 놓지 않았다.

나를 보는 그녀는 씁쓸한 미소를 지었다. 그 미소가 내가 아닌 그녀 자신에게 보이는 것임을 안다. 어쩌면 그 수치심이, 그녀를 이전보다 나은 사람으로 만들어줄지도 모르겠다.

두 사람에게 다가간 나는 잠깐 고민하다 동우 오빠의 옆에 앉았다. 그런 나를 동우 오빠가 가만히 쳐다봤다.

"오빠, 상담 끝나면 눈싸움이나 할까? 나랑 오빠랑 편먹고 지하 언니는 혼자."

잠깐의 눈맞춤에도 눈물이 날 것 같은 나머지 무리수를 던졌다.

"나 혼자 아닌데? 동율이랑 같은 편하면 되지."

지하 언니가 사랑스러운 눈으로 유모차를 바라보며 말했다.

유모차 안의 갓난아기가 허공을 향해 고사리 같은 손을 뻗었다. 마치 그 눈에만 보이는 뭔가가 있다는 듯 작은 손이 자꾸만 허공을 휘저었다. 그러다 결국 아기의 손이 뭔가를 꼭 쥐는 데 성공했다. 아기에게 약지를 붙잡힌 동우 오빠가 설핏 웃었다.

"치사하게 삼 대 일이네."

나는 세 사람을 두고 쏟아지는 눈 속으로 홀로 나섰다.